感动你一生的
故事全集 最新版

◎主　编:张采鑫　高长梅

九州出版社
JIUZHOUPRESS 全国百佳图书出版单位

图书在版编目(CIP)数据

感动你一生的故事全集:最新版/张采鑫,高长梅主编.
—北京:九州出版社,2009.9(2021.7重印)

ISBN 978-7-5108-0165-5

Ⅰ.感…　Ⅱ.①张…②高…　Ⅲ.故事–作品集–世界

Ⅳ.I14

中国版本图书馆 CIP 数据核字(2009)第 160961 号

感动你一生的故事全集(最新版)

作　　者	张采鑫　高长梅　主编
出版发行	九州出版社
地　　址	北京市西城区阜外大街甲 35 号(100037)
发行电话	(010)68992190/2/3/5/6
网　　址	www.jiuzhoupress.com
电子信箱	jiuzhou@jiuzhoupress.com
印　　刷	北京一鑫印务有限责任公司
开　　本	720 毫米 × 1020 毫米　16 开
印　　张	20
字　　数	270 千字
版　　次	2009 年 10 月第 1 版
印　　次	2021 年 7 月第 2 次印刷
书　　号	ISBN 978-7-5108-0165-5
定　　价	78.00 元

第一辑　天下最美的母亲

有一种爱天长地久;有一种爱博大无私;有一种爱不求回报;有一种爱感天动地;有一种爱,是雨季里在我们头顶张开的伞;有一种爱,是寒冬里裹在我们身上的棉衣;有一种爱,是我们避风的港湾;有一种爱,是藏在我们心底的柔软。这,就是母爱。

午夜的守候/刘会然 …………………………… 002

母亲的存折/焦松林 …………………………… 004

温暖的凉席/陈振林 …………………………… 007

天下最美的母亲/彭永强 ……………………… 009

风吹不掉的红榜/葛俊康 ……………………… 012

剩面条/尚庆海 ………………………………… 015

世上只有妈妈好/陈永林 ……………………… 017

看望儿子的女人/郑俊甫 ……………………… 020

花红胜血/徐树建 ……………………………… 023

妈妈,我爱你/顾文显 ………………………… 028

甜蜜的谎言/刘绍泉 …………………………… 033

飞起来的爸爸/邵昌玺 ………………………… 038

001

第二辑　父亲的爱里有片海

阅读父爱,就像阅读一座大山,表面上看到的是坚硬冰冷的岩石,但在这岩石之下,还有着潺潺的流水,还有着炽热的岩浆。父亲的爱里有一片海,表面上风平浪静,但海面之下,却是波涛汹涌。流水、岩浆和暗流,就是父亲对我们的关怀、期待和爱意。

父亲头上的草末/赵守玉 ……………………… 044

父亲的爱里有片海/陈振林 …………………… 047

孝顺频道/谢丰荣 ……………………………… 051

父亲的短信/朱道能 …………………………… 054

嘱托/陈力娇 …………………………… 056

父子吧/天水 …………………………… 059

你愿做谁的儿子/孙智慧 ………………… 062

我替老爸上大学/海棠依旧 ……………… 064

未开出的"贫困证明"/王世虎 …………… 067

哑巴父亲/刘会然 ………………………… 070

第三辑　领路的康乃馨

人无法改变别人看待自己的方式，但却能改变自己看待世界的眼光；人无法让自己生来就富有，但却能让自己拥有一份更加宝贵的财富。只要有了心灵深处的那份美好，有了人格和精神的崇高，世界就会改变面貌，而我们自己也会变成真正的富翁。

领路的康乃馨/刘东伟 …………………… 074

不能跳舞就弹琴吧/包利民 ……………… 077

谎言如诗/张晓枫 ………………………… 079

一只让人流泪的水缸/包利民 …………… 081

洗手间里的晚宴/周海亮 ………………… 083

枪口下的微笑/郝向东 …………………… 086

帮你的梦想插上翅膀/吴宏博 …………… 088

背上良心逃亡/郝向东 …………………… 091

大卫搭车/刘会然 ………………………… 093

第四辑　八十一步的爱情

梁祝化蝶，牛郎织女，虽然只是美好的想象和虚构，但神话中的故事，透露出来的，正是一份真实的情感和渴望。在现实生活中，无数男女用自己的方式演绎着爱情的美好和浪漫，为这个世界增加上一道道靓丽的风景，也让爱情这个词变得更加美丽迷人。

来生，还比你快/周海亮 ………………… 098

每个相爱的人都有自己的圣诞节/王琼华 ………… 103

八十一步的爱情/凌可新 ……………………… 105

你到底爱不爱我/陈力娇 ……………………… 111

一粒纽扣儿定姻缘/吴强 ……………………… 114

山水一家亲/邵孤城 …………………………… 116

嫁给身后那只狼/安勇 ………………………… 119

轮椅上的女友/刘克升 ………………………… 122

美丽的约定/文思 ……………………………… 126

目录

第五辑 往爱里加把糖

　　两个人携手同行,那条路叫做婚姻,两个人相互依靠,就支撑起了一片叫做"家"的天空。或许,此时情感变得不再如往昔那般浪漫,但相濡以沫的关爱,却如一坛老酒,随着时光的流逝变得更加香醇厚重。此时,爱已经流进了彼此的血液,溶入了各自的生命。

003

往爱里加把糖/吴保成 ………………………… 132

我们的老式婚姻/杨修峰 ……………………… 134

最后一次晚餐/赵守玉 ………………………… 138

等你电话/葛取兵 ……………………………… 142

长吻的魔力/王培静 …………………………… 144

预约死亡/陈玉龙 ……………………………… 147

爱吃饺子的那个人去了/王培静 ……………… 151

第六辑 你是我眼睛我是你腿

　　感动无处不在,因为爱无处不在;温暖时刻相伴,因为人类内心拥有着美好。有了这道内心阳光的照耀,有了对爱渴望的那片土壤,人世间不论春夏秋冬,都会有鲜花盛开,都会有绿意盎然。只要人人献出一点爱,世界将变成美丽的花园。

5万元的心债/李子胜 ………………………… 156

沾满油的皮鞋/李全 ···················· 160

半瓶营养快线/吴芳芳 ················· 163

倒立王/刘自忠 ························· 165

老师的礼物/杨启范 ··················· 170

怎样把沈小默留下来/邵孤城 ·········· 173

你是我眼睛我是你腿/牟小玲 ·········· 176

第七辑　山中埋着一坛金

很多人我们素昧平生,很多人我们叫不出名字,但他们的故事,却同样能带给我们发自内心的感动。或许,这就是"人同此心,心同此理"的缘故吧!一张张生动的面孔,一段段动人的故事,让我们念念不忘,也让我们久久回想。

阿翠/刘会然 ·························· 182

终点不下车/王英彪 ··················· 184

山中埋着一坛金/夏艳平 ·············· 187

憨子/葛取兵 ·························· 192

老张与张老/刘永飞 ··················· 195

院长亲戚李小民/熊延玲 ·············· 198

乔老爷子的红本本/曾宪涛 ············ 200

画痴/杨清舜 ·························· 206

探视者/[埃及]尤素福·伊德里斯 ······· 208

半支蜡烛/谢志强 ····················· 212

杭州路 10 号/于德北 ················· 214

第八辑　神奇的马

看动物演绎类似于人类的故事时,我们可能常常会发出一声惊叹:这一切简直太神奇了。甚至,当我们掩卷深思时,可能还会感慨道:动物比人还要强。但仔细想想,就会得出结论:万物同理,殊途同归,不论是动物还是人类,都同样拥有一份对爱和感恩的渴望。

老猴负罪救主人/相裕亭 ……………………… 220

鸦仇/顾文显 …………………………………… 225

神奇的马/谢丰荣 ……………………………… 229

鸡王/尹利华 …………………………………… 232

三匹的狗头/苏发灯 …………………………… 236

女人与蛇/张爱国 ……………………………… 238

最后的期望/侯建臣 …………………………… 242

理想的高度/矫友田 …………………………… 244

蜗牛的下场/吕金华 …………………………… 246

阿基米得的豪言壮语/赵鑫珊 周玉明 ……… 248

一条有远大理想的蛇/钱卓君 ………………… 250

005

第九辑　维斯瓦河的琴声

历史的印迹在时光的河水之中抹去,但那些曾经生动的故事,曾经灿烂的面孔,却依然令人久久难以忘怀。因为时光虽然会走远,但他们展示出来的那份美好,却永远留在了人间。感动没有时限,它会穿越时光,历久弥新。

救命半袋米/美人锥 …………………………… 254

维斯瓦河的琴声/张春风 ……………………… 256

借条/邵孤城 …………………………………… 260

最后一个太监/刘万里 ………………………… 263

孤岛上的暗战/张春风 ………………………… 265

第十辑　多亏了你这颗心

在真正的大侠身上,不仅有我们无法想象的传奇遭遇,还有一颗我们非常熟悉的心。侠骨柔情,剑胆琴心,说的正是这种与常人相同的情感,那份你我都同样拥有的爱。传奇历险令人难忘,但故事里包含的真情,更加引人入胜,令人难忘。

多亏了你这颗心/谢丰荣 …………………………… 270

奇雕/陈国炯 …………………………………………… 276

绝旅/陈力娇 …………………………………………… 279

输给你儿子/刘正权 ………………………………… 282

抢劫我吧/凤凰 ……………………………………… 285

神药/高军 …………………………………………… 288

红衣女侠/陈勇 ……………………………………… 291

手机惊魂/尤秀玲 …………………………………… 293

感谢真残废/顾文显 ………………………………… 396

偷拍的秘密/陈龙江 ………………………………… 300

最后的歌声/[英]A·艾德里安 …………………… 305

睡莲花开的声音/子莺 ……………………………… 308

Mu Lu

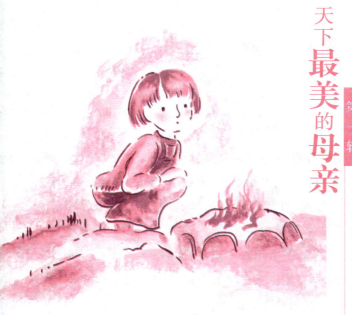

天下最美的母亲

第一辑

有一种爱天长地久；有一种爱博大无私；有一种爱不求回报；有一种爱感天动地；有一种爱，是雨季里在我们头顶张开的伞；有一种爱，是寒冬里裹在我们身上的棉衣；有一种爱，是我们避风的港湾；有一种爱，是藏在我们心底的柔软。这，就是母爱。

在母亲絮叨声中，我发现自己早已泪流满面。此时，窗外夜色苍茫，寒风正呼啸着大地。

午夜的守候 刘会然

老家在农村，是个群山包围的小山村，全村只有支书家里有个电话机。每次打电话回家，都要提前预约母亲才能接到。

走出大山去省城上大学，和家里联系主要就靠打电话了。虽然长途电话贵，为了能听到我的声音，母亲还是和我作了一次约定：每个月的第一天晚上8点，一定要往家里挂电话。

那时我和母亲每次通话都是由我首先简单介绍一下大学生活的情况，然后母亲再介绍家里的家畜、禾苗等长势的情况。通话内容很简单，但母亲却把它当成一个盛大的节日似的。

我们村子小，读书的人也少，考上大学的更是凤毛麟角。母亲能够听到儿子从省城大学来的声音，自然把这个当做一种无限的荣耀。因为全村人只有她才有这个资格。邻居们家里的儿子基本上在外面帮人打工，漂泊流浪，是很少给家里挂电话的，更不要说他们能像我一样能给家里带来大学生活的各种新鲜事物了。

每到月初这天，母亲总是早早地吃过晚饭，穿上好看的衣服，迈着小腿，在邻居大妈们一路的羡慕中，兴高采烈地来到支书家守候我的电话。

大三那年，我恋爱了。那是一个寒冷的冬夜，我和女朋友相约去逛街，回来时已是晚上10点多了，我这才想起给家里的母亲挂电话。可

转眼一想,这么晚了,天气又这么冷,母亲肯定回去睡觉了吧?女友也劝说道:算了吧,你母亲一定回家了,你现在打过去你母亲也接不到了,还浪费钱。我想想也是,母亲不会因为没有接到儿子的电话,在支书家里傻傻守候吧?

回到宿舍,寒冷中,我马上钻进了温暖的被窝,逛街产生的疲惫使我很快进入梦乡。一觉醒来时,已是午夜12点多了,我发现自己再也无法入眠。我想起了远在家乡的母亲,在寒夜中,她是否也进入了梦乡?是否在怪怨自己儿子今天没有如约打电话回去?在没有接到儿子省城来的电话,母亲又是如何落寞地走出支书家的?……所有的一切让我惴惴不安。母亲在孤灯下守候的身影既模糊又清晰,但却一直在我脑海里回旋。

辗转反侧中,一个激灵,我还是跳下了床,奔到寝室的电话机前,拨了这个最熟悉的电话号码。那边竟然传来母亲急切又兴奋的声音:娃啊,我就知道你会打电话回来的……

在母亲絮叨声中,我发现自己早已泪流满面。此时,窗外夜色苍茫,寒风正呼啸着大地。

人 生 悟 语

每个月第一天晚上的8点,从省城的学生宿舍到村支书家的电话机旁——这是一个多么温馨的距离,一个多么暖人的约定。电话的这头是儿子,电话那头是母亲。而一个迟到的电话,不仅牵出了儿子的眼泪和歉疚,更让我们在寒风呼啸的气氛中真切地看到了母爱所能达到的宽阔。

(巩高峰)

我呆了呆，根本不知道她的用意是什么。既然要给我，为什么还要存上呢。

母亲的存折 焦松林

大前天，连电话都很少打的母亲忽然拨通了我的手机。"林子，我有件事要让你办一下。"母亲还是风风火火的样子。老娘有事，哪怕是赴汤蹈火也得答应，我爽快地应下了，"好，您只管吩咐。"

母亲沉吟了一会儿，"是这样的，我和你父亲这几年来，积攒了一万块钱，你能不能帮我送进银行存起来？"一万块钱？我的眼睛一下子湿润了。10年前我还在上学，4年本科读完，家里一分积蓄也没有不说，连像点样子的东西都折出去卖了，给我当了学费；接着我找工作，又要花钱，再接着，结婚生孩子，还是花钱。我有时觉得自己把老娘那里当银行了，可穷人在钱的面前，永远也装不了英雄说不了硬话，一次又一次地默默接过来，换来的，是一次又一次的内疚和不安。

母亲曾经说过，要是有一天能办一张银行存折，看到自己的钱存那上面就好了。现在，她终于能将愿望实现了。我一阵高兴，忙不迭地答应着，说马上就赶回来。母亲便放下了电话。

老家在农村，距离我现在住的地方有20多公里，我回了趟家，正要把实情告诉妻子，可转念一想，还是不说的好。否则，她没准儿就会打那钱的主意。家里住的这三室一厅是按揭买来的，每月都要缴月供；孩子上学，请了家教。这个家，一开门，天天得花钱。于是，我撒了一个谎，说领导要带我一道下乡，可能今晚要迟点回来。下乡对于我来说，是家常便饭，妻子也没多想，就说了句那就快去吧，孩子今晚我来接。

解决了后顾之忧，我立即打了部车，直奔乡下老家而来。到了村口，就看到母亲站在入村口的马路上，正和旁边的几位老人说着话呢，看到我下车，母亲收了话，急匆匆地向谈天谈得正欢的老人说："我得回家了。儿子工作忙，我待会儿再和你们聊。"

回到家，母亲将一大沓钱拿了出来。我一看，脑子里嗡的一声，这些钱，大部分是10元的，5元的。100的也有，可不过寥寥数张。这钱要是送到银行，得数到什么时候才算完哪。母亲显然看到了我的迟疑，忙问："怎么，这钱，银行不让存？"

我立即笑了，"哪会呢，银行不让存钱，那还叫银行？我今晚一定会把存折给你送来。"按母亲的习惯，她肯定会接着说："不急不急，你哪天有空哪天再送。"然而，这一回母亲却眼前一亮，急急地问道："哦，今天你没事？晚上就能送来？"我点点头，心说，这事无论如何也得在今天办好。这是母亲等了这么多年的心愿。

赶回城里，已是午后两点半了。我来到一家农行的储蓄所，刚把钱拿出来，那个与我还算熟悉的工作人员小赵就懵了，"老兄，这钱得麻烦你自己点好了，然后再交给我。按说，这样的钱，我们必须等空闲的时候才清点的。"说着，他告诉我，把5元的、10元的，按叠一一扎好。

小赵的话让我尴尬不已，加上一旁等着取钱的顾客也看着我，我额上的汗一下子就流了出来。越是着急，双手的动作越是缓慢，既怕数错了，又怕弄混了。好不容易按小赵的要求捆扎好，已是下午3点多，距离他们停止营业不过半个小时了。

这时候，母亲的电话再次追了过来，"林子，钱存好了吗？"我心里不由地有了些怨气，我这老娘，难道还怕儿子吞了她的钱不成？还打电话来催呢。可这话只能在心里腹诽，嘴上却是说不得的，我只能一个劲儿地说快了，快了。

赶在下班前5分钟，小赵终于点完了这一万块钱，准备来办存折了。我特意拿出母亲的身份证来，核对了名字的写法，然后拿出一张纸来，工工整整地写上了母亲的大名"胡秀萍"。

傍晚，我把存折交到了母亲手里，老人家竟然和父亲两人各牵存折一个角，小心翼翼地拿着走到了屋外，对着亮看了几遍，嘴里还大声的念叨，"是的，这名字是我的名字。清清楚楚地印着呢。"引得左邻右舍都从家里伸出头来看。我心里更加不是滋味了，甚至连以前对父母的苦楚与辛劳的感喟都抛到了脑后，认为人老爱财这句话，说得是再妥帖不过了。

母亲收好了存折，留我在家吃晚饭，我没有答应。出租车还在村口等着，我快步走了出去，临上车时，我回头看了一眼，父亲和母亲竟然也跟上了来，看到我回头，他们又站住了，脸上写满了笑容。

这事就算过去了。谁知过了一周，母亲又一次给我打电话，叫我回去一趟。我无奈，只得抽空回了趟老家。进门坐下没多久，母亲把那张红色的存折拿了出来，递到我的手里，里面还夹着她的身份证，"这钱，是给你用的。你收好了。"

我呆了呆，根本不知道她的用意是什么。既然要给我，为什么还要存上呢。"村子里几户老人，手里有点积蓄，想存银行。因为不识字，便让自己家的孩子去存，谁知，钱倒是存了，名字却是儿子的。老人们感叹，现在人人都爱钱，连自己的儿子都不能信呢。我跟他们说，我儿子就不会这样，这不，我和你爸商量了，把钱交给你存上。果然，这存折上是我的名字。我这几天把存折给他们看，他们一个个心服口服呢。"

原来我母亲是想在邻居面前替儿子挣张脸。我正要说什么，母亲又说道："你以为我想显摆什么吧？不是，娘儿娘儿，就算是一家人，也要按各人的想法做。娘疼儿子，儿子也不能不管娘和老父，为所欲为吧。你做得好，没有让娘失望。钱拿着，还房贷。"

我眼里的泪一下子涌了上来。这回，存折我没有接过来，而是还到了母亲的手里，"您和父亲都上了年纪，这钱，就用来买些好吃的。日子慢慢过，您的儿子长大了。"

母亲一个用心的举动，既照顾到了儿子的面子，又巧妙地挡住了邻居的猜测。而那个红色存折上面的"1"和四个"0"，分明是对这位母亲最美好的称赞。母亲的良苦用心，我们做子女的可能很难猜测到，因为，母亲对孩子的爱，总会超出我们的想象，也永远多过我们对母亲的孝顺。

（巩高峰）

临走，大妈嘱咐一定让我向你说声谢谢，说没有你，就没有那床凉席，就没有她儿子的几天生命。

温暖的凉席 陈振林

那是一个冬日的深夜，我去医院看一个朋友。紧挨朋友病床的是一个看上去 40 多岁的男子，医生小声对病人家属——一个 50 多岁的大妈说："发高烧了，因为他是肝癌晚期，又不能注射或服用退烧药，最好采用保守退烧的方法。要想办法弄一床凉席来，或许可以延长病人的生命。"

大妈犯难了：到哪里去找凉席呀？朋友悄悄对我说："邻床这病友其实才 20 来岁，大妈是他母亲，可怜呀，20 来岁的人得了这种病，听医生说其实挺不了多久的，或许明天早上就会离开。"我忙叫过大妈说："大妈，我家里好像有床凉席的，我替你拿来。"

"那哪能呀大兄弟，我跟着你去取吧。"大妈说。于是让朋友的父亲看护她儿子一会儿，她跟着我去取凉席。进了门，找了半天，我这才想

起我们上个月搬家时因为安装了空调，那床凉席早就丢掉了。我抱歉地对大妈说了，然后又说我向邻居借一借看。我试着敲了几户人家的门，不是说家里没有凉席，就是根本不开门。大妈见了说："谢谢你了大兄弟，不必再为难你了，我会有办法的。你就借我一把刀吧，要耐用一点的。"我忙从家里拿出了一把小柴刀，这是我在家修桌椅板凳用的。

"大兄弟，刚来时我看见路边有根毛竹，我想用 30 元钱买下。"大妈说，"就用它来做凉席。"我想起来了，那根毛竹在东头我小叔小卖部边，是我小叔用来架电视天线用的。小叔答应了，说不要钱。大妈硬是将 30 元钱丢在了小叔的柜台上。大妈借着小卖部的灯光，开始劈毛竹。居然想不到大妈还会这一手呢。一会儿，毛竹变成了细长的竹片，大妈用线一穿，成了一床简易的凉席。再看大妈，满脸的汗，双手早已起了血泡。

我和大妈返回医院时，已是凌晨 3 点多。病床上的小伙子像煎鱼般翻来覆去，主治医生在旁边也心急不已，急忙垫上凉席，小伙子似乎好多了。好一会儿，体温真降了下来，小伙子也睡着了。

我的心里有股酸酸的味道。

过了几天，我又去看朋友。邻床早已空了。朋友说："就在前天，小伙子离开了人世，睡在那床温暖的凉席上。他们回老家去了。临走，大妈嘱咐一定让我向你说声谢谢，说没有你，就没有那床凉席，就没有她儿子的几天生命。"

我的泪，涌了出来……

人 生 悟 语

　　母亲，永远是为孩子遮风挡雨的大伞；母爱，永远在孩子最需要的时候给与孩子温暖。大妈用她浓浓的母爱抚慰了孩子最后的生命，她亲手编制的凉席让孩子也终于进入了幸福的梦乡。坚强的大妈让我们体会到了坚强、伟大的母爱。

（巩高峰）

那封信上写着："妈妈，我们请您来参加我们的家长会。我们爱您，像小伟一样爱您！我们都知道，您是世界上最美丽的母亲……"

天下最美的母亲 彭永强

　　小伟是一个品学兼优的孩子，学校里的老师都很喜欢他。但是，老师们却发现了一个奇怪的现象。就是每到开家长会的时候，小伟总是有些魂不舍守的，而且许多次家长会，小伟都没有请家长前来。老师们都感到纳闷，因为像他这般优秀的孩子，都是盼着开家长会的。这既是自己的骄傲，也给家人增光不少……

　　然而，原本应该使自己兴奋的家长会却成了小伟的心病。因为爸爸一直忙着工作，只有到周末的时候才难得回家一次。即使是回到家里，也只是在妈妈特别忙的时候才会放下手中的书本，帮妈妈做一些事情。

　　妈妈倒是对开家长会比较热心，特别是在小伟读小学的时候，每次家长会她都会早早地赶到，热心地同老师们交流着。那时候，小伟一直是父母的骄傲，不仅学习成绩很好，懂事而不失活泼，而且还很有音乐特长，能够拉出优美的小提琴协奏曲。

　　可是，到了中学以后，小伟再也不愿意母亲来学校参加家长会，主要是因为母亲脸上的伤疤。那伤疤红一块紫一块的，没有丝毫光泽。而且，在伤疤的映衬下，母亲的眼睛看起来也是一只大一只小，很不谐调。小伟觉得从自己记事的时候起，母亲的脸上就是这个模样。只是那时自己年龄还比较小，也没有觉得伤疤有多么难看，而且他的小学是在自己所在的社区内读的,同学和老师都是他们熟悉的人,对母亲脸上的伤疤已经看得习惯了,似乎也没有人觉得他们母子有什么不同之处。但自从他考上中学,去学校的第一天母亲送他的时候,才注意到许多同学都在往母亲和自己这里瞧,有人不怀好意地笑着,有的还交头接耳窃窃私语……

直到这时,小伟才感觉到母亲脸上伤疤的难看。而和母亲走在一起,似乎自己也成了一头奇怪的动物,成了同学们侧目甚至嘲笑的对象……

从那一天之后,小伟就再也不愿意和母亲走在一块儿,更不愿意母亲跑到学校去看望他。因此,每次开家长会的时候,他都感到格外的郁闷,每次都编织谎言蒙混过去。

初一那年的暑假,小伟去了外婆家。那是山脚下的一个小村庄,山上是国家的自然保护区。那里绿树成荫,山坡上不知名的花草挤挤压压的,竞相展示着自己的姿色。清晨还能听到鸟儿的清脆的歌唱。在繁忙的城市里待了几年,乍到山清水秀的乡村,小伟感到一切都是新鲜的,心情也格外舒畅。

这天,小伟帮外婆收拾一些家具。在一个箱子里,小伟看到一张照片——他能够认出其中一个人就是外婆,那是外婆40岁左右拍的。外婆的身边有一个漂亮的姑娘,小伟觉得照片上这位姑娘非常面熟,可就是想不起是谁。于是,他就拿着照片跑到外婆身边,指着照片上的人问:"外婆,这个人是谁呀? 长得很漂亮呢……"

外婆瞅了瞅照片,沉默了一会儿,才说:"傻孩子,那是你妈妈啊。那时,你妈妈才19岁,长得像一朵花一样……"

"可是,妈妈怎么变成了现在这个样子?"小伟按捺不住好奇,终于又问了一句。

"那还不是为了你呀!为了救你让狼给抓的……"接着,外婆给他讲了十几年前那个惊心动魄的故事。

那是小伟两岁多一些的时候,爸爸和妈妈都在那个山脚下工作,爸爸在乡政府做会计,妈妈在林场工作。那天中午,小伟睡着了。妈妈就赶紧钻进厨房,趁这时机去做中饭。

　　饭做了一半,妈妈突然听到小伟啼哭的声音。她连忙放下手里的活儿,快步跑回屋子。一走进屋子,她禁不住大吃一惊,原来有一条"大狗"正在对着孩子的脸嗅来嗅去。"滚!打死你!谁家的狗啊……"

　　妈妈一边喊着,一边顺便把手里的擀面杖扬起来,想把"大狗"吓跑。就在"大狗"回头的一刹那,妈妈惊叫了一声,她看到了"大狗"的眼睛里正放射着绿莹莹的光芒:那哪里是狗啊,而是一条纯正的狼……

　　狼似乎并没有特别在意来人,而是再次将嘴巴伸向孩子的脸孔。妈妈再也顾不上自己的恐惧了,用擀面杖狠命地向狼砸去。这一记突袭,让那匹狼终于愤怒了,它掉转头去,向她扑了过来……

　　周旋了许久,妈妈终于精力透支,无力地坐在了地上,狼的利爪顺势抓到了她的脸上,就在这千钧一发的时刻,爸爸和他的同事一起赶回了家,他们合力把狼打死……

　　小伟听完外婆所讲的故事,早已经泣不成声了,他后悔自己一直不理解母亲的苦衷,甚至背地里埋怨母亲屡屡伤害自己的自尊,让自己大失脸面。可是,对这一切,母亲从来没有抱怨过,母亲的丑陋,全都是为了救他才留下的啊!

　　后来,小伟问母亲为什么不给他讲一讲自己小时候的那个故事。母亲说,都过去了,还提那些做什么,现在咱们不是全都好好的吗?我从来没有后悔过,哪怕你一直嫌弃我……

　　小伟再也忍不住,一把抱住母亲:"妈妈,您是天底下最美丽的妈妈,我怎么会嫌弃您呢……"

　　不久,市里举行了一次作文比赛,小伟把自己的故事写了出来。写自己的内疚,写自己的忏悔,最后,他写到:"母亲啊,您永远是最美丽的,不管您脸上的伤疤是多么难看!"

　　语文老师在课堂上朗读了这篇唯一的获一等奖的作文。朗读完毕,几乎所有的人都沉默了,有许多人都感动得流下了泪水……

　　又一次开家长会的时间快要到了,小伟早就向母亲发出了邀请,要母亲到学校开会。家长会的前一天,语文老师交给了小伟一封信,让他转交给母亲，小伟答应了。

母亲打开信，刚刚看了几行，手就开始颤抖起来，声音也哽咽了："谢谢，谢谢你们！我的好老师，我的好孩子们……"

小伟看到了那封信上写着："妈妈，我们请您来参加我们的家长会。我们爱您，像小伟一样爱您！我们都知道，您是世界上最美丽的母亲……"信的最后，是全体老师和学生的签名。

看到此处，泪水再次模糊了小伟的眼睛……

人 生 悟 语

母爱，宽过大海，高过大山。母亲总是有许多许多的秘密，如果我们不去探询，也许她会隐藏一辈子。母亲对子女的爱只会用行动来表达。无论她为孩子付出多少。都不会说出来，所以，在我们每个人的眼里，母爱的美丽都光芒四射，无限温暖。　　（巩高峰）

我走上前，帮母亲压着红榜，心里暗暗地发誓，我要更加的努力，我一定要让全校都知道我母亲有个每次都上红榜的儿子。

风吹不掉的红榜 葛俊康

在老师的心目中，我是一个差生。其实我不是天生就是如此。我读小学的时候成绩还蛮好的。只是升入初中后，由于爸爸的去世，我才失去了学习的兴趣。爸爸是镇中的老师，一次，爸爸为了救一个落水的学生永远地离开了我和妈妈。妈妈是镇中的临时工，专门负责打扫学校的教学楼。我们的家就住在镇中。

按理说，住在学校，每天守着老师，我的学习成绩应该有所提高才对，但哪知道却越来越孬，到了初二，简直就是一塌糊涂。

每次考试拿到成绩后，我第一个觉得对不起的就是母亲，不敢拿回家面对母亲的眼神。母亲问考试情况，我只好含糊其辞地说，考得不好。母亲往往会叹口气，说："康娃，你现在长大了，许多道理比我更明白，不需要我再说了，你爸走了这么多年了，妈现在只有你，妈的希望全部在你身上。"

说实话，母亲的这些话，常常压得我喘不过气来。看着母亲越来越憔悴的样子，我也知道母亲的不容易。我也想学好，考出好成绩来报答母亲，让母亲高兴高兴。

从此，我忘了那些不愉快的事情，一门心思地扑在了学习上。也是功夫不负有心人，几个月后，我终于考进了年级的前50名。我的名字终于上了学校的红榜。看着贴在教学楼前面墙壁上的红榜，我的心里比喝了蜜还甜。

放学回家，我告诉母亲我上了红榜，母亲的脸上立即就露出了灿烂的笑容。忙说，真的？快，马上带我去看看。说完，母亲不顾锅里正在炒菜，把火一关，拖着我就往教学楼跑。

看着红榜上我的名字，母亲的脸上满是喜悦的笑容。

那晚，母亲的笑意一直挂在脸上。母亲很久没有这样笑过了。看着母亲的笑容，我的心里也感到特别地愉悦，不久就慢慢地进入了梦乡。

要到天亮的时候，我被外面的风雨声惊醒了。原来外面下起了大雨。

躺在床上，听着外面的风雨声，我有了一些尿意，忙起床往卫生间跑。走过母亲的房间，我发现门是开着的。往里一瞧，床上却没有母亲的身影。

我想母亲是不是也去了卫生间，我就在外面等。等了好长时间，没见母亲出来。我忙推开门，哪有母亲？我的心一下就慌了，在这大风大雨的夜晚，母亲一个人会到哪里去呢？我忙拿上手电筒出门去找。

013

走到教学楼的时候,我看见一个人影正站在那里用手扶着墙壁。我忙走了过去, 发现是母亲。只见母亲两手紧紧地压着下午才贴上去的红榜。

看着母亲的样子,我十分的不解。母亲看着我,说,你来干啥?快去睡,明天还要读书!

我问母亲那样压着红榜干啥?

母亲看着我,认真地说,我这样压着,它才不会被风吹掉。

听完母亲的话,我还是不理解,我想,即使吹掉了又怎样?

母亲看着我困惑的样子,说,我就是想让大家明天再看看我儿子也上了红榜。

母亲一说完,我的心竟猛地跳了一下。母亲,这就是我可亲可爱的母亲。此时,看着母亲在风雨中扶着红榜的样子,我的眼泪不自觉地流了出来,不一会儿就已经是泪流满面。

我走上前,帮母亲压着红榜,心里暗暗地发誓,我要更加的努力,我一定要让全校都知道我母亲有个每次都上红榜的儿子。

人 生 悟 语

在风雨之夜,一位母亲用双手紧紧捂着儿子的名字,红榜给母亲带来的欣慰,可想而知。母亲的愿望如此简单,只要孩子努力,哪怕是一丁点的成绩,都足以让母亲为之骄傲。与其说母亲捂着的是儿子的荣耀, 不如说捂着的是那份殷切而滚烫的愿望:希望孩子一切安好,天天向上。

(巩高峰)

原来母亲不管擀多少面条都会剩,是哥哥姐姐每次都适当减小自己的饭量的结果……

剩 面 条 尚庆海

小时候家里穷,我们兄妹又多,每年的粮食就老是不宽余。每次吃捞面条,母亲总是最后一个吃饭。母亲擀的面条总是会剩下一些,等到下一顿,母亲担心生面条变馊,就会把前天甚至大前天剩下的面条煮煮吃掉,当天就会又剩下一些新鲜的面条。

我不懂母亲的做法,给母亲提建议:"妈妈,每次您擀的面条剩下的都差不多,为什么您不能少擀一些,别剩那么一点,每天都吃新鲜的不好吗?"

母亲慈祥地摸着我的头,没有说话。

下次母亲还照样吃前天剩下的,而又把当天新鲜的留下来。

一次吃饭,父亲见剩面条只有寥寥几根,就把自己碗里一直让冷着的面条给母亲碗里分,母亲怕我们看见,不让父亲分,父亲却固执地把一半的面条分给了母亲,母亲没有再说什么,只是又给父亲夹回了一些。

那天,我高兴地说:"妈妈今天不用吃剩面条了。"我还提醒妈妈说:"明天少擀一些,就不会剩了。"

等下一次再吃面条,我发现母亲擀的面条真的少了些,可是等妈妈吃过了饭,面条还是剩了一些,我就奇怪,怎么不管妈妈擀多少面条,都会剩一些?

有一天,我吃过饭从外面玩回来,发现母亲在津津有味、大口大口地喝着面汤,我羡慕地说:"妈妈,面汤那么好喝?我也要喝!"

母亲一怔，瞬间慈祥的面庞上就漾起了微笑。母亲给我盛了半碗，我搂着碗"咕咚咕咚"贪婪地喝了两口，可是面汤并没有我想象的好喝，怎么母亲就喝得那么香呢？

我正搂着碗疑惑着，大姐进来了，大姐看见我手里端着的面汤，厌恶地看我一眼，没有说话……

晚上睡觉，半夜醒来，我听见母亲在叹息，母亲说："今年咱家的粮食又接不住了。"父亲也叹了一声，说："我明天就去想办法，老大老二正是长身体的时候，得叫他们吃饱啊。"母亲说："明天我就做汤面条吧。"父亲担心地说："你……"母亲说："不要紧，我多添水就够了。"父亲长长叹了口气，对母亲说："你也得吃啊，老喝汤，怎么顶得住，还干那么多的活？"母亲说："别说了，别让孩子们听见了……"

第二天，父亲早早地就出去了，晌午，母亲果然做了汤面条，要吃饭了也没见父亲回来，母亲做好饭，又像往常一样去干些碎活，叫我们先吃。我发现哥哥姐姐盛饭的时候，盛进碗里的饭又用饭勺从碗里往锅里舀回一些，哥哥姐姐还像往常一样当着母亲的面吃了两碗，等母亲去吃饭的时候，母亲揭开锅盖，怔了一下，然后喊我们说："你们几个过来，每个都再吃些，今天的饭做多了……"

原来母亲不管擀多少面条都会剩，是哥哥姐姐每次都适当减小自己的饭量的结果，不然，母亲每顿就只有面汤喝了，吃剩面条总比光喝面汤强。而我小，不懂事，还和母亲争过那天母亲仅有的面汤，那天母亲一定是饿着肚子开始一天的劳作的，现在想起来，悔意顿生，心口隐隐作痛……

人 生 悟 语

半碗剩面条能起到什么作用？它填不饱一个长身体的孩子的胃，提供不了让母亲劳作一天的能量，甚至都不能让"我"觉得味道好。但是，恰恰就是这半碗面条，在一个贫困的家庭，照亮了父亲和母亲的伟大，照亮了哥哥和姐姐的懂事，也照亮了一个少年通往善良的光明道路……

(巩高峰)

世上只有妈妈好,有妈的孩子像块宝,投进妈妈的怀抱,
幸福享不了……

世上只有妈妈好 陈永林

林文丽对儿子薛勇越来越失望了。

薛勇自小不喜欢念书,勉勉强强混到高中毕业,再不肯念书了。林文丽起初想要薛勇复读:"你不念大学,今后我这么大的公司给你,你能管理?"薛勇说:"妈妈才初中毕业,不照样把公司管理得井井有条?"

林文丽没办法,让薛勇进了储运部。林文丽想让薛勇在公司每个部门都呆上一年,薛勇业务熟了,才能管理好公司。可薛勇好,到了储运部,根本不把储运部刘主任放在眼里,刘主任让他这样做,他偏那样做。而且还当上了刘主任的上司,对刘主任的工作指手画脚的。刘主任的工作干不下去,向公司辞职。林文丽忙挽留刘主任。刘主任说:"薛勇在储运部,我就走。"

薛勇便到了策划部。薛勇故伎重演,策划部主任也闹着辞职。

更让林文丽失望的是薛勇极其脆弱,林文丽当着策划员工的面骂了薛勇几句,薛勇就从口袋里拿了把小刀割腕想自杀。

这天晚上,林文丽进了薛勇的房,沉着脸一言不发地坐在那儿。薛勇说:"妈,什么事?"林文丽叹口气说:"薛勇,你今后别叫我妈了。我不是你妈。""你不是我妈?"薛勇困惑地摇摇头。林文丽点点头说:"我真不是你妈。我见你的性格没一点像我,也不像你死去的爸,就对你产生怀疑。今天我到医院验血了,我们的血型根本不对。肯定医生抱错了人,把你当成我儿子抱给我了。既然你已不是我儿子,我也没必要照顾你,再说我也不想见到你……"

这事来得太突然了,薛勇一句话也说不出来了。

林文丽出门时说:"希望明天我就见不到你。"

薛勇只得一边哭一边收拾自己的东西。半个小时后,薛勇就拖着一个皮箱出门了。薛勇上了去广州的火车。薛勇在广州的大街小巷转了几天,也没找到工作。薛勇身边的钱用完了,他只得去捡破烂。薛勇每天提着一个蛇皮袋翻垃圾桶。

一回,薛勇在天桥底下睡,两个联防员对薛勇拳打脚踢。"这是你睡觉的地方吗? 滚。"那时薛勇又饥又渴,还冷得瑟瑟发抖。已深秋了,薛勇还穿件衬衫。薛勇原本带了夹克衫和毛衣的,可全被他便宜卖给民工了。薛勇又想到死。一脸泪水的薛勇拿了刀子正要割手腕时,一个年轻人抢过薛勇手里的刀:"你的命就这样不值钱?"薛勇没说话,泪水流得更欢了。年轻人把薛勇的刀子扔了:"走,我请你吃饭去。"年轻人又自我介绍:"我叫何文良,江西九江人。"薛勇说:"我也是江西九江人。"

薛勇在何文良的介绍下,进了一家玩具厂当搬运工。第一天薛勇就同另外两个搬运工下了一车的布料,并把布料扛进仓库里。薛勇累得浑身骨头散了架,两条腿酸麻麻的,没一点知觉,站都站不起来。薛勇想不干,可一想到捡破烂吃不饱、穿不暖、晚上在外睡的日子,又坚持下来了。

空闲的时候,薛勇学会了踏电车。还把一辆准备当废铁卖的电车拆了装,装了又拆,竟把电车修好了。老板便让薛勇当了修理工,工资也涨到 1200 块钱了。

就在这时,薛勇病倒了。薛勇的肺上长了个肿瘤,还好,是良性的。医院让薛勇预交一万块钱,薛勇工作才半年,根本交不起一万块钱的住院金,厂里也不肯代薛勇交。幸好何文良来了。何文良二话没说,去银行取了一万块钱给薛勇。薛勇感动得直掉泪:"兄弟,若不是你,我怕得去见阎王了。"

薛勇在医院住了一个多月,何文良在医院里也呆了一个多月。何文良帮薛勇洗衣服、喂药、去食堂打饭、扶薛勇上厕所、背薛勇去室外晒

太阳。薛勇对何文良说："你是我世上最亲的人。"何文良摇摇头："你妈妈才是你世上最亲的人。"薛勇冷笑："我还没见到我亲妈呢。"

薛勇病好了，又进了玩具厂。

一晃眼两年就过去了。一次薛勇正在填写出库单——薛勇这时当了仓库主管——何文良来了。何文良说："薛勇，跟我回家吧。"薛勇说："我没有家了。""有，你有一个温馨的家。你妈在等着最后见你一面呢。快，要不你见不到你妈妈了……"

从何文良的叙述中，薛勇才明白了妈妈的良苦用心。原来林文丽把薛勇赶出家门前就已知道自己得了肝癌。林文丽最放心不下薛勇，薛勇太脆弱，没有上进心，不了解社会，不懂得怎样与人相处。她为了让薛勇经历些风雨，让薛勇在风雨中变得坚强，让薛勇成为一个真正的男人，以便薛勇在她死后能接替她，故意说她不是薛勇的亲妈妈。但林文丽又怕薛勇在外出什么意外，便以每月 3000 块钱的高薪聘请何文良照顾薛勇。何文良在外的食宿费、交通费凭发票报销。

"那快呀，快往回走呀……"薛勇已一脸泪水。

薛勇和何文良坐飞机到了南昌，再坐长途班车到了九江。但薛勇到家时，林文丽的眼睛已永远地闭上了。薛勇跪下来，喊了声："妈！"就晕倒在地上了。

唢呐手吹的是《世上只有妈妈好》："世上只有妈妈好，有妈的孩子像块宝，投进妈妈的怀抱，幸福享不了……"本来这歌不是很悲伤，但经唢呐一吹，调子悲伤得让在场的所有人都落了泪。

人 生 悟 语

也许很多人会说，世上真的会有如此狠心的妈妈吗？把儿子扔到异地他乡，让贫穷、意外、疾病、挫折一一折磨他，劳其筋骨，饿其体肤。可是如果把这一切放到肝癌的背景下，母亲又显得辛酸而伟大。如果说让儿子独立需要狠心，那么下得了狠心的妈妈就是世界上最好的妈妈！

(巩高峰)

"您儿子？"记者的眼里满是惊讶，"他在哪儿？做什么工作的？"

看望儿子的女人 郑俊甫

这是一辆开往市区的客车，女人就坐在靠窗的位置。女人晕车，这个位置还是她跟一个小伙子调换来的。

窗外的田野已经绿起来了，暖暖的阳光透过车窗照进来，让车里的人都昏昏欲睡。女人没有，女人的眼睛一直盯着窗外，想着长长短短的心事。一个硕大的竹篮摆放在女人的腿上，竹篮上盖着一块洗得发白的布。看得出来，女人是个喜欢洁净的人。

"大姐，还是把篮子放在行李架上吧？这样怪累的。"对面座位上一个抱着孩子的年轻母亲说。

女人回过神来，感激地笑笑，说："不了。"女人看见了年轻母亲怀里的孩子，是个女孩，三四岁的样子，两只澄澈的眼睛紧紧盯着自己的篮子。

女人把手伸进篮子，变戏法儿似的摸出一把花生来，塞到女孩的手里。车厢里很快就响起了噼噼啪啪的声音，女孩吃花生的样子让女人爬满皱纹的脸上泛起了鲜活的生机。

烟就是这个时候冒出来的。没有人看到它是怎么冒出来的，先是羞羞怯怯的一缕，很快就成了一股，一片。车厢里有了焦煳的气味，眨眼的工夫，气味就在小小的空间里横冲直撞。

"着火啦！"女人第一个叫起来，声音哨子般尖锐。沉睡中的乘客都给惊醒了,平静的车厢里一下子炸了锅。

司机在慌乱中把车停在了路边,大叫着:"快下车啊!"可火是从车门烧起来的,没有人能够从那里离开车厢。

"大家不要慌,来,从车窗跳下去!"女人大声招呼着,一边丢掉腿上的篮子,两只手用力把车窗扒开。人群疯了似的朝那扇小小的出口拥过来,有两个男人凭着力气越过了妇女和孩子的屏障,削尖了脑袋往外钻。

女人忽然伸开双臂挡在了窗前:"不要挤,不然谁也出不去!"女人的嗓门很大,完全没有了刚才的娴静,像是一头狮子。

两个男人愣了一下,不情愿地让开了身子,骚乱的车厢顿时安静了许多。女人先是招呼着对面那个年轻的母亲,帮着她跳了出去,又抱起吓得哇哇乱哭的小女孩,递了出来。然后是一个妇女,又一个孩子……

乘客们在女人的帮助下,争相跟着往外钻。车厢里的人在一个一个地减少,火势却在一点一点地变大,变猛,直至疯狂。小小的空间成了一个蒸笼,让人透不过气来。女人不停地咳嗽着,手却没有停下,一个个或肥或瘦或高或矮的身子在她的推搡抬抱下,纷纷逃离了险境。

当最后一个人被女人推出窗口时,整个车厢已经成了一个火炉。车外的人拼命喊着:"大姐,跳啊!快跳啊!"

女人的头刚刚探出窗外,又缩了回去。她的手在窜着火舌的车厢里摸索了一阵,然后递出来一只烧黑了的竹篮。两个男人一边接过篮子,一边把女人从窗口拽了出来。女人的头发已经烧焦,脸上像是抹了一层黑,衣服上还蹿着火苗。几个人冲上去,手忙脚乱地把女人身上的火扑灭。

女人大口喘了会儿气,忽然身子一软,昏了过去。

救护车很快就到了,女人和另外几名伤员被送进了医院。

女人醒来的时候,已经是第二天上午了。睁开眼,女人看见了洁白的墙壁,洁白的被单。不知名的鸟声唧啾着从窗外传进来,让女人恍惚间觉得漂浮在梦里。

第一个获准进入病房的是市报的记者。记者望着女人瘦小羸弱的

身子,伤痕累累的脸,和那一头烧得不像样子的乱发,抿着嘴,深吸了口气,小心翼翼地问:"大姐,感觉好点了吗?"

女人点了点头。

"可以问您一个问题吗?"

女人又点了点头。

"据说,您当时就坐在窗边,本来可以第一个逃出来的,您为什么不逃? 是什么让您坚持到了最后? 您难道……就不害怕吗?"

女人咧开嘴,一朵笑在她的唇边绽放开来。女人说:"是我儿子,我儿子让我坚持到最后的。"

"您儿子?"记者的眼里满是惊讶,"他在哪儿? 做什么工作的?"

"他没有工作。"女人盯着天花板,像是回答又像是自言自语,"去年这个时候,为了救一场火,他再也没有回过家,一个人睡在了市郊的那面山坡上。这次,我就是去看他的。着火的时候,我满脑子都是儿子的身影。我想,要是给火烧死了,不是就能见到我的儿子了吗? 我当时觉得儿子离我越来越近了,他还冲我招手了呢,真的。你说,去和儿子见面,我有什么好害怕的?"

人 生 悟 语

　　如果说失去儿子的痛苦可以用火来形容,那么这位母亲的悲痛之火和思念绝对压得过车厢里的火苗。所以,她强忍着火,把一个又一个人送出了窗外,而她自己在最后一刻才出来。当远去的儿子又在火焰中重现时,母亲的悲痛哪里是一场火能形容得了的呢? 只能说,儿子英雄,母亲伟大。

(巩高峰)

那鲜血一样红的花瓣突然间朵朵飘零下来,刹那间落红如雨,像一位年老母亲的血泪在飞。

花红胜血 徐树建

连绵起伏的大青山山脉外口有个叫青山镇的大镇子,镇子上有个后生叫启明。启明父亲死得早,全靠妈妈拉扯成人,生得英气勃勃浑身是胆,这天对妈妈说要独自进山收购药材,好卖给镇上的药房赚点钱。妈妈一听脸上就变了颜色,说:"这断断不行,明儿,你年纪还小,从未出过远门,妈哪能放你走? 再加之如今世道险恶人心难测,尤其是大山里人烟稀少山高皇帝远,更是什么事都有可能发生!"启明一听就急了,说:"可我今年都20岁了,总不能老是在妈的庇护下过日子吧? 难道妈就愿意我永远长不成一个真正的男子汉吗? 再说,你为我吃了那么多苦,我也该挣钱养活你了。"

妈妈见启明这么懂事既担心又高兴,她知道儿子的脾气,一旦拿定主意怕是九头牛也拉不回头了。当下沉吟了半晌,然后说:"你要进山也可以,但一定得答应妈两个条件!"

启明说:"妈,只要你肯让我进山,就是100个条件我也答应!"

妈妈竖起食指,缓缓说道:"第一,你必须在深秋落第一层霜的时节才能进山!"

启明一听笑了起来,说:"现在正是深秋,马上就要落霜了,妈,我答应你,那第二条呢?"

妈妈却不笑,而是神色格外庄重起来,转身从柜子深处掏出一样东西，却是个手帕包，打开，是三粒种子，黑乌乌暗沉沉的像生铁铸就一样。妈妈字字用力地说："第二，你把这三粒种子带上，记住，每到山里人家求宿时，必须趁主人不注意把这三粒种子播在主人家屋前屋后，第二天一大早离开时再把这三粒种子挖出来带上，到下一家还是这样做一遍。启明，就算妈求你了，你做到做不到？"

启明虽然不知道这么做是什么意思，但看妈一副千叮咛万嘱咐的样子，便一拍胸脯，说："妈，你放心，我一定做到！"

第二天一大早陡觉寒气逼人，启明推门一看，哇，满地枯黄的草叶上、对门邻家的青瓦上白花花的全是霜！妈妈见了叹一口气，再无二话，当下在儿子脖子上套上一块绿色玉佩，说声"老天保佑我儿"后就看着启明大步流星地出发了。启明走了老远，回头一瞧，看见妈妈依旧一动也不动地望着自己，任凌乱的头发在风中飘舞，心中顿时一阵酸楚。

一晃十多天过去了，再一晃一个多月了，儿子不见回来也不见让人捎个口信，妈妈开始变得不言不语，从早到晚木头人般站在门口，朝大山的地方远眺。邻居们喊她也不应，上前一看个个惊讶极了，几天的工夫启明妈仿佛老了十岁，原本略花白的头发不知何时竟变得白花花一片，瘦小衰弱的身子更是变得摇摇欲坠。大伙偷偷擦把泪，正要想出话来宽慰宽慰她，却见她收拾好一个包裹关上门，然后迈开步子竟朝大山走去！大伙这才明白年老的启明妈妈是要进山找儿子，正要上前阻止，却看到她一脸刚毅的笑，说："大家别拦我，是我放儿子进的山，我就一定得把儿子找回来！"

启明临行前曾跟妈妈说过进山的路线，妈妈就沿着那条路线找去。也不知道走了多远，终于见到了进山以来的第一个村子，妈妈也不歇一下脚，立即从随身包裹里拿出一幅画挂在村中的一棵大树上，然后就地坐下来一声不吱。村里人见来了这么一位奇怪的大娘，立即好奇地围上来看，却见画上色彩鲜明地画着一枝花株，枝头盛开一朵花，朵开如碗，花红胜血，花瓣层层叠叠围着中间一柱娇嫩的花蕊。画的左下角还有一行字，写的是：求购救命药材"血里红"，一朵十两纹银。

大伙一下子惊叹开了，一朵花值十两银子啊！只是长这么大了却从没见过这么奇异的花。

大伙围观一气、咂嘴一气，却见启明妈一直不言不语，饿了就买两个馒头啃啃，渴了就讨一碗白开水喝喝，累了就坐靠在树上打个盹。众人看在眼里，便压低声音嘀咕道："这位大娘莫不是个疯子吧？"

一晃过去了两天，没有人拿花来换银子，妈妈叹口气，小心卷好画动身了，她没有回去，而是向大山更深处走去。

从此以后妈妈每见到一个即使只有几十户人家的小村子，她也要挂上画，然后坐在一旁等着有人卖花。即使下雨时也是这样，妈妈宁可自己给雨浇得湿透了，也不让一丁点雨星沾上画，可一直没有人卖花。

时间一天天过去了，妈妈也不知道自己走了多远，路过了多少村落，反正越往大山深处走，山势就越来越险恶，可越是这样越激起妈妈要寻找儿子的信心，因为她知道越是险恶的山里越有珍贵的药材，浑身是胆的儿子就越有可能来过。她从不向人打听她儿子是否来过，因为打听也没用，山里地广人稀，没有人会注意到一个小小的陌生的身影的，更重要的是，她怕儿子已遭了不测，一打听会惊动凶手的。

这天妈妈来到了一个更为偏僻险峻的小山村，说它偏僻险峻，因为仅有的十几户人家家家依山势而建，房子忽上忽下，有的隐匿山坡那一面，根本无法看见，彼此相距又极远。妈妈看到村头有一间小小的杂货店，显然这十几户人家的油盐酱醋就全指望这间小店了，当下二话不说，立即在小店旁的树上挂上画，然后照例坐了下来。

一天过去了，两天过去了，妈妈看到十几户人家大概都来到小店买过东西了，个个也看过画了，可没有一家有画上的花。妈妈的心一点一点往下沉，看样子这回又落空了，还得走，只是自己的身体越来越差了，有时临水照一下，水里面出现的人哪像五十开外，倒像是个七八十岁的老太太！常常是坐下来时容易，再站起身可就千难万难了，头昏眼花得老半天。这几天更是夜夜梦见儿子，儿子的眼睛一如既往地像天上的启明星一样明亮，可妈妈伸出手抱儿子入怀时才发现搂了个空。看样子自己跟儿子相见的日子不远了，这样也好，娘儿俩又可以相依为命了。

第三天，妈妈在心里对自己说：再没有人来卖花，就动身到下一个村子，来日无多，不能再耽误时间了。就在她费力地咽一口馒头就一口水时，耳边有个小孩说话了："咦，这不是我家里长的花吗？"

妈妈浑身一抖，手中的半个馒头"扑"的一声掉在了地上，抬头一看，是个七八岁的小男孩正歪头打量着画。妈妈一愣之后忙颤着声音说："娃儿，你家真有这样的花吗？你可别骗婆婆啊！"

小男孩听了贴近画看了又看，然后用力点点头说："没看错，我家后院里的红花跟这花一模一样！"

小男孩走后妈妈立即收起画，起身的时候太快了，"扑通"一声重重跌了一跤，脸都跌破了，可她顾不上擦掉血，只是直勾勾地盯着那小男孩的身影，直到小男孩走到山坡那一面，然后不见了。妈妈手脚并用地爬上高处一看，山坡后有一户人家，孤零零地只有一家。

三天后妈妈又回来了，跟她一同来的是几个强悍的捕快（捕快是捕役和快手的合称，他们负责缉捕罪犯、传唤被告和证人、调查罪证。）。

妈妈带着捕快直奔山坡后那户人家，推开门，正看到这家一家三口吃中饭，其中的小孩正是上次那个小男孩。一见捕快来那两个大人脸色"刷"的就变了。

妈妈也不言语，像疯了一样直奔后院，一进后院门尽管百草肃杀，却迎面看到三朵艳红如血、朵开如碗的花，微风乍起，花儿突发出"呜呜"的声音，像个久违的游子要一头扎进妈妈的怀里呜咽一样。妈妈"哇"的一声号啕大哭起来，双手捧花像昔日捧住儿子的脸，顿足说："启明、启明，妈妈终于找到你了！"

捕快连忙劝住她，问到底发生了什么？她儿子又在哪里？妈妈止住哭，说："请你们搜查这家，一定会搜到一块绿色的玉佩，上面刻着四个字'恒寿恒昌'。"

一言既出，只见这家粗壮的男主人"霍"地跳起身就要拿锄头，早被两个手疾眼快的捕快死死摁倒在地。忽见那男孩的妈妈"扑通"一声瘫坐在地上，指着男人披头散发地大哭起来："你这天杀的，我早就说过

不要干伤天害理的事,你偏要干,现在害了我们娘儿俩了!"

捕快一听话里有话,立即动手搜查起来,果然搜到一块玉佩,形状颜色和上面刻的字跟启明妈妈说的分毫不差。妈妈一看伤心欲绝,说:"这就是我儿随身佩戴的玉,是他临动身前我在菩萨面前整整跪了一夜求来的护身符,不想玉还在,人却……我就知道他们杀了我儿子后肯定舍不得扔掉玉的,说,我儿子在哪?"衰弱得风吹即倒的妈妈突然像母狮一样暴发开来,要不是捕快拉着,只怕那男人脸上早就开花了。

有个捕快忍不住问:"大娘,你是怎么知道你儿子在这家被杀的?"

妈妈心疼如绞,强撑着哀哀地说:"我儿子临动身前,我给了他三粒花种子,那种子长成花后红艳胜血,所以叫'血里红',是我昔年从遥远的他乡携带而来,生命力极为顽强,此处山中绝无仅有;更奇特的是,别的花种只在春夏两季才能萌生,而这种子偏在深秋时节落下第一层霜后才会萌芽,生长又极快,一月左右即可盛放。所以我让儿子深秋落霜后进山,并再三告诉儿子到哪家投宿时一定要偷偷地把这三粒种子种下,第二天再挖走。现在你们看见的这三朵花儿就是那三粒种子长出来的,我儿子没有挖走种子,肯定就在这家被害了!"

那男人一听在地上挣扎着朝他女人咆哮起来:"我说这花来得怪异,可你这女人非说花好看,不肯铲,全怪你这死女人坏了大事!"

事已至此,男人无法隐瞒,捕快略一威吓便全招了,原来那天启明正是在他家住的宿,当他知道启明进山收购药材后便知道启明身上带了银子,当下起了杀心,于夜半时分用打柴的斧头砍死熟睡的启明,然后埋在了后院。他哪里知道启明早已遵照妈妈的嘱咐在后院悄悄埋下了三粒种子。

在这男人的指认下捕快只几锹就在那三朵红花的旁边挖出一具尸骸,尸骸还没有完全腐烂,身上的衣服鞋袜全在,他正是发誓要挣钱养活妈妈的曾经生气勃勃的启明!

妈妈一见尸骸万箭穿心,先咬牙狠命一砸,那块玉佩顿时给砸得纷纷扬扬,然后嘴里只来得及说声:"启明,我的儿,妈妈来了!"口角血沫喷涌,身子一歪就倒了下来,正倒在花上。

那鲜血一样红的花瓣突然间朵朵飘零下来,刹那间落红如雨,像一位年老母亲的血泪在飞。

人 生 悟 语

如果说花红胜血,那么母爱更胜过花红。无论发生了什么事情,母亲都会不顾一切的保护我们。也许苍老的是年龄,也许凶残的是凶手的利欲熏心,也许面临的是危险的困境,但当这些发生在母亲的面前时,一切都会黯然失色,不再可怕。因为,母亲会用她的坚韧打败一切困难。

(巩高峰)

啊,妈妈,女儿过着小贵族似的生活,妈妈却吃过期的废药,她千方百计满足女儿的要求,付出的是什么!

妈妈,我爱你 顾文显

黄圆圆万没想到,妈妈竟然为这么一件小事发那么大的火,简直差点儿让她的同学出不了屋!打她记事以来,妈妈从来都是哄着她,宠着她,圆圆想要什么,只要一张口,妈妈上天入地,也要满足她的要求,可这回到底是怎么啦?

今天下午,老师们放假,安排班长圆圆组织同学们开班会,圆圆早早结束了会议,知道妈妈上班时从不回家的,便礼节性地邀请几个要好的同学来她家,玩了一小会儿麻将,谁想妈妈突然闯回来找什么东西,让她撞了个正着。一向细声细语说话的妈妈脸色陡然变了,当着同学的面,厉声追问圆圆这是怎么回事,那架势简直就是审问罪犯!

黄圆圆自尊心受到了极大的伤害。她在班里论学习成绩、论工作能力,哪样不是第一,眼下发生的这点事儿,换在别的同学身上,人家家长一定是跑前跑后,端茶弄水,高兴还来不及呢,孩子有社交能力这不是好事? 可是偏偏让她摊上了这么个古板落后的妈妈。黄圆圆委屈得偷偷哭了好几场。

自从那麻将事件以后,黄圆圆就跟妈妈暗地里别扭上了。可是,没几天她又摊上了事,她马上要过 16 岁生日。几个要好的同学吵着嚷着定得来黄圆圆家庆贺,要闹个通宵。班里好多同学过生日,也都这么办的。圆圆想,又不是大事,便答应了。哪料想回家跟妈妈一说,她又拉起脸来:"我的小祖宗,你们学生怎么像社会人似的,那么多事儿呀,你过生日,妈妈得和你单独在一起,难道世上还有人在妈妈心中比你更重要吗?"任她百般强调,自己已经答应人家,而且下不为例,可妈妈仍然固执己见:"你在同学面前根本不用为难,只说顽固妈妈不批准就得了呗。"

黄圆圆心里苦透了。她从小没见过爸爸的面,只听妈妈说他死了。妈妈领着她搬了 6 次家,换了 4 个城市,现在,谁也不晓得圆圆爸爸真的是死了,还是跟妈妈离了婚。圆圆上小学时,同学们就嘲笑过她没爸爸,她自己也觉得低人一头,太丢面子;可是问过多少遍,妈妈就一句话:"死了,户口上原来有死亡戳儿,后来迁户口换新本本便没了,你总盘问这个干什么? "

黄圆圆根本不相信爸爸是死了,她越来越想爸爸。从一本杂志上看到,像妈妈这样年龄的女人,若是独身久了,就会变得孤僻、乖戾、不好相处……圆圆不敢再想下去。爸爸,您在哪儿? 女儿现在要是能见到您,把肚子里的苦水倒一倒,您肯定会帮女儿把这个场儿圆过来。她决定瞒着妈妈打听爸爸的消息,一定找到他,帮助爸妈破镜重圆! 没想到,她刚刚打听了几个线索,八字没一撇呢,这活动反而让妈妈知道了,她对圆圆说:"你怎么连妈妈也不相信了? "说着还流了泪。

可是圆圆的生日就在眼前,她一定要说了算,而妈妈死活不答应,

这可怎么办呢？黄圆圆觉得她活得半点儿乐趣也没有了。死吧，不甘心。16岁，生活刚刚开始，自己学习又这么好，前途无量的；然而有前途的孩子连一个生日都做不了主？对，斗争。在脑际一闪的那个死字给了她启发。对呀，假自杀！圆圆知道妈妈每天晚上下班后必定老早回来给她做饭，吃完好上晚自习呀，她就选择了一次冒险行动来争回自己的权力。

黄圆圆下午谎说是肚子疼，请了会儿假。回到家，她最后看了一眼这个熟悉的家，这个家曾经给过她多少温暖，可是最近又使她厌烦透了。她开始写遗书，她在遗书中诉说了自己的苦闷和不幸，诉说了妈妈的更年期反常行为，说了自己只为一个生日就被逼死是多么不值得……圆圆的作文在全校都有名，遗书写得催人泪下，她就要用这种方式，让妈妈在有生之年永远记住这血的教训，别再使家长的威风。

遗书写完，黄圆圆找出妈妈的安眠药。妈妈近几年时常睡不着觉，没办法了，就吃上一粒。现在药还有大半瓶。圆圆想，先吃上，门别关，妈妈回来一眼看到遗书，必然后悔万分，马上抢救，她不会有生命危险；可换来的却是妈妈再也不会独断专行，这个家也就拥有了民主。想到这儿，圆圆像电影里的烈士似的吞下了那多半瓶安眠药，并把空药瓶压在遗书上……

圆圆在床上躺好，心里有些怕，万一真的抢救不了那可怎么办？妈妈呀，您还不快回来，您的女儿就要死啦……想着想着，眼皮发沉，她昏睡过去。

黄圆圆做了一个梦，梦见她当真找到了自己的爸爸，爸爸高大英俊，慈祥可亲，他一把将女儿紧紧搂住，千遍万遍地呼唤着女儿的名字……圆圆眼泪流下来了，她正要诉说自己的不幸，却听到喊她的声音不对劲儿。渐渐苏醒过来，咦，这是在哪儿呀，四周雪白，她胳膊上扎着吊瓶……对啦，在医院里，她清楚，自己死不了，刚才的冒险行动成功啦，接下来迎接她的是家庭的民主！

"孩子，你醒来了？"怎么喊她的不是妈妈，而是妈妈的好友吴姨？吴姨在医院当护士，那么妈妈呢？

吴姨见圆圆完全醒来，长嘘了一口气："孩子，你真开了个大玩笑，幸亏妈妈没在场，否则，她可难受死啦。"

"难受？"圆圆想，我就是要她难受，看她还专不专横了。"怎么，她呢？"

"你妈妈昨天下午昏倒在岗位上，正好赶上我值班。她醒过来第一句话，就是嘱咐我马上到你家，安排你吃晚饭，说你要中考了，营养马虎不得呀。我开门就看见了你写的这玩意儿，知道不好，马上打车把你送你到这儿。还好，你妈妈因为穷，不舍得买药，这瓶药五六年了，早已过期，啥问题没有……孩子，本来我不应当，但是，作为你妈妈的朋友，我今天要揭开你身世之谜，因为，我知道，你是个懂事的孩子，只怪妈妈对你太宠……"

吴姨断断续续地讲出了圆圆的身世。

黄圆圆两岁多一点的时候，她的父母在三个月内相继死亡。当时，圆圆的爷爷、外公都在，可哪个也不愿意收养一个丫头片子。圆圆现在的妈妈在法律事务所工作，还没结婚，可是她毅然提出，孩子无罪，别让她受委屈，她愿意收养。

黄圆圆的妈妈无端收养这么个女儿，立刻遭来社会上一些流言的诽谤，连她的未婚夫也与她断了关系。妈妈是个很刚烈的女子，她辞去那份令人羡慕的工作，几次搬家，怕的是有人知道圆圆的身世，告诉圆圆，那样对孩子刺激太大了……如今，她所在的厂子效益不好，她面临着下岗的命运，为了能让圆圆安心考上高中，她边上班，还边兼工，终于体力不支……

黄圆圆听得眼泪哗哗流。她问："妈妈这么难，为什么不告诉我？她怕我抛弃她？只要说明白了，我会加倍爱她的，养身比生身恩情更重，我不是那种不懂事的孩子。"

"哎，你妈妈这几天也冲我说，她对不起你。她从前因为可怜你的身世，对你太娇惯，她作为母亲，有些失职；你一直想追究生身父亲的真情，让她极为难……现在我说了吧。你父亲是个赌博成性的人，对家庭太不负责任，没几年，输得精光，还欠了一大笔债。你母亲也许是伤

心过度，就找了些朋友在家里通宵达旦地吃喝玩乐，胡作非为。你父亲一怒之下，把你母亲杀死，他也受到法律的制裁。你妈妈做过你父亲的辩护律师，你爸在临刑前，曾经对你妈妈忏悔过，他说，自己罪有应得，可是死了闭不上眼的是，怕小圆圆千万别学坏了啊。妈妈当时表态，对量刑，她已回天无力，对于小圆圆，她以律师的人格保证，一定将孩子抚养成人，无论有多大困难。你爸爸当时就给妈妈跪下了……你父母欠下很多债务，债主逼着讨要，是你现在的妈妈受尽艰辛，替着还上，怕的是债主们对你下手哇……正是因为你那样的父母，别人才说三道四，你妈妈的未婚夫也承受不了，大家都讲根不正苗不正，可你妈妈不服气，咬定牙关说要把你培养成个有用之才！这就是妈妈不让你知道身世的原因，也是她看到打麻将就发怒，听到你要请人就反感的原因。"吴姨边擦眼泪，边掏出了圆圆写的那封遗书。

啊，妈妈，女儿过着小贵族似的生活，妈妈却吃过期的废药，她千方百计满足女儿的要求，付出的是什么！黄圆圆一下子仿佛长大了好几岁好几十岁，她接过遗书，团成团，塞进口里，慢慢地，慢慢地嚼细，又咽下肚去。她跪在地上，要求吴姨，一定为她保密吃药和遗书的事；得到保证后，圆圆挣扎着找到妈妈的病房，进门一头扑进妈妈的怀里，只说了一句："妈妈，我爱您"，便再也说不下去了……

人 生 悟 语

没有一个母亲会希望孩子往不好的方向发展，无论亲生还是领养。母爱是不会有如此区分的，这也是为什么很多人用圣洁来形容母爱。文中的母亲，用弱小的身躯遮挡住了众多的真相，只是为了让孩子在成长的道路上一直向前。无论做什么，我们都难以报答母亲的深情。

(巩高峰)

傻瓜，机会还在你手里呀，如果你同意，我现在就想去见你的母亲，在我心里，她是一位世界上最伟大最高尚的母亲！

甜蜜的谎言 刘绍泉

大二上学期，医学院临床医疗系有名的"阔少"李胜斌与"系花"张雯婧好上了。随着爱情的不断升温，两人在一起压马路、去电影院、下酒店的次数逐渐多了起来。当然，每次都是李胜斌掏腰包。也难怪，大家都知道，李胜斌有一个有钱的老妈。

这天，张雯婧兴冲冲地来约李胜斌一起去看美国爱情影片《泰坦尼克号》的首映式。没想到李胜斌却一脸为难地告诉她，说刚接到自己母亲打来的电话，说她生病了，还挺重的，得回去看看——其实，这压根就是胡扯。李胜斌的母亲根本就没打过电话，真正的原因是他兜里快没银子了，得赶快回家补充一下"弹药"。不然，在张雯婧这只美丽的"爱情鸟"面前原形毕露那就太煞风景了。

张雯婧多少觉得有点扫兴，不过也只有点头同意了。

下午放学，李胜斌优哉游哉地回到家，母亲早已做好饭菜等他了。他风卷残云地将一大盘红烧肉彻底消灭干净，这才意犹未尽地站起身来。看见母亲正在卫生间里用力地搓洗着他带回来的那一大包换洗的脏衣服，他踌躇了一会儿，才走过去，开口道："妈，我想买一套考研的资料。"

母亲搓衣服的手停了下来，抬头问："多少钱？"

李胜斌瞥了一眼母亲眼角的鱼尾纹，不禁有些心虚，讷讷地说："大

033

概需要 400 块吧。"

母亲沉默了一会儿，说："好吧，我待会儿就给你。"

看到母亲已经有些斑白的头发，李胜斌心里有些不忍。自己 8 岁那年，父亲因病去世了，是母亲一把屎一把尿好不容易把自己拉扯大。母亲其实只是一家工厂里的一名普通女工，那一点微薄的工资既要供自己上大学，又要开支母子俩的生活，确实也够艰难的。可是……为了爱情，儿子只好对不起您了！母亲，等有一天儿子给您带回那个千娇百媚的俏媳妇来，您会为今天的付出感到欣慰和骄傲的！一想到美丽动人的张雯婧，李胜斌就禁不住一阵激动，刚刚升起的歉疚似乎一下子烟消云散，他跟母亲打了个招呼，美滋滋地钻进房间上网去了。

在网上看了看近来的新闻，李胜斌出来去了一趟卫生间。他意外地发现母亲正就着一碟咸菜下饭，李胜斌有些奇怪，就问："妈，您不是说已经吃过了吗？怎么……"

母亲脸上明显闪过一丝慌乱，很不自然地笑笑说："嗯……我只是又觉得有些饿了。咦，你怎么还没睡？"

从卫生间里出来，李胜斌狐疑地看了一眼母亲，闷闷不乐地问道："妈，您说实话，你们单位是不是效益不好了？"

母亲嗔怪地在李胜斌结实的肩膀上拍了一下，说道："瞧你，尽胡思乱想的，妈不是跟你说过吗？单位效益还不错，听说最近还要涨工资呢！对了，这 400 块钱你先拿着。快去睡觉吧，明天你还得赶早回学校呢。"

看着母亲脸上熟悉的笑容，李胜斌捏紧手里的钞票，这才放心地走进卧室……

一晃又过去了一段时间。这天是个好天气，张雯婧约上李胜斌到北山公园去游玩。爱情滋润着的时光总是那么甜蜜，游了松花湖，观过了揽月亭，看够了山上的红叶，这对小情侣在树荫下铺开塑料布，拿出早已准备好的食品和饮料，相依相偎着共进午餐。

就在两人愉快地边吃边聊时，一个声音突然在身后响起："这位小姐，你这些空瓶子都给我，行吗？"

李胜斌觉着这声音有些耳熟,他回头一看,整个人立刻僵住了:因为,出现在他眼前的,竟是自己的母亲!她穿着一身破旧的衣服,背着一个沉甸甸的尼龙袋子,袋子里装满了一大堆废纸壳、破报纸之类的东西……

李胜斌简直不敢相信自己的眼睛,母亲此时应该还在单位上班呀!怎么跑到北山公园里捡破烂儿来了?难道她下岗了?李胜斌觉得心里一阵绞痛,呆若木鸡似的愣在了那里,不知所措。

倒是母亲在一阵慌乱后迅速恢复了平静,她抢先开口道:"小伙子,这是你女朋友吧?好漂亮的姑娘啊,你可千万不能辜负人家姑娘哟!"随后,她接过张雯婧递给她的几个空易拉罐扔进尼龙袋子里,默默地转身走了。

李胜斌像一具泥塑木雕似的愣在了那里。张雯婧盯着李胜斌的脸,十分疑惑地问:"胜斌,这大姨是谁呀?看着怪可怜的。怎么?你认识她?"

李胜斌似乎没有听见她的问话,只是目不转睛地看着母亲蹒跚的身影渐渐变小。猛然间,他发疯似的跳起来冲了过去,一把拉过母亲手里的尼龙袋子背在身上,心痛地喊道:"妈妈,我可怜的妈妈,您为什么要瞒着我?您下岗了是吗?儿子真浑,儿子对不起您呀!"

母亲一把推开李胜斌,惊慌地看了一眼身后说:"你疯了吗?别把那姑娘吓跑了!唉,你大学都考得上,怎么连这点小花招都耍不来?"

李胜斌泪流满面,哽咽着说:"不,我宁愿失去女朋友,也不能不要母亲呀,不然,我还算是个人吗?"

母亲深深地叹了一口气:"傻儿子,谁让你不要母亲了?快去,给那姑娘解释解释……"

等母子俩回头再看时,却哪里还有张雯婧的踪影!李胜斌叹息着说:"算了,一切由她去吧。"

直到这天,李胜斌才知道母亲下岗已经快两年了。这两年来,母亲就是靠着一点下岗补贴和捡破烂儿卖的钱苦苦支撑。他真后悔,后悔自己像吸血鬼似的以种种理由向母亲要钱,后悔自己在同学面前打肿

脸充胖子，后悔自己为了爱情慷慨大方……怪不得每次回家后，母亲总是推说已经吃过了，原来都是为了把好吃的东西让给自己，而母亲自己，竟吃了快两年的咸菜啊！

从这天起，李胜斌仿佛变了个人似的，他不再住校了，每天放学后就径直回家——他租了一辆人力三轮车跑出租，以此来报答母亲的深恩和忏悔过去的无知与荒唐。

这期间，张雯婧也没再来找过他，有时在校园里偶尔碰了面，李胜斌也总是慌忙地避开，他觉得是自己首先欺骗了张雯婧，落得今天这个无言的结局也是罪有应得。本来嘛，自己压根就不配拥有张雯婧的爱情！

光阴似箭，转眼就是大五了。

直到毕业晚会结束，眼看昔日同窗成双成对地依依话别，李胜斌满腹怅惘。他正准备转身离去，张雯婧突然出现在他的面前，柔声地说："李胜斌，能和我一起去喝杯咖啡吗？"李胜斌一怔，不由自主地点了点头。

两个人一起来到他们经常光顾的温馨咖啡屋。面对风采依旧的往日恋人，李胜斌不禁一阵伤感，他黯然说道："张雯婧，快一年了，我一直都没有勇气对你说一声'对不起'，如今一别，也许以后我再也不会有机会了。今天，我要对你郑重地说一声'对不起，请原谅'！"

张雯婧淡淡地一笑，用一种异样的眼神看着李胜斌，说："有件事情我也一直都想告诉你，可总是没有勇气……其实，那天在北山公园你跟你母亲的不期而遇，都是我一手安排的。"

"什么？"李胜斌一下子惊得跳了起来，"这，这不可能，你根本就不认识我母亲啊！"

"你忘了吗？我曾经在你的相册里看到过你母亲的照片。而且，我还打听到你母亲根本就不是像你所说的那样是某某公司的要员，她只不过是一家工厂里的一名普通女工，并且下岗了；我还知道，为了不影响儿子的学业，她一直瞒着儿子靠捡破烂儿供儿子读大学。当我得知以后，我深深地震撼了，同时也为你的荒唐感到羞愧！我打听到你母亲

经常到北山公园捡破烂儿,所以那天才约你去那里。后来,我借你上厕所的工夫找到你母亲,让她来拿我们的空瓶子……其实,我只是想警醒你,别再糊里糊涂地混日子了,看看你可怜的母亲吧!可是我万万没有想到你会当着我的面认你母亲,我当时真的是好感动。我告诉你,我当时是哭着离开的……一直以来,我都在为你当时的表现和后来的作为感到骄傲。"

李胜斌听得目瞪口呆,他无论如何没有想到张雯婧的这一番良苦用心。只可惜这样优秀的女孩子却不能为自己所拥有,他深深地叹了一口气,说:"谢谢你,张雯婧!你的深情厚意我会铭记一辈子的,遗憾的是我以后再也没有机会报答你了。"

"傻瓜,机会还在你手里呀,如果你同意,我现在就想去见你的母亲,在我心里,她是世界上最伟大最高尚的一位母亲!"张雯婧深情地说。

"你说的都是真的?"李胜斌兴奋得几乎要跳了起来。

"都是真的!一个敢于当着女朋友的面直面自己错误的男孩,难道不值得我去爱吗?"张雯婧微笑着向李胜斌伸出了手。

今夜,星光灿烂,月光格外明亮。

❧ 人 生 悟 语

母亲的谎言总是带着几分辛酸,因为为了儿子,母亲会想尽一切办法来遮掩贫穷、苦难、虚荣,哪怕是谎言。母亲对孩子的付出,总是无条件,无功利的。只要能在孩子面前设置一道可以保障安全的屏障,无论为孩子付出什么,母亲都不会吝惜。只要孩子能回报哪怕一个微笑,母亲都会为此倍感欣慰。

(巩高峰)

那是昨晚等杏儿睡熟后，她走街串巷好不容易找了个卖气球的人，给塑料假人充了2元钱的氢气……

飞起来的爸爸 邵昌玺

杏儿在一岁半的时候得了脑膜炎，医生说是病毒性的，可能是吃了被大田鼠咬过的东西。尽管花了不少钱治疗，可终究没能痊愈，现在都快6岁了，可医生说她智力发育也就跟3岁左右的孩子差不多。

杏儿特别喜欢玩游戏，而且最喜欢跟爸爸妈妈一起玩猜猜看的游戏。

每天吃过晚饭后，杏儿总是先把妈妈拉到沙发上，再把爸爸也请过来。杏儿就坐在妈妈和爸爸的中间，咯咯地笑着。

然后，游戏开始，妈妈和爸爸中的一个人用手从后面捂住杏儿的眼睛，让她猜是谁。

杏儿每次都能猜对，因为这个游戏做了无数次，杏儿能感觉到妈妈和爸爸双手的不同。

游戏开始，一只手从后面捂住了杏儿的眼睛。妈妈说："好了，杏儿，猜吧。"杏儿咯咯地笑着，说："是爸爸。"

妈妈笑着问："你怎么知道是爸爸？"

杏儿说："爸爸的手有劲儿。"

妈妈说："那当然了，爸爸天天在井下挖煤，就像杏儿在院子里挖小洞洞一样，手没劲儿能行吗？"

第二天,游戏又开始了,一只手又从后面捂住了杏儿的眼睛。

妈妈说:"好了,杏儿,猜吧。"

杏儿照例咯咯地笑着,说:"是爸爸。"

妈妈问:"你怎么知道是爸爸?"

杏儿说:"爸爸的手凉。"

妈妈说:"那当然了,爸爸整天在井下,那儿本来就很潮湿。今天井下又有一处小的塌方,渗出了好多好多的水,就像杏儿前几天挖的小洞洞被水泡塌了一样。爸爸把情况反映给了矿主,就是那个管着你爸爸的人,可他说没什么大事,照常开工。就这样,爸爸在水里泡了好几个小时,手能不凉吗?"

第三天,游戏照常开始,又是一只手从后面捂住了杏儿的眼睛。

还是妈妈说:"好了,杏儿,猜吧。"

这回,杏儿没有笑,反而撅着小嘴小声地说:"是爸爸。"

妈妈问:"怎么了?杏儿,为什么不高兴,你不是最喜欢玩这个游戏的吗?"

杏儿抬起头,眨着那双漂亮的眼睛看着妈妈,委屈地说:"爸爸,爸爸又没气了,他的手又软了。"

顿了顿,杏儿慢吞吞地接着说:"妈妈,我不玩了,人家的爸爸都不用充气,为什么我的爸爸老是要充气呀……"杏儿边说边指着放在沙发上那个能充气的塑料"爸爸"呜呜地哭了起来。

杏儿一哭,妈妈的眼圈也红了。但是,她没有掉出眼泪,因为她的眼泪早在3年前就都流光了:她永远也忘不了那个让她一辈子都刻骨铭心的夜晚,忘不了丈夫在冰冷的水里浸泡了五天五夜的身体,忘不了那个黑心的矿主……那段时间,她整天以泪洗面,也曾经想到要陪丈夫一起走。但是,当她看着身边整天咯咯笑的杏儿,还是毅然抹干眼角的泪水,从心底里告诉自己要坚强……杏儿一天天长大,整天缠着她问这问那,也非要跟别的小朋友一样和妈妈爸爸一起玩猜猜看的游戏。这着实让她犯了难,看着挂在墙上已经有些发黄的丈夫的遗像,她再次把泪水咽到了肚子里。

冥思苦想,她终于想出了一个主意——第二天,她家的沙发上就多了一个能充气的塑料假人。

此后,她和塑料假人一起跟杏儿玩游戏,杏儿别提多高兴了,手舞足蹈地说自己也有爸爸了,也能跟爸爸一起玩游戏了……

"妈妈,为什么我的爸爸老是要充气?"杏儿摇着妈妈的手天真地问道。

妈妈打了一个激灵,杏儿的话把她从回忆中唤回来。她看了看身边满脸委屈的杏儿,蹲下来,用微颤的双手小心翼翼地擦去杏儿脸上的泪痕,然后,轻轻地抚摸着杏儿的头,像是自言自语地说着:"杏儿,好孩子,别哭了,爸爸肯定是累坏了……"

可是,杏儿根本不听,还是不依不饶地哭闹着。

妈妈实在没法,因为她确实不知道该如何回答杏儿的问题。

这时,她突然瞥到身边的一个气球,于是,妈妈急忙说:"杏儿,别哭了,我能让爸爸飞起来!"

杏儿止住哭,眨着一双红红的眼睛好奇地问:"真的吗?爸爸真能飞起来?"

妈妈点了点头,说:"好孩子,快睡觉,等明天你睡醒了就能看到。"

杏儿半信半疑地点着头,睡了。

第二天,杏儿醒得很早,刚睁开眼,就问妈妈:"妈妈,爸爸飞起来了吗?"

妈妈朝杏儿笑着,然后,用手指着屋顶。杏儿顺着妈妈手指的方向看去:"咦?爸爸真的正在屋顶上摇头晃脑地飞着。"

杏儿终于又咯咯地笑了,高兴地嚷着:"哦,小朋友的爸爸都不能飞,只有我的爸爸能飞,爸爸飞得好高呀……"

一旁的妈妈看着开心的杏儿,摇了摇头,无奈地苦笑着,因为只有她知道"爸爸"能飞的秘密:昨晚等杏儿睡熟后,她走街串巷好不容易找了个卖气球的人,给塑料假人充了 2 元钱的氢气……

　　拥有一个会飞的爸爸很了不起！虽然他不能为孩子遮风挡雨,解除病症,但是他却给孩子带去了最坚实的心理后盾。一个父亲肩负着很多责任,除了为孩子树立起一座山,还要为孩子指出前进的方向。而"父亲"两个字,本身就是一种能让孩子安全与幸福的字眼。父爱,就是厚重的踏实,温暖的陪伴。

　　　　　　　　　　　　　　　　　　　　　(巩高峰)

母爱像一杯水，无色无味，

子女们像一条鱼，时时刻刻没离开过水。

所以也常常淡忘这水的滋味儿。

母爱像一条河，

河水清澈，经久不息。

子女像河边的小草，在河水的滋润下茁壮成长。

你看

河边的小草比河远处的小草要清绿很多。

父亲的爱里有片海

阅读父爱，就像阅读一座大山，表面上看到的是坚硬冰冷的岩石，但在这岩石之下，还有着潺潺的流水，还有着炽热的岩浆。父亲的爱里有一片海，表面上风平浪静，但海面之下，却是波涛汹涌。流水、岩浆和暗流，就是父亲对我们的关怀、期待和爱意。

我清楚，父亲的行动和身影已经深深地刻进了我的脑海，必将影响我的一生……

父亲头上的草末 赵守玉

　　在我心灵深处，永远也无法忘记的是父亲头顶草末到学校找我时的身影。

　　父亲是个农民，识不得几个字，一辈子靠弄田种地为生，从未出过远门，甚至连去县城的次数都极为有限。他和母亲在家乡那"旱了收蚂蚱、涝了收蛤蟆"的盐碱地上辛苦地劳作着，用心血和汗水养育着我们兄弟五个。哥哥姐姐们一个个长大成家后远走他乡，读高中的我便成了父母心中最大的希望。

　　1994年，我不负众望，考进了黑龙江大学，成为我们村新中国成立以来走出去的第一个大学生。可是，我上大学的第二年，久病缠身的母亲便离开了我们。看着四壁空空的家和不时登门的债主，父亲郑重地对我说："孩子，安心上你的学，别瞎寻思家里的事儿，我就是砸锅卖铁也要把你供完。"

　　回到学校，我省去了早餐，每天午晚两餐也只吃两个馒头和五毛一份的咸菜，手掰手计算着怎么省钱。可就在我省吃俭用挨过了大半个学期后，一场大病突然降临到我的头上。半个月后，虽然在同学们的精心照顾和全力帮助下我恢复了健康，可大家垫付的加上借的钱却压得我喘不过气来。在试过了一切可以想到的办法寻求帮助无效后，我第一次流着泪水给父亲寄出了要钱的信。

两周后的中午，我下课刚刚回到宿舍，门一响，一个衣着寒酸的人推门走了进来。

　　"爸?!"来人竟是父亲，我顿时愣在了那儿。

　　"哎呀，你们学校可真大，找你真不容易。咋样？病全好了？"父亲说着摘下了头上戴的狗皮帽子。我清楚地看到，父亲的头上竟然沾满了草末。

　　父亲仔仔细细地看着我，最后放心地点了点头："好，好了就好。"说着解开棉袄，把手伸进怀里，掏出了一个已辨不出颜色的手绢包。

　　"这一段凑钱不太容易，晚了些。这是 3000 元，快还给你那些同学吧。"父亲说着，眼里流露出一种异样的神色。

　　3000 元？我不由得一愣："哪来的这么多钱？"

　　父亲干咳了一声："还能是哪来的？借呗，贷呗。啥也没人命金贵呀！孩子，咱家的情况你也知道，这钱你可要节在（方言，节省的意思）着花呀！"

　　我捧着这带着父亲体温的 3000 元，含着泪点了点头，说："爸，你放心吧。"

　　父亲简单地吃过了我从食堂打回的午饭后准备回家，走到门口，他犹豫了一下转过身来："孩子，从省城到咱家挺远的，来回坐车也得花不少钱，过年……你就别回家了。"

　　我心一震，皱着眉点了点头，把父亲送出校门便匆匆赶去上课。不知为什么，那一夜我没有睡着。

　　转眼间到了寒假，在同寝弟兄的坚持下，我登上了回家的客车。从省城到县城，又倒车颠簸了近百里，掌灯时分，我才来到了家门口。

　　推开家门，我愣了：新刷的雪白的墙壁，一应俱全的家具，高档的电器……住在这里的人告诉我，我那回有病，父亲已经把这房子卖给她了。

　　"什么?!"仿佛一声惊雷，我差点儿没坐到地上，"卖……卖给你了？那……那我爸……我爸呢？"

　　"他给别人看草垛去了，就住在 20 里外的野草甸子上。"

　　我不知道是怎么从"家"里走出来的，一出门，泪水一下涌了出来。

我发疯般哭喊着，向着村外的野草甸子上奔去。

也不知跑了多长时间，山一样的草垛立在眼前。在草垛边上，一个半露于地面、上面盖满了草的地窨（yìn）子静静地卧在凄冷的月光下。掀起棉布门帘，苍老的父亲正一个人孤单单地守在地锅前，锅底红红的火焰映照着他头上数不清的草沫。

"爸——"我哭着叫出了声，一下子跪倒在父亲的面前。

父亲一愣，看清是我，急忙把我拉了起来："快起来，回来了也好，吃饭了没有？"

那一夜，父亲只字未提卖房的事儿，只是絮絮地说了一宿的母亲，而我则整整淌了一宿的眼泪。

刚过十五，我便告别父亲准备回学校。父亲抖着手从怀里掏出那个手绢，打开，里面十块、五块、两块、一块的零钱，加起来竟然有一百块："孩子，这是他们给我的看草垛的钱，你拿去。"

我的眼泪围着眼圈直转："爸，上回那钱还有呢，这个你留着吧。"

父亲一瞪眼："净瞎说，那钱还了账，估计早没了。我在家里好对付，你在学校处处都在用钱。爹只能给你这些了。拿着，孩子，就差半年了，不管咋样都要把书念完。"

我的眼泪刷的一下流了下来，点着头接过了钱："爸，你多保重，我走了。"趁父亲没注意，我把一部分钱塞在了褥子底下，转身爬出了地窨子。

在自己勤工俭学和朋友们的帮助下，我终于完成了最后一个学期的学业。毕业后，我没有任何犹豫，回到了生我养我的家乡。

如今，父亲和回到家乡的哥哥一家生活在一起，我也时常回家看望父亲。父亲常常对我说："不用回来得那么勤。我身体好好的，又有你哥嫂照顾，你好好上你的班就行了。"

我经常含笑点头答应，可事后依然往家走。每当静下来时，父亲那沾满草末的形象便出现在我的眼前。我清楚，父亲的行动和身影已经深深地刻进了我的脑海，必将影响我的一生……

父亲头上的草末，就像那段贫穷的岁月，我们无法省略，也不能无视它的存在。好在，无论贫穷还是富有，我们和父亲都在努力。房子没了还能挣回来——亲情在，人定胜天。父母的大爱如此深重，相信会激励每一个有心的儿女努力前行。　　　　　(巩高峰)

那瘦瘦的孩子永远地闭上了眼睛，躺在父亲的怀里，脸上漾着幸福的笑容……

父亲的爱里有片海 陈振林

我从海边回到"金海岸"小屋的时候，已经是下午 5 点多钟。我是从海边回来的最后一拨人，其实昨天我就可以回来的，要不是为了多拍几张"海韵"图片，回去让我的还没见过海的学生们长长眼，我才不会在这海边多待一会儿呢。从前天开始，广播、电视、报纸等各媒体就发布消息，大后天将会有台风登陆。昨天就有大半游玩的人返回了市区，今天只剩下小半游人，而且所有剩下的游人都手忙脚乱地在"金海岸"小屋收拾着行李，准备马上离开。

"金海岸"小屋是个前后左右上下六面都用厚铁皮包成的小屋子，只在朝海的那面开了个小门。这也许是经历风暴者对小屋的最佳设计吧。小屋里有些简单的生活设施，可以供人们将就着用。这小屋挺有特色，前天我专门为它拍了几张特写照片呢。这小屋离海边最近，到海边游玩的人们常在这儿歇会儿脚。说它最近，其实走到海边也是要一个多小时的。

天，总是阴沉着脸，像要随时发怒似的。要不是"金海岸"的小老板响着一台收音机，这"金海岸"早就没有了一丝活力。要在旅游旺季，"金海岸"屋里屋外人山人海，比繁华的市区也毫不逊色。

"这铁板作成的金海岸也不是金海岸了，大家快收拾东西到市中心，躲进结实的宾馆里去吧。"那小老板不停地大声叫着。

人们各顾各收拾着东西，少有人说话。我的东西很少，早已收拾停当。忽然，我看见两个人，约摸是父子二人，父亲有 40 岁的样子，儿子不过 10 来岁。父子俩一动不动，孩子无力地倚在大人身边。父亲提着个纸袋子，好像只有条毛巾和一个瓶子。可是，他们一点也不惊慌，仿佛明天就要到来的台风与他们毫无关系。

"父子俩吧。"我走过去，搭了搭腔，那父亲模样的人点了点头，算是回答。

"收拾收拾，我们一起走吧。"我是耐不住寂寞的一个人，又说。

父子俩没有做声，40 岁的父亲对我笑了笑，却没有回答。我想他们是对我有一种戒备心理吧。

"您说，明天真的有台风？"一会儿，倒是那父亲盯着我问。我重重地点了点头。他的脸上爬上了失望的神色。

还有一个多小时公共汽车才来接我们回市区，人们都拿出准备好的食物来对付早已咕咕叫的肚子。我也拿出了我的食物，一只全鸡，一袋饼干，两罐啤酒。

"一起吃吧。"我对他们两人说。

"不了。吃过了。"那父亲说，说着扬了扬他那纸袋子里的瓶子。是一瓶榨菜，吃得还有一小半。

我开始吃鸡腿，那父亲转过头去看远处的人们，儿子的喉结却开始不停地蠕动，吞着唾沫。我这才仔细地看看孩子，瘦，瘦得皮包骨头一样，偎在父亲身旁，远看倒像是只猴子。我知道孩子肯定是饿了，撕过一只鸡腿，递给了孩子。父亲忙转过脸来对我说了声谢谢，我又递过一只鸡翅给那父亲，父亲这才不好意思地接在手里。等到儿子吃完了鸡腿,父亲又将鸡翅递给儿子。儿子没有说话,接过鸡翅往父亲嘴里送。父亲舔了下,算是吃了一口,儿子这才放心地去吃。

我忙又递给孩子父亲几块饼干,说:"吃吧,不吃身体会垮掉的。"父亲这才把饼干放进嘴里,满怀感激地看着我,开口了,又问:"您说,明天真的会有台风?"

"是的呀,前天开始,广播、电视和报纸就在说,你不知道?"我说。父亲不再做声了,脸上失望的阴云更浓了。

"你不想返回去了?"我问。

父亲长长地叹了一口气,说:"还怎么能回去呀?"他的眼角,有几颗清泪溢出。

"怎么了?"

"孩子最喜欢海,孩子要看海呀。"他拭去了眼角的泪。生怕我看见似的。

"这有什么问题,以后还可以来的。"我安慰说。

"您不知道,"父亲对我说,"这孩子今年16岁了,看上去只有10岁吧,他就是10岁那年检查出来得了白血病的。6年了,前两年我和他妈妈还可以四处借钱为他化疗,维持孩子的生命。可是,一个乡下人,又有多大的来路呢,该借的地方都借了,再也借不到钱了,只能让孩子就这样拖着。前年,他妈妈说出去打工挣钱为他治疗,可到现在倒没有了下落。孩子就这样跟着我,我和他都知道,我们在一起的时日不会很长了。孩子就对我说,爸,我想去看看大海。父子的心是相连的。我感觉,孩子也就在这两天离开我,我卖掉了家里的最后一点东西,凑了点路费,坐火车来到这座城市,又到了这海边小屋子,眼看就能看到海,满足孩子的心愿了,可是,可是……"父亲哭了起来,低沉的声音。

"不管怎么样,还是先返回去再说吧。"我劝道。

"不,我一定要让孩子看到海。"父亲坚定地说。

接游客的汽车来了,游人们争着上了汽车。我忙着去拉父子俩。父亲口里连声说着谢谢,却紧紧搂着儿子,一动不动。但是我不得不走。我递给那父亲300元钱后,在汽车开动的刹那我也上了汽车。因为我想也许还有一班车，他们还能坐那班车返回。到了市区，我问起司机，司机说这就是最后一班车了。我后悔起来，真该强迫父子俩上车返回的。但又想起父亲脸上的神情，我想那也是徒劳。给了 300 元钱，似乎心安理得了些，但那 300 元钱对于他们又有什么用呢？

当晚，我在宾馆的房间里坐卧不安，看着电视，我唯有祈祷：明天的风暴迟些来吧。

然而，水火总是无情的。第二天，风暴如期而至，听着房间外呼啸的风声，夹杂着树木的倒地声。我心里冷得厉害，总是惦着那父子俩。

台风过后，我要回到我的小城去上班了。回城之前，我查询到了"金海岸"小屋的电话号码，我想知道那父子俩到底怎么样了。到下午的时候，电话才接通。"金海岸"的小老板还记得我。我问起那父子，小老板说："我也是刚回到小屋，那父亲我前一会儿还看见了的。"我的心放松了些。他又说："听那父亲说，风暴来的当天，父子俩还是去了海边，幸好及时地返回了我的金海岸小屋。我的天啦，这次的海水要再暴涨一点，淹没我的小屋，那他还有命吗？就在台风来的时候，那瘦瘦的孩子永远地闭上了眼睛，躺在父亲的怀里，脸上漾着幸福的笑容……"

我拿着电话，怔怔地站着。窗外，云淡天高，暴风雨洗礼之后的天空竟是如此的美丽！

人 生 悟 语

生命垂危的儿子，一贫如洗的父亲，一个看海的愿望，交织成一幅让人心酸垂泪的画面。其实风暴能刮走什么呢？能刮走人的生命，却刮不走如山的父爱。最终那个生病的孩子离开这个世界之前看到了海，并且是在父亲怀中欣慰地闭上眼睛的。这一切，如果没有强大的亲情支撑，没有父亲抵挡着，奇迹还会发生吗？父爱，就是那战无不胜的奇迹。

(巩高峰)

"你不想天天看儿子？想得比我还厉害，咋就只说我呢？"母亲嗔怪地打了父亲一下。

孝 顺 频 道 谢丰荣

"最近电视真没意思。"老婆走进卧室，在他身边坐下，夺过他手里的杂志说。

"不会吧，80个频道都没意思？"他问。

"是呀，个个频道都大谈孝道。新闻是关于孝道的，谈话节目是关于孝道的，电视剧是关于孝道的，就连动物世界也以孝道为主题。"

"奇了！真是这样？不会是开展大规模的孝道国民教育吧？"他将信将疑，到客厅里打开电视机。里面正在播放一部连续剧，名字叫《常回家看看》。他又调了个频道，是对一个90岁老人的采访，他再连调几个节目，竟然真是那样——全都是如何关爱父母的内容。

他选定一个节目看起来。镜头里出现一位白发老人挑着担子浇菜的情景。老人已经七十来岁，却吃力地挑着百十斤重的木桶，上河岸，下河滩，步履维艰。蓦然间，他全身一震，发现那老人的身材面貌酷似自己的父亲，瞪大眼睛细看，却又觉得不太像。

他将电视机重重一摁关上了。他不愿意想到父母，嫌他们脏。他更不愿意让他们到城里来居住，二老与这个装修得十分精美的家似乎格格不入。他有多久没有回家了？三年吧？是的，三年。

第二天，刚到单位，就听见人们议论纷纷，原来某国的总统来访，电视上一直跟踪报道，一时间人们津津乐道。他问："总统来访？怎么昨天的新闻联播也不报道？"

"报道了呀，整整十分钟！"有人看着他说。

他吓一跳，播了十多分钟？没有呀！7点到7点半我一直守在电视机前。

他试探着问："那么，昨天晚上谁看了中央三台？7点半开始的是不是《戈壁母亲》？"

美女同事小王睁大眼睛反驳："你说的是什么呀？7点半明明播的是韩剧《美人鱼》！"

"那么，谁又看了四川一台？8点钟开始的是不是《常回家看看》？"

"乱说！应该是《笑傲江湖》才对，我就是看的这个频道。"小李是个武侠迷，很肯定地对他说。

他简直成了外星人！

他家的电视竟然播放完全不同的节目！

他还是不相信。回家后，他立即打开电视机，边看边用手机与朋友联系，问他们是不是播放一样的节目。朋友们对他的话感到莫名其妙，因为他报的节目全部不一样。有个朋友甚至问他是不是发高烧，要不要上医院，这个朋友明显怀疑他在说胡话。

最后他瘫坐在沙发上。

他十分难过，开始对自己认真反思起来。也许是自己的电视中了什么病毒？或者就是自己太不孝顺，受到冥冥中什么力量的惩罚？用俗话说，就是"报应"！而且这"报应"还不知会怎么发展下去，会有多可怕。

几天里他食不甘味。他再也不敢去碰电视机，好像那上面有电，会电着他似的。父母的形象占据着他的整个脑子。从小时候开始，母亲如何为他洗尿布，父亲如何为他喂稀饭，如何送他上学，如何省吃俭用为他凑做生意的钱……一切记忆都浮上心头。

他深刻地认识到自己有愧于父母。

他无论如何也得回去一趟。第二天，他请了假，然后出发。傍晚时分他到了老家门边，看到整个河岸上只有父母破旧的草房子，显得孤零零的，河滩里是数不尽的石头，石头缝里有一小块菜地。他没有急着进去，而是在外面悄悄地听了听。

母亲的声音："孩子他爸,快点,看新闻联播了!"他诧异,父母根本就没有电视,如何看新闻联播?

父亲的声音："马上就来!唉,我这腰呀,疼得厉害。老了,不中用了,挑水浇菜也不行了!"

他有些歉然,的确不该那么对待父母。这时候他听见母亲又说:

"孩子他爸,这块石头真好,当个电视用!咱儿子一家每天晚上的情况都播。那道士真有法术,随便在河滩上捡两块石头,就满足了我们的愿望!"

父亲语气里满是钦佩地答道:"那道士是神仙!活神仙!人家帮人帮到底,还走那么远的路,到儿子城里去送石头。两块石头,那块在儿子家里录像,这块就在我们面前播放。绝了!人家还不是为了圆你想天天看儿子的梦?"

"你不想天天看儿子?想得比我还厉害,咋就只说我呢?"母亲嗔怪地打了父亲一下。

然后他们聚精会神地看起"新闻联播"来。

透过门缝,他看到一块平如镜面的石头上,显现着自己家里的生活情景,妻子在打毛线,女儿在做作业……

他在门外站着,并没有急着进去,因为满脸泪水不好收拾。他想起一个月前,有个道士在他家门外卖一块石头,那石头很精美,他便买下了,就放在家里电视机旁边。

原来那是块神奇的石头!

时间过得真快啊,转眼我的儿子已经40了……
儿子已经人到中年了,爹我也老了啊……

父亲的短信 朱道能

父亲七十大寿时,我给远在乡下的老父,买了一部手机。

父亲拿着手机,这摸摸,那按按,像小孩似的,稀罕得不行。当看到自己的形象定格在屏幕上时,呵呵直乐的嘴里,一望无牙。

我知道勤俭一生的父亲,舍不得打电话。所以就给他办个无月租"神州行"手机卡,并教他学习发手机短信。父亲毕竟年岁已大,虽然他一直在"嗯嗯"地点头,可他那浑浊的眼睛里,分明写着茫然。

临走时候,我对父亲说:"爹,有事情就给我打电话啊。"

父亲却扬扬手机说:"我跟你发短信,嘿嘿,省钱些。"

我未置可否地笑了笑。

谁知我刚上火车,手机就响了。一看,竟然是父亲的短信。

我惊奇地打开,却发现是无字的空白。

我先是一笑,后又心头一热。我读懂了父亲的无字短信:儿子,上火车了吗?

我立即回道:爹,我已上车了,不要担心。

刚回到家,父亲的无字短信又到了。

于是,我又立即回道:爹,我已经到家了,请放心。

就这样,隔三差五,父亲的无字短信就如约而至。

我知道父亲最关心的是什么,每次我都这样回答:

"我们全家挺好的。"

"工作非常顺利。"

"您孙子的学习又进步了。"

……

我想象着,坐在门前的老榆树下,老父亲看着儿子的平安短信,一定无声地笑了。

今年3月,是我40岁的生日。我和朋友家人正在举杯相庆时,手机响了。我随手打开一看,是父亲的短信。再一看,我惊讶地发现,这次的短信竟然出现了两个数字:40。

我不知道父亲是怎样琢磨出这条数字短信的,但是我却在瞬间明白了父亲在数字背后,那无声地感慨和欣慰:

时间过得真快啊,转眼我的儿子已经40了……

儿子已经人到中年了,爹我也老了啊……

人 生 悟 语

　　父亲的短信是无字的空白,儿子却能从中读出一种又一种感受:出入平安!工作顺利!全家健康……但是,谁又能说,这空白的短信比那些冗长的叮嘱简单呢?想来,父亲的爱,从来都是如此简洁却又深厚的吧。

(巩高峰)

贺坦说,你从没自私,你把所有的精力都用在了这个家上。妹妹没说话,把一张纸条递给哥哥,走了。

嘱 托 陈力娇

贺坦的父亲临终前把贺坦和妹妹叫到跟前,对他俩说,往后的路不管怎么难都要把车行撑下去,卖汽车是我们家的主业,不能砸了吃饭的饭碗。

贺坦伏在父亲床前,欷歔不已,不住地点着头。

贺坦的父亲交代完这些,又拉过贺坦妹妹的手,把一个什么东西塞在她手里,并让她出去,他要和她的哥哥单独说几句。贺坦的妹妹这年17岁。

贺坦的妹妹出去之后,父亲对贺坦说,帮你妹妹物色个对象,要忠诚老实、对你妹妹好、对车行好、日后能做你帮手的。贺坦父亲说完这话,在这天夜里不声不响地撒手归西了,一代车商走完了他红红火火的人生历程。

贺坦的父亲去世后,贺坦操持起家业,车行在他的料理下,生意蒸蒸日上,仅一款国产车年利润就比父亲在时多一倍。

车行的事刚刚见眉目,贺坦就张罗给妹妹介绍对象。贺坦有个同学,和贺坦是莫逆之交。贺坦选择他,经过了深思熟虑。他把所有熟悉的人都梳理和排查一遍,觉得只有这个同学将来可作车行的顶梁柱子,如果有一天自己真有个一差二错,不至于没人去撑车行的天。

可是贺坦的妹妹对这事并不感冒,不管哥哥怎么张罗,她就是爱理

不理,对车行的事倒是出乎意料地上心,每天不管贺坦起得多早,都没有比她先到车行。

贺坦说,张逆这人不错,我们从小就同学,他若不好,我能让他打进我们家内部?

贺坦的妹妹说,这我懂,我就是看不好他这个人。

贺坦一听看不好人,觉得这是大事,就只好另想办法。

事隔半年,贺坦去外省调车,回来后乐颠颠告诉妹妹,你猜我看见了,你童年的玩伴小鹏。小鹏现在可出息了,做了一家汽车企业的法人代表,人也出落得英俊,个头儿一米八,他还打听你呢,说哪天专程来看你。

贺坦的妹妹看了看他,一副经过世事的样子,她说,童年的事你还信? 我早就把它忘了,当心那小白脸啥时吞了咱家的财产。

贺坦看着妹妹,说你怎么谁都怀疑呀? 是不是有病呀? 小鹏你若不信,那你还信谁呀? 贺坦真有点生妹妹的气了,他甚至怀疑,妹妹不嫁是不是有意和他争夺车行。

妹妹说,我没病,可我谁也不信,就信自己。妹妹说完又去忙活车行的事了,贺坦预感到,妹妹为车行可以放弃一切。

一天,银行的经理找贺坦,想把自己的女儿嫁给他,贺坦思量再三,决定还是回家和妹妹商量。不想妹妹极力反对,妹妹说,怎么着,贷他点儿款还要把人给他,这事休想办到。妹妹此时酷像孙二娘,杏眼圆睁,柳眉倒立。贺坦当即就觉得这事没戏了,没办法,他太在意妹妹了。

时光荏苒,白驹过隙,一晃三年过去了。这年春天来临时,草木发芽,万物复苏,贺坦看到了这一年的第一只红蝴蝶。父亲活着的时候告诉他,每年看到的第一只蝴蝶是红色的,就预示着这一年有好运气。果然贺坦遇到一个深爱着他的女孩。这女孩是车行的雇工,长得漂亮可爱,艳丽迷人。贺坦对她也有意,他们就开始了第一次约会。

约会那天他们选择了看电影。电影现在已经没有人愿意看了,但是女孩爱看,女孩的父亲早年做过放映员,和她母亲离异后,女孩就再也没有看见过父亲,她的心里只有电影,只要一看电影,女孩就觉得见到了父亲。

可是当贺坦陪着女孩来到电影院时,他们座位的左边也坐着两个人。

电影还没开演，明亮的灯光下，贺坦一眼就认出其中那女孩是自己的妹妹。就在他吃惊时，爱着贺坦的女孩也叫出了声，原来是她的弟弟和贺坦的妹妹，正手拉着手说笑着，女孩猜测，她的弟弟也和她一样没有忘记父亲。

女孩从那一天起就再也没有和贺坦来往，她很注重名声，她决定用自己的一生去校正滥情的父亲。而贺坦对这件事也有准备，他怎么也不能和妹妹成亲于一家。天涯何处无芳草？加之他的心思都在车行上，对婚姻也没投入太大的热望。

可是这一年太不平常了，秋季来临时，贺坦出事了。他试车，为躲小路上冲出来的一辆农用车，而将自己的车翻到了深沟里，造成严重的左腿粉碎性骨折。

养病的时候，贺坦对一直守候在身边尽心尽力照顾他的妹妹说，非常对不起，父亲嘱咐我的事，我没办好，让你至今未嫁。

妹妹正喂他粥，听了他的话说，是我对不起你，我和那男孩并没有在一起，是我耽搁了你的青春。

贺坦很惊讶，问，为什么？妹妹回答，是我太自私。贺坦说，你从没自私，你把所有的精力都用在了这个家上。妹妹没说话，把一张纸条递给哥哥，走了。

这是贺坦的父亲临终前，塞给女儿的那张纸条。

贺坦看到上面写着这样一行字，贺坦不是我亲生的儿子，却是我最信赖的儿子，可以做你的丈夫。

人 生 悟 语

父亲临终前的嘱托，通过一个纸条，改变了两个人的命运。哥哥是爱妹妹的，妹妹也是爱哥哥的。可是，当兄妹之爱与父爱放在一起时，我们一定会为父亲的良苦用心而更欷歔感动。父亲的爱总是这么不动声色，是润物细无声的，即使父亲要离开，也会为孩子创造一个温暖的前方。这种爱，唯父亲独有。

(巩高峰)

"是的，该网站就是我自己制作的免费网站，你不会忘记当初你是怎么进入网站的吧！我这样做就是让你知道你儿子并不是你想象的那么无能。"

父子吧 天水

一天，安在歌在电子信箱中收到一封信：如果你正在为人之父欢迎光顾"父子吧"网站，如果你正在为父子之间的代沟烦忧欢迎光顾"父子吧"网站，如果……更欢迎报名应聘该网站版副。信函后面便是"父子吧"网址。

安在歌马上打开该网站，并以网名"安哥"注了册。安在歌进入网站后看到无数有名有姓，无名无姓，甚至是匿名的网友留言，感动不已。那些是作为父亲的留言都简直说到自己心里去了。

而且更让人难以相信的是这里的版主却是一个年仅十七八岁的小伙子，其思想乃至认知都远远超过做教授的安在歌。

"我要是有这样的儿子也就终生无悔了。"安在歌这样想着，便对这里的版副产生兴趣，因为他想与这个孩子合作，到时也好把自己那不争气的孩子带进来让版主小伙子开导开导。

当安在歌看到招聘广告后很为版主的创意折服，广告中说：之所以取名版副而不是副版主，其实是取其版主之'父'的谐音，是为了在这里进行模拟父子关系，为进入该网站的父母、儿女们搭建一个温馨的平台，为他们答疑解惑，以化解父子之间的误会和隔阂。

再看版副条件简直是比照自己的条件设的，所以安在歌一报名便被录用了。

成为"父子吧"版副之后，网站便成了安在歌的第二个家，一有时间便泡在这个网上，他的主要职责是以父亲的身份回答那些少男少女们的一些疑问。有时候也帮版主小伙子解答一些网友的提问，因为他知道版主一定是个在校学生，每天上网也只能在中午、晚上或周末。

就这样在网上工作了半年后，安在歌也就疏忽了对自己儿子的管教，直到有一天，孩子他妈对他说："你一天只是知道上网，也不看看你儿子都在干些什么，每天早出晚归，甚至彻夜不回，成绩也下降了许多。"一提起那不争气的儿子安在歌就气不打一处来，决心今天晚上等儿子回来后要他好好向别人学习学习。

可今天晚上儿子不知干什么去了，一直等到夜深也不见回家，安在歌便一边上网一边等儿子，幸好父子吧网站有一位女孩想轻生，也需要人劝阻。直到天快亮了，那女孩才被两位版主劝住，打消轻生的念头。这时，安在歌便松了口气，坐下来专等自己那不争气的儿子。

约莫又过了半小时后，儿子才疲惫地回到家中，一下子躺在沙发上。安在歌看到儿子火气就来了，狠狠训了一顿后，把儿子叫到电脑前，让他学学父子吧网站的版主。

谁知儿子扫了一眼电脑后笑了笑："那有什么了不起的？"

儿子这么一说，安在歌怒气更大，一巴掌打在儿子脸上。儿子生平第一次挨父亲的打，赌气摔门而去。

安在歌发现自己真的不理解儿子，便再次打开父子吧网站，想请教一下版主小伙子。等了一个多钟头，终于见到版主上线，安在歌为版主的充沛精力感动。说实在的，两人从来没有单独交流过，今天趁其他网友都没有上线，安在歌便把自己做父亲的苦恼，以及与儿子的隔阂都一一向知心的年轻版主诉说。

只见版主沉默了很久都没有回答安在歌。很久才打出一行字："其实在家里，我也不是一个好儿子，常常惹父母生气，他们都希望我好好学习，将来考一个好大学，但我却对 IT 有浓厚的兴趣。其实我知道他们都是为我好，可他们不理解我啊！"

安在歌想不到在网上一向热情活泼的版主也有如此不快，便反过

来安慰他："看来父子之间是很有必要沟通的,我相信你与你父亲会相互理解的。这样吧,你什么时候把你父亲叫到网上,我给他开导开导,可我那儿子则对网络不感兴趣,今天晚上他很晚才回来,我叫他到网上向你学学呢,你听他怎么说,他说没有什么了不起的。"

安在歌继续说："其实想想,我真的不是个好父亲,也有很多不对的地方,不该伸手打他,应心平气和地和儿子坐到一起像我们在网上与众多不知名的孩子们一样,好好谈谈……"

"其实,他天天在网上,天天与你见面啊。只是你们没有单独谈话而已。"版主停了一会儿,又打了一行字,"现在他终于了解你了。父亲!"

安在歌很是惊讶,半天才醒悟过来："原来你是版主?"

"是的,该网站就是我自己制作的免费网站,你不会忘记当初你是怎么进入网站的吧!我这样做就是想让你知道你儿子并不是你想象的那么无能。"

安在歌终于明白:原来那封邀请函就是儿子发出的。

人 生 悟 语

　　父亲永远是爱儿子的,哪怕儿子理解不了父亲。两代人的"代沟",因为时间,因为年龄,因为时代,确实存在。可父亲的心,永远是一座能主动延伸的桥梁,它会搭建在隔阂之河上,努力实现两个心灵的碰撞与交流。当隔阂遭遇亲情,也会被亲情的温暖所融化,也并非不可消除。

(巩高峰)

这孩子怎么啦？他突然怅然若失，鼻子酸酸的，蹲下身子来，想哭。

你愿做谁的儿子 孙智慧

　　他在单位里是个出了名的勤快人，这是局长对他的评价。只要是局长张口说的事，他必定全力以赴。局长家的窗子坏了，是他去修；局长家的煤气罐空了，是他扛着去换；局长家的老人病了，是他陪着去医院。这不，今天，他又听说局长的公子放学没人接，就自告奋勇跑来了。

　　这是家贵族学校。等见了局长的公子，可把他看呆了。局长的公子长得像只皮球，整个身体都成了圆的，局长的公子跟着他走了没几步，就喊着嚷着要他背。他哄这位小公子，说一会儿就能坐上车了。公子不依，他只好弓下身，把一百多斤重的"圆球"扛在身上，犹如一座大山压在了背上。

　　可他还是屁颠儿屁颠儿地往前小跑着赶路，他知道自己的前途还在人家局长的手里攥着呢！

　　偏偏他的这次自告奋勇被自己的儿子看见了。儿子和局长的公子不在一个学校，儿子在附近一家专门给农民工子女办的学校里读书。儿子看见他背着这个"圆球"，开始觉得滑稽，后来心里就不平衡起来。

　　儿子一直等他把局长的公子背到车里，才冷不丁地跑过来，对他说：爸，你也得背我一回。

　　他对儿子左看看右瞅瞅，心想今天怎么啦？平时，儿子挺体谅自己的。但他说出口的话却异常严厉:上车,少招我烦!

等他把局长的公子送到家里,对他家里的保姆又是哈腰又是点头,人家爱理不理地打发了他们两个。

回家的路上,儿子想坐出租车,他扬了扬手,没打在儿子脸上,只是说,那是咱能坐的吗?

儿子对他说:给当官的人当儿子真好啊! 又是接,又是背的,还有人给他送礼,吃得圆滚滚的。

他笑了,算是同意儿子的观点。不过,心里掠过一丝苦涩。

他心里有一个愿望,就是能成为局里一名合同制员工,这样他的各项待遇才会有保障,才能让儿子过上好日子。他对这点很有信心。

他再也不愿让儿子重蹈他的覆辙。自己当年学习一直拔尖,后来家里生活困难,就辍了学。可他一直不死心,凭着对文学的爱好,来到局里应聘当了临时工。自己出人头地的心早没了,他把希望寄托在了儿子身上。他要让儿子成为人上人,自己就必须为他铺好路,他把赌注都押在局长的身上。

局长喜欢的就是他喜欢的,局长的一个眼神对他来说就是命令。

局长没事总是找他闲聊,这让他很感动。有意无意地,局长暗示要瞅准机会让他转正。当然,更多的时候,局长会有意无意地说些家务活,然后,他就像局长的两条腿一样把那些事情办得妥妥帖帖。

然而好景不长,局长犯了事儿,被停了职。

他懊恼不已。不过他很快就想开了,"人的命,天注定",这是无法更改的。

他决定用现实与儿子进行一次对话。

他对儿子说:"你还记得我们局长的公子吗？"儿子回答得很干脆:"打死我都不会忘的。"他说:"我们局长被停职了。也就是说,他那个公子也没有好日子享受了。"

他又说:"不要羡慕那个公子哥儿了,你看你老爸没本事,可咱不是也生活得好好的！"

儿子憋了半天,才嗫嚅着说:"瘦死的骆驼比马大,他终究享受过荣华富贵了,那'圆球'也不枉来人世一遭。"

这孩子怎么啦? 他突然怅然若失,鼻子酸酸的,蹲下身子来,想哭。

人 生 悟 语

无论孩子是瘦弱还是健壮,无论父亲是局长还是普通职工,父亲永远会为儿子的美好生活努力付出,持续打拼。孩子是父亲奋斗的理由、动力和起点。儿子是父亲的希望、责任和未来。为了孩子,父亲吃多少苦受多少累都能微笑面对,于是我们会一笑释然:拥有温暖的父爱,这种幸福又岂是物质所能替代的。

(巩高峰)

康沉的鼻子一酸,他"扑通"一声在父亲的神像前跪了下来,声嘶力竭地大声喊着:"爸……"

我替老爸上大学 海棠依旧

从同学文涛家的别墅走出来,康沉的心就再也没平静过。三百多平方米的楼中楼,康沉跟着同学拾级而上。

到每一个房间,康沉都要停下来慢慢欣赏一番。同学家格调高雅,布置精巧,让康沉看得眼花缭乱,同时心里有一股隐忍的痛。

同学小学没毕业,今天却有上百万家产。而他,一个本科毕业生,至今还一无所有,属于他的,只是教室里的三尺讲台。

夜已深了,康沉才跌跌撞撞地回到家里。他打开门,看到父亲的房间透出一丝淡淡的光亮。康沉透过门缝往里面看,只见父亲手捧着一个木盒仔细端详着。那里面装着什么,康沅从没去关心过。从小时候,家里就一贫如洗,没什么值钱的东西,所以,对于父亲的东西,他从不去过问。

"你回来了。"父亲听到外面的响声,收起盒子走了出来。看到康沅醉醺醺的样子,父亲不禁责怪地说:"看你醉成什么样了,下次别喝那么多了。"

"你,你不懂。要不是你一直要我考大学,今天,说不定我也成百万富翁了。"想起同学现在的样子,康沅的心就特别难受。要不是没钱,他心爱的女朋友也不会跟他分手。康沅的眼前,又浮现出小时候父亲对他严厉的样子。

从小学到初中,康沅的学习成绩在班里都是名列前茅。到高中以后,母亲去世了,康沅到离家十几公里的一中学习,因为离家远,康沅就在学校宿舍住了下来。同时,他也结交了班上一些不三不四的同学,在那些同学的带领下,他学会了迟到、旷课,学习成绩一落千丈。父亲知道这件事以后,连夜赶到了学校,在外面的桌球室里找到了康沅。父亲手拿一根棍棒,当着那么多同学的面,狠狠地抽打着康沅,边抽打边嘶声大喊着:"叫你逃课,叫你逃课。"长这么大,康沅从没见父亲发那么大脾气,康沅被吓坏了。从那以后,父亲扔下家里的农活,在学校附近租了间民房,又去找了份扫街道的工作,陪着康沅上学。父亲对康沅非常严厉,经常板着脸说:"你考不上大学,我就当没你这个儿子。"在父亲严厉的管教下,康沅终于如愿考上了大学。康沅还清清楚楚地记得,拿到录取通知单的那天,父亲买了串很长的鞭炮来放,烟花绽放出一片片彩花,听着乡亲们的赞扬,父亲的脸上露出了少有的笑容。

"就你们这些老头子认死理,非得考上大学才有出路。你去看看文涛,就知道什么叫'百无一用是书生'。"想到以前发生的事,康沅冷冷地笑了笑,对父亲讥讽道。

"唉!阿沅,或许父亲错了,你不知道,父亲没机会上大学,所以把这份大学梦寄托在你的身上。不过,并不是每个人都那么幸运,都有机会成为百万富翁的。所有的东西都不属于你,只有你的知识,才是你最大的财富。"父亲顿了顿,目视着前方,眼神悠远而宁静。

"你自己没考上,是你自己没本事,干吗非要把你的意愿强加在我身上?"康沅晚上发这么大脾气,还在于文涛要康沅到他公司上班,答应给 8000 元月薪,但父亲就是不同意,父亲说他不适合那样的生活。想到这,他就更加来气,父亲为何什么事都要拦着他呢?

"阿沅,你还记得父亲带你去参加高考的情景吗?"父亲看到康沅对他发那么大脾气,并不生气,淡淡地开了口。

怎么会不记得呢! 在康沅 3 岁的时候,高考恢复了,父亲很早以前就念叨着要去上大学,他本来在农场上班,知道这消息以后,父亲连夜赶回来,对母亲说他要参加高考。

第二天,父亲推出自行车,车的后架载着康沅,要去县城参加高考。康沅高高兴兴地坐在后面,他看到父亲走在路上的时候,只要看到一些可以卖钱的纸皮铁屑之类的东西,父亲都会停下车,上前捡起来,并对康沅说:"捡了回去卖钱。"到了县城,父亲进去考试,康沅则在外面看着自行车,直到父亲考完试带着他回家。

一天晚上,康沅听到母亲在问父亲:"对了,你去参加高考有消息吗? 都这么久了。"

"呵呵,没考上。算了,去经历一次考试我就满足了,还上什么大学呢。"康沅听到父亲跟母亲说道。

从那以后,父亲再不提上大学的事。只是当夜深人静的时候,康沅几次看到父亲偷偷背着他和母亲打开一个木盒仔细端详着……

第二天,文涛又打电话给康沅,问他要不要去他那工作,要的话搭他的车一起走。康沅有点动心,但又担心父亲不答应,于是偷偷办了个停薪留职手续,跟父亲撒了个谎,说要到外面出差,跟着文涛来到了深圳。

可惜好景不长,康沅在文涛的公司才待了两个月,公司就因为涉嫌非法传销被查处了,康沅正打算回老家,这时,同村的人刚好打电话回来,说他父亲去世了,康沅赶紧回来办理丧事。

在整理父亲遗物的时候,康沅看到了那个盒子。出于好奇,康沅打开了盒子,里面有一张纸条,是父亲的笔迹,康沅拿起来一看,只见上

面写着："阿沅，这里装的是我的大学录取通知书，你不知道，我非常想能有机会去上大学，但那时候家里没钱，你母亲又体弱多病。我想了想，对你们隐瞒了考上大学的事实。阿沅，父亲把自己的梦想强加在你身上，是我不对。我走后，你就可以自由自己的思想了。还有，我去世了后，把通知书焚烧在我的坟前，今生上不了大学，我相信，来世可以实现我这份梦想的。"看着看着，康沅的鼻子一酸，他"扑通"一声在父亲的遗像前跪了下来，声嘶力竭地大声喊着："爸……"

人 生 悟 语

　　对一个把大学通知书藏了二十几年的父亲来说，上大学的梦想是被贫困打碎的。但是父亲没有后悔过，他为了孩子愿意用一生保守秘密。父亲总是这样的，孩子的未来可以代替自己的梦想。于是，为了孩子，父亲的生活无论是辛酸、苦楚还是艰难，他从来都不求回报，为了孩子，父亲愿意。

（巩高峰）

是啊，虽然没开成"贫困证明"，但父亲却让我明白，其实我并不贫困，我的手里，正握着一笔巨大的财富，那就是父母无私的爱和鼓励啊！

未开出的"贫困证明"　王世虎

　　那年夏天，我以优异的成绩考上了西安一所重点大学。收到大学录取通知书那天，全家人都很高兴，父亲邀请了一大帮亲戚朋友来家里做客。

饭桌上，长辈们纷纷夸我有出息，考上大学光宗耀祖，还羡慕父母有福气，生了我这么个争气的好儿子，父亲和母亲的嘴笑得都未合拢过。

觥筹交错中，我却显得闷闷不乐，一想到上大学那昂贵的学费，我就担心不已。父母都是老实巴交的农民，一家人所有的开支全靠那二亩多地，就算他们再拼命，也是杯水车薪，况且，我还有一个上初中的妹妹。

谈笑间，一个城里的本家叔叔给父亲支了个招。他说，现在国家出台了很多惠民政策，可以去民政局开张贫困证明，能减免学费。亲戚朋友们都表示赞同，我也觉得这个建议不错，我们村本来就是个省级贫困村，依家里现在的情况，全完符合条件。

母亲一听可以减免学费，兴奋地说："这敢情好啊，咱下午就去办！"父亲只是淡淡地笑了笑，没说答应，也没反对。

吃完饭，母亲便催促父亲去找村主任，因为申请贫困证明，先得由村里开家庭证明。但直到晚上，父亲才红着脸回来。母亲生气地问："咋这么晚才回来？事办得怎么样了？"

父亲把手中的信笺一扬，笑："主任听说孩子考上了大学，说这是好事，非要留我喝两杯。"

"瞧你那熊样！"母亲嗔怒道。但我们都很高兴，有了村里的证明后，明天就可以直接去民政局开"贫困证明"了。

第二日一大早，父亲便意气风发地踏上了去民政局的路。一上午，我和母亲就坐在家门口翘首盼望着。快中午的时候，父亲终于回来了，母亲忙迎上去问："成了吗？"

父亲无奈地摊摊手："办事的人不在。"

听完父亲的话，我一脸失落。母亲笑："没事，明天再去。"

但第三天，父亲回来时依旧两手空空，说："民政局的人去区里开会了。""他们的事怎么这么多啊！"我牢骚满腹地说。母亲安慰我："别急。咱求人办事，就得耐着性子！"

可接下来的一个多月中，父亲一连去了民政局好多次，都没申请到

"贫困证明"。不是办事的人外出了,就是在开会,或者说村里开的证明不合规格。但父亲按照他们的要求重新去村里开了证明后,还是因为这样或那样的原因迟迟办理不下来。

眼看着离开学的日子越来越近,我有些急了,难不成民政局的人故意为难父亲? 我忽然想起了在乡中学当老师的小姨来,她见多识广,说不定可以帮上什么忙。

听完我的来意,小姨非常惊讶:"'贫困证明'早开好了啊,还是我陪你爸一起去的民政局呢?"但这怎么可能呢,父亲亲口说没办好啊?

在小姨家吃过晚饭,我执意要回家。小姨见留不住我,嘱咐我路上小心。回到家,躺在床上,想起小姨的话,我怎么也睡不着:证明早就弄好了,但父亲为何要骗我呢? 我决定第二天早上起来后好好问问父亲。

半夜,我起床上厕所,经过父母房间的时候,忽然听见里面有谈话声。这么晚了他们还没睡? 我奇怪的走上前,把耳朵贴了上去。

母亲:"问你个事,你得说实话。"

父亲:"啥?"

母亲:"我今天遇见主任,他说'贫困证明'早弄好了,你为啥要骗我们娘儿俩?"

父亲:"我本来就没想过要那玩意,都是你在那里瞎咋呼!"

母亲:"为什么? 凭这可以减免学费呢?"

父亲:"你木脑子啊,那能减多少? 咱还年轻,钱可以挣。你不知道,现在的大学生都喜欢攀比,我只是不想孩子因为自己是个'贫困生'而有心理负担,在学校里被人看不起,让人笑话……"

……

听了父亲的话,我的鼻头忽然一酸。原来父亲隐瞒这一切,只是想让我在学校里生活得更有尊严!

去大学报道那天,父亲塞给了我 6000 块钱,他笑着对我说:"到学校后好好学习,家里你别操心。"尔后又羞愧道:"'贫困证明'的事,爸没办好,你别放心上啊。"

上车的时候,我的眼泪还是不争气地流了下来。扭过头,父亲还站在原地向我挥手,我的心里忽然暖暖的。是啊,虽然没开成"贫困证明",但父亲却让我明白,其实我并不贫困,我的手里,正握着一笔巨大的财富,那就是父母无私的爱和鼓励啊! 这笔财富,取之不尽,源源不断,并将永远伴随我前行。

人 生 悟 语

　　无论父亲怎么遮掩,"我"还是知道了贫困证明没有办下来的秘密。父亲为了保留孩子正常学习和生活的尊严,孩子为了顾全父母鼓励自己的苦心。于是,一个美丽的谎言在这个家里开出了一朵花,美丽、温馨而动人。父亲用心良苦的爱,深沉而伟大,伴随着我们走过人生之路!

(巩高峰)

　　医生给父亲作了一个全身检查,任何一个部位都没有放过,但却没有查到父亲不能说话的病因。

哑 巴 父 亲 刘会然

　　父亲哑了。当他二叔把这个事实告诉乡里人的时候,乡里人的嘴巴惊愕得半晌都没能合上。

　　那时,父亲在十里八村可是个大"名人",谁不知道父亲有张油滑的嘴啊?

　　父亲的嘴灵巧如簧,舌唇之间翻云覆雨,上能入苍穹,下能探深海。古今中外事,千奇百怪物,父亲双唇狂揽。他逮到一个人能够说上老半天,哪怕是过路的陌生人。自从母亲去世后,父亲虽然少了最忠实的听众,可父亲喜欢高谈阔论的嗜好还是没有改变。大人没有空闲听他说,他就到上学的路上去和小朋友说。小朋友们上课去了,父亲对着门前那棵老槐树也得讲上几个时辰才罢休。

那年,他结婚了,接着孩子也有了。他把父亲从偏远落后的农村接到了繁华热闹的大城市。

在自己新开的公司上班,事务多,应酬多,他忙。

妻子也忙,但她忙的是购新衣服、泡吧、美容、做瑜伽、逗猫遛狗……所以照看儿子小宝的重任就落到老父亲肩上。

那天,父亲对小宝说:乖,孙子,爷爷给你讲个小人书上的故事。小宝抖了抖眼镜,回了一句:小人书上的故事有动画片里的故事精彩吗?父亲不知道动画片是何物,他想城里孩子喜欢看的动画片一定比乡村孩子喜欢看的小人书更棒。

父亲哑然。

有雨的一个午后,父亲和小宝一起看电视剧,一部哑巴男人的电视剧,是李雪健主演的《搭错车》。手舞足蹈的小宝忽然觉得哑巴很好玩,可自己身边却没有一个哑巴。小宝说,爷爷,哑巴真好玩,你装一次哑巴好吗?

父亲认为很荒唐,不愿意,可小宝不依不饶,竟然号啕大哭。为了逗小宝开心,父亲勉强装了一回。父亲模仿哑巴"咿咿呀呀"比划着和小宝交流,小宝拍手叫好,欢天喜地。从这次后,小宝一不开心,就会想起爷爷装哑巴的可爱,也非得要爷爷装一回哑巴不可。任何时刻,小宝见到"咿咿呀呀"比划着的爷爷都会破涕为笑。

日子久了,父亲就想:我是正常人,天天装哑巴和孙子交流成何体统?

那次,在吃晚餐时,父亲终于宣布自己不再装哑巴了。可儿媳和孙子却不答应。小宝竟然把餐桌上的碗筷掀翻一地,痛哭了起来。看着心爱的儿子哭了,儿媳撅了父亲几句:要你装就装,哑巴有什么不好,装一次哑巴能损失你什么?再说,你的普通话不标准,和小宝交流多了

会影响他学习标准的语言……

还愣着干什么!没看到小宝在哭?他瞪了父亲一眼。父亲于是又咿咿呀呀比划着和孙子交流了起来。

中秋节那天,乡下的他二叔捎上一些农产品到城里来看望父亲。一见面,父亲激动得咿咿呀呀比划着。

二叔说,大哥你比划干啥?说话啊!父亲张开双唇,可开阖的嘴唇只能发出"呜呜"的声音,犹如二泉映月般呜咽。他们似乎发现父亲哪里不对劲,赶紧把父亲送去市里最好的医院检查。

医生给父亲作了一个全身检查,任何一个部位都没有放过,但却没有查到父亲不能说话的病因。他们没有放弃,去了省城最好的医院,但结论却是一样。

父亲哑了,父亲真的哑了!

人 生 悟 语

为了儿孙,父亲可以从一个有名的"油嘴"大名人变成一个哑巴,这需要多深的爱和多少的忍耐才可以做到?而父亲做到了。父爱是深沉而伟大的,为了孩子的幸福,父亲可以放弃一切,哪怕是忍气吞声、委屈自己。这润物细无声的疼爱,足以让儿女温暖一生。

(巩高峰)

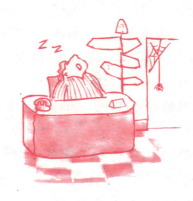

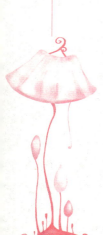

(巩高峰)

领**路**的**康乃馨**

人无法改变别人看待自己的方式，但却能改变自己看待世界的眼光；人无法让自己生来就富有，但却能让自己拥有一份更加宝贵的财富。只要有了心灵深处的那份美好，有了人格和精神的崇高，世界就会改变面貌，而我们自己也会变成真正的富翁。

善良是阳光，是温暖，是一种美好的心灵。今天我们给予了别人阳光，明天也会得到别人送予的温暖。

领路的康乃馨 刘东伟

现在的城市街道横七竖八，盘旋交错，内环、外环绕了一圈又一圈，让初来城市的车辆像盲人走路，越转越迷糊。于是，一种另类的职业便诞生了——领路使者，即：交通导航者。

牛二是 A 城的领路使者，前年他买了一辆车跑出租，后来发觉跑出租竞争太激烈。一次，他从报纸上看到一条消息，说的是一个乡下人带母亲看病，到了城市里，却因为转来转去，找不到医院而误了病情，母亲还没走上手术台便去世了。受此启发，牛二在车前面挂了一个"为你领路"的牌子，标准收价 10 元，另外还有超标费。还别说，这生意挺火，到现在，A 城各个交通要道都有领路使者。

别看领路使者的名称高雅，其实牛二和他的同行们却常常坑骗外地人，从中谋取"超标费"。

这天，牛二把车停在南环路口的花圃外，正在等生意上门，突然接到老婆的电话，说母亲晕倒了，已打了 120，正在去医院的路上。牛二一听，顺手从花圃里拿了一束康乃馨准备去医院。这时，一辆外地车在他身边停下，司机是个 30 多岁的青年，秃头顶。秃顶青年对他说："师傅，麻烦你带个路吧。"牛二听说母亲去了医院，哪有心情揽生意，但出于职业习惯，还是随口问了一句："去哪儿？"秃顶青年说："电器商场。"电器商场就在医院附近，顺路，牛二就说："跟我走吧。"

一路上穿街过巷，走的是最近的行驶路线，经过电器商场时，牛二略微一减速，指了指，示意后面的秃顶青年到了，然后继续行驶，竟然忘记了收钱。秃顶青年开车追上来，说，"师傅，多少钱？"牛二按标准价收了他10元。牛二来到医院时，母亲已经进了抢救室。半小时后，抢救结束，大夫让牛二放心，说没有大碍了，老人脑血管脆弱，不过以后要小心突发脑溢血。过了一会儿，有几个同行听说后前来探望。牛二见母亲没啥事，心情放松了，于是把来医院的路上揽的这笔生意随口说了出来。一同行笑着说："哥们，你怎么不带着他多转转，好收取超标费啊。"牛二骂道："胡扯，要是你妈在医院抢救，你有心情兜圈子吗？"众人哈哈大笑。

几个月后的一天，牛二的母亲突然又摔倒了，这一次，血管破裂，出血很多，A城医院不敢做手术，建议牛二赶紧带母亲去B城。

牛二不敢耽搁，开着车向B城飞驰。来到B城时大约下午6点左右，正是上下班的时间，街上车辆川流不息。牛二第一次来B城，也不知医院在哪儿，见旁边停着一辆车，上面挂着"领路使者"的牌子。牛二把车开了过去，头探出车窗招呼："老兄，麻烦你带个路。"司机抬起头来，两人四目一望，都"咦"了一声。原来司机正是上次牛二遇到的那个秃顶青年。秃顶青年问他，"哥们，去哪儿？"牛二说，"母亲急病，麻烦带我们去医院，还有……"牛二担心秃顶青年带他绕圈子，从兜里掏出100元钱来，递过去："老兄，这些都给你，我只求最近的路。"

秃顶青年看看钱，又看看牛二，再往车里看一眼，明白了牛二的意思。他把钱收下，又回找了90元，说："上车吧。"

两辆车一前一后，在街道上穿梭着，十几分钟后便到了医院。秃顶青年很热心，先是引导牛二到了急诊室，又找了个熟人，把牛二的母亲送进了手术室。

B城医院在脑血管领域的水准确实比A城高，手术后，牛二的母亲脱离了危险。事后牛二才知道，如果手术再晚半小时，甚至十几分钟，母亲就有生命危险。而且经过询问，他还知道，来医院的路是最近的路。为此，牛二十分感激那个秃顶青年，如果他像A城的领路人一样,为了多赚"超标费"而绕一个圈子,后果就不堪设想。

第二天一早,牛二母亲手术的痛感渐渐减轻,昏昏睡去。牛二拿毛巾给母亲洗一把脸,然后坐在床边。他听了听,母亲的鼻息虽然还弱,但已经很均匀,心中一宽。这时,门一响,那个秃顶青年拿着一束康乃馨走了进来。牛二微微一愣,他想不到秃顶青年会来看望母亲。秃顶青年轻声问:"大妈的病情稳定了吗?"牛二点点头,说:"基本过了危险期,多亏了你,你们 B 城的领路使者品德真高尚。"

秃顶青年笑着说:"其实,我以前也常有坑骗外地人的行为,是你给我上了一堂生动的教育课。那天,我送一位客商去电器商场,客商的一批电器技术上出了问题,已运到电器商场,客商担心一旦销售出去,会给消费者带来生命危险,便带着技术人员前往检验,我担心你会兜圈子,后来一问,才知道你带的那段路是最近的路程,幸好没有耽搁。回到 B 城,我和同行们说起这件事,大家深有感触,都觉得耽搁时间,有时会造成严重的后果,倘若发生了这种事,我们一生都会受到良心的谴责,于是我们联合声明,从此做真正的领路使者,用最快的时间把顾客送到目的地。"

牛二惭愧地说:"老兄,应该是你给我上了一堂生动的教育课啊,其实那天是我母亲病了,我急着去医院,正巧去医院的路和商场恰好顺路,我根本没有时间带你绕圈子。"秃顶青年微微一愣,紧握住牛二的手,一字一句地说:"你能告诉我这些,说明你还是个真诚的人,我相信你会成为一个让外地人放心的领路使者。"

20 天后,牛二带着康复的母亲回到了 A 城。第二天一早,牛二的领路车又出现在街道边,他的车前插着一束康乃馨。过了不久,牛二同行们的车上也都插上了康乃馨。从此,外地的司机来到 A 城,就像回家一样,感觉 A 城的大街小巷到处充满了温情。

善良是阳光,是温暖,是一种美好的心灵。今天我们给予了别人阳光,明天也会得到别人送予的温暖。

　　有一句名言,予人玫瑰,手有余香——手有余香的前提是给人以玫瑰。善良和温暖也如此,当你付出时,你收获的总比种下的要多,因为我们真诚地面向了大地,大地自然就回馈我们更多。就像文章中的 A 城和 B 城,它们是彼此的镜子,最后用温暖的阳光照亮了整个世界……

(晨　曦)

　　"不能跳舞就弹琴吧,不能弹琴就歌唱吧,不能歌唱就倾听吧,让心在热爱中欢快地跳跃,心跳停止了,就让灵魂在天地间继续舞蹈吧!"

不能跳舞就弹琴吧 包利民

　　19 世纪的一个夏天,在英国小城达勒姆的一个庭院中,露丝的家庭舞会正在热闹地举行着。这一天是露丝 28 岁的生日,盛装的她在舞会中光彩照人,她的脸上洋溢着幸福的笑容,优美的舞姿赢得众人的一片称赞。

　　正当人们沉浸在这温馨的氛围中时,意外却突然发生了。露丝在做一个高难度的旋转动作时,一下子摔倒在地上。舞曲戛然而止,露丝挣扎着想爬起来,却终是没有成功。在医院里,医生经过紧急会诊后,向露丝及她的亲朋宣告了一个不幸的消息:她患上了一种极罕见的神经系统疾病,她全身的神经将会慢慢地丧失功能,而药物只能延缓病情发展的速度。

　　那一刻,人们都惊呆了,包括露丝自己。她知道,自己将再也无法站起来,再也不能旋出优美的舞姿,而且,最终将会瘫痪,直到有一天心脏也停止跳动。是的,这一切真是太残酷了。她是小城舞蹈学校最出色的教师,她热爱跳舞,喜欢舞会上那种激情四射的感觉。每一年她过生日时都要举办家庭舞会,而这一次,却成了她生命中最后的表演。在人们的痛惜与祝福中,她在家里开始了漫长的休养。

有很长的一段日子,露丝坐在空荡荡的院子里,看着墙角的花儿在微风中轻轻地摇动,心底一遍又一遍地回想着每年过生日时这庭院中舞会的盛况。转眼一年过去,人们以为露丝再也不会像往年般举办舞会了,可是前一天他们都接到了露丝的邀请,让他们穿上最华丽的衣服,带着最精彩的舞姿前来。

露丝在钢琴后面笑着对大家说:"虽然我不能跳舞了,可我还可以为你们弹琴,能欣赏你们的舞姿我同样开心快乐!你们尽情地跳吧,要对得起我的琴声哦!"纯净的音乐如清澈的河水从她指间流出,人们在感动中陶醉了。这是一场令人难忘的舞会,露丝纤巧的十指在黑白键盘上灵活地跳跃,就如她当年优美的舞姿。

就在这一年,露丝病情恶化,除了头部,全身都不能动了。听到这个消息,人们都很难过,知道她那美妙的琴声也已成为绝响。而露丝在30岁生日的舞会上,却第一次向人们展示了她的歌喉,正如她所说,不能弹琴就为大家唱歌吧!这一年的舞会,来的客人要比每年都多,大家都想听听她的歌声,给她最美好的祝福。

在那次舞会的四个月后,露丝也失去了她的声音。人们都沉默了,不知道失去歌声的露丝将怎样面对生活。可是在她31岁生日的前夕,人们依然收到了她的邀请。那一天,来的人极多,院子挤满了,院墙外也挤满了人,他们都是小城善良的人们,他们来为露丝祝福。音乐依然,舞蹈依然,露丝卧在一张躺椅上,只有眼睛还能艰难地眨,只有心还能激情地跳。人们在她的眼中看出了微笑,看出了温暖,看出了一种蕴敛的对生活的热爱!

露丝终没能跨过31岁的门槛。出葬的那天,小城里认识她和不认识她的人都来为她送行,陪这个美丽的女子走完最后一段路。在她的

墓碑上，刻着这样一段话：

"不能跳舞就弹琴吧，不能弹琴就歌唱吧，不能歌唱就倾听吧，让心在热爱中欢快地跳跃，心跳停止了，就让灵魂在天地间继续舞蹈吧！"

据说，这是英国人最喜欢的墓志铭。

学文想自己是哥哥，应该做出牺牲，让弟弟体体面面地上完大学。

谎 言 如 诗　张晓枫

滩头村的学文和学武兄弟俩今年都参加了高考，一估分，都在500分以上，老师说这个分数能上本科线。这本该是高兴的事，而王兴礼却高兴不起来。王兴礼的老婆30来岁就去世了，王兴礼身体又不太好，不敢到城里打工，只会在土里刨食，把两个孩子拉扯大读上高中头发就累白了。现在两个孩子同时考上了大学，就是把家产卖光也不够他们的学费呀！孩子上了大学，吃什么花什么呀！王兴礼是个老实巴交的庄稼汉，没有办法可想，只会坐在那儿掉泪。

两个孩子都懂事，学文说爹你别难过，我去外面打工，你在家种地，让学武一个人上大学吧。学武说我的身体棒，还是我去打工让哥去上吧。学文说你估的分数高，你有前途你去上吧。学武说要不上大学你的女朋友就和你吹了，还是你去吧。兄弟俩让来让去的，谁也不松口，这可让王兴礼为了难，最后王兴礼说那就抓阄吧，谁运气好谁去吧。学文进屋写了两个纸条，团起来让学武先抓。学武把两个纸条都抓起来了，展开一看，上面写的都是"上"。学武要重新写，学文不让，说这样吧，咱俩谁的通知书先下谁去上。

学文去了村里的砖瓦厂干临时工，学武跟着村里的建筑队干活。一天，邮递员把学文的大学录取通知书送到了砖瓦厂。学文买了十来块冰糕给一起干活的同伴，要他们替自己保密，他想让弟弟去上大学。回到家，学武就问，听说你的通知书下了，这回，你没啥说的了吧？学文说没有的事儿，你听谁说的？学武要搜学文的身，学文不让。学武让爹说话，王兴礼让学文把通知书拿出来，学文却哭了起来。学文一哭，王兴礼和学武也哭了。正哭着，支书大林来了。大林说都别哭了，你们家的事儿乡里知道了，乡领导说了，兄弟俩都得去上，有困难乡里给解决。他这一说，这爷仨都不哭了。学文把通知书拿出来，王兴礼双手捧着通知书，激动得又哭了起来。学文要学武留点儿心，估计他的通知书也快下了。学武不好意思起来，说我的通知书昨天就下了，我是在路上碰到邮递员的。学文使劲擂了学武一拳，又使劲抱住了学武。

临到开学的时候，乡里的王乡长才送来5000块钱，说是乡里的财政很困难，干部的工资都发不下来，这5000块钱也是乡里的几个领导给凑的。支书大林给了2000，亲戚朋友们凑了2000，王兴礼把粮食几乎全卖光了，总算是把学费凑齐了。

最后，学文并没有去上学，而是到南方去打工了。学武的学校在南

方一座大城市,消费水平很高,学武拿的钱缴完学费就剩下不多了,以后的日子怎么过呢?学文想自己是哥哥,应该做出牺牲,让弟弟体体面面地上完大学。学文打了一个月工,估计弟弟的钱快花完了,就给学武写了一封长信,给他寄去了 1000 块钱。过了几天,钱和信都被退了回来,原因是查无此人。学文赶紧去了学武考的那个大学,找到学武报的那个系的负责人一问,才知道学武根本就没有来报到。学文如同傻了一般,半天也没有说出一句话。

人 生 悟 语

　　人生中,总有太多的无奈摆在我们面前。梦想在和贫苦相遇时,总会经历一番痛苦地挣扎。于是,这些善良的谎言让人心头涌起了一丝丝的温暖。好在,文中的兄弟俩并没有被贫苦击倒,他们用善良写出了一首关于兄弟情谊的诗,用浓浓的爱让我们只尝到了亲情的味道。

(晨　曦)

　　我可以想象出,爸爸妈妈怎样忍受着大火烧身的剧痛,一路把缸推了出来,是他们,用自己的生命换来了我的平安……

一只让人流泪的水缸 <small>包利民</small>

　　朋友乔迁之喜,我们前去祝贺,在她一百多平方米的房子里,摆放着许多新潮的家居用品。忽然,我发现在卧室里有一样东西极不适宜地立在那儿,那是一只高一米多的缸,很旧的颜色,缸口处还有许多裂痕。就因为这只缸，整个房间的布局和格调全被破坏掉了。

我们围着那只缸看，很普通的那种，绝没有什么收藏价值，真想不通她为什么把它放在这里。这时朋友走过来，说："我搬了几次家，许多东西都送人或扔掉了，只有这只缸我一直带着！"我们静静地看着她，知道这只缸一定有着令人难忘的故事。她略沉默了一下，便开始给我们讲起来。

那是 20 年前的事了。当时，这座林区城市还很闭塞，楼房少，都是大片大片的平房。每家的院墙都是用木板搭成的，院子里的小棚子什么的也都是木制，林区里就是不缺木头。那时她家住在一片平房区的中间位置，父母都是普通工人，家里只有她这么一个孩子，那一年她只有 6 岁。

那是一个周日的午后，正是炎热的夏天，几乎每家每户都在午睡。忽然就起火了，由于木头多，火势蔓延快得吓人。她从睡梦中被父母推醒时，外面已是一片红彤彤的火海。这种居住区房屋很密集，狭窄的巷弄消防车根本无法开进来，所以火越烧越大。父亲抱起她冲出院门，烈焰飞腾，浓烟滚滚，已经没有路可以冲出去。周围都是绝望的哭喊声，她看到这个情景，吓得都不会哭了。

父亲观望了一下，把她递到母亲怀里，然后冲向院子里的那只水缸。他用水桶拎出一桶水来，从她们母女二人头上浇下去，她被父亲这突如其来的举动吓得叫起来。父亲又把一桶水浇在自己身上，然后把缸推倒，水都淌了出来。父亲抱过她，将她塞进缸里，说："怎么难受都不要出来！"她蜷缩在缸里，忽然觉得缸滚动起来，她随着缸的滚动翻转着，一时有些晕眩，赶紧闭上眼睛，用脚死死地抵住缸壁。

过了一会儿，她觉得越来越热，缸壁也慢慢变得烫起来，她身上的水都变成了白白的蒸汽。她睁开眼从缸口望出去，所见之处都是大火。她吓得又闭上眼睛，觉得缸滚动得越来越慢，她快坚持不住了，大声喊着爸爸妈妈，却听不到回答。不知过了多久，她被人从缸里拽出来，空气清凉了许多，她清醒过来，哭喊着爸爸妈妈。她忽然看到了令她终生难忘的一幕，那只缸仍在那里，大火仍在不远处燃烧着，而她的爸爸妈妈，仍躬身站在缸后，四只手放在缸上，保持着推缸的姿势！可他们已

经死了,全身烧得黑糊糊的,可她还是一眼认出了他们。面对这一幕,在场的人无不落下泪来!

说到这里,朋友的眼泪淌下来,她用手轻轻抚摸着那只缸,说:"我可以想象出,爸爸妈妈怎样忍受着大火烧身的剧痛,一路把缸推了出来,是他们,用自己的生命换来了我的平安……"她已泣不成声。

我们的眼泪也都落了下来,看着这只缸,我仿佛看到了火海中那惊心动魄的一幕。这就是世界上最伟大的亲情啊,在最危急的时刻,把生的希望留给我们、甚至不惜付出自己生命的,只有我们的父亲母亲!

人 生 悟 语

父母总是能调动起他们所有的爱来保护孩子,即使灾难来临,即使危险迫降,即使要付出生命——因为他们拥有最美好的名称:父母。我们会质疑苦难,质疑挫折,质疑生活,但是我们从来不会质疑父母。因为父母为我们所做的一切,都是付诸真心的。父母永远希望孩子比自己好,这是父母的天性。

(晨　曦)

每年他都要拿出很大一笔钱救助一些穷人,可是他从不举行捐赠仪式,更不让那些穷人知道他的名字。

洗手间里的晚宴 周海亮

女佣住在主人家附近,一爿(pán)破旧平房中的一间。她是单身母亲,独自带一个4岁的男孩。每天她早早帮主人收拾完毕,然后返回自己的家。主人也曾留她住下，却总是被她拒绝。因为她是女佣，她非常自卑。

　　那天主人要请很多客人吃饭。客人们个个出身上流，光彩照人。主人对女佣说今天您能不能辛苦一点儿，晚一些回家。女佣说当然可以，不过我儿子见不到我，会害怕的。主人说那您把他也带过来吧……不好意思今天情况有些特殊。那时已是黄昏，客人们马上就到。女佣急匆匆回家，拉了自己的儿子往主人家赶。儿子问我们要去哪里？女佣说，带你参加一个晚宴。

　　4岁的儿子并不知道，自己的母亲是一位佣人。

　　女佣把儿子关进主人家的书房。她说你先待在这里，现在晚宴还没有开始。然后女佣进了厨房，做菜、切水果、煮咖啡，忙个不停。不断有客人按响门铃，主人或者女佣便跑过去开门。有时女佣进书房看看，她的儿子正安静地坐在那里。儿子问晚宴什么时间开始？女佣说不急。你悄悄在这里待着，别出声。

　　可是不断有客人光临主人的书房。或许他们知道男孩是女佣的儿子，或许并不知道。他们亲切地拍拍男孩的头，然后自顾翻看着主人书架上的书，并对墙上的挂画赞不绝口。男孩始终安静地坐在一旁。他在急切地等待着晚宴的开始。

　　女佣有些不安。到处都是客人，她的儿子无处可藏。她不想让儿子破坏聚会的快乐气氛。更不想让年幼的儿子知道主人和佣人的区别，富有和贫穷的区别。后来她把儿子叫出书房，并将他关进主人的洗手间。主人的豪宅有两个洗手间，一个主人用，一个客用。她看看儿子，指指洗手间里的马桶。这是单独给你准备的房间，她说，这是一个凳子。然后她再指指大理石的洗漱台，这是一张桌子。她从怀里掏出两根香肠，放进一个盘子里。这是属于你的，母亲说，现在晚宴开始了。

　　盘子是从主人的厨房里拿来的。香肠是她在回家的路上买的。她已经很久没有给自己的儿子买过香肠了。女佣说这些时，努力抑制着泪水。没办法，主人的洗手间是房子里唯一安静的地方。

　　男孩在贫困中长大。他从没见过这么豪华的房子，更没有见过洗手

第三辑
领路的康乃馨

间。他不认识抽水马桶，不认识漂亮的大理石洗漱台。他闻着洗涤液和香皂的淡淡香气，幸福得不能自拔。他坐在地上，将盘子放上马桶盖。他盯着盘子里的香肠和面包，为自己唱起快乐的歌。

晚宴开始的时候，主人突然想起女佣的儿子。他去厨房问女佣，女佣说她也不知道，也许是跑出去玩了吧。主人看女佣躲闪着目光，就在房子里悄悄地寻找。终于他顺着歌声找到了洗手间里的男孩。那时男孩正将一块香肠放进嘴里。他愣住了。他问你躲在这里干什么？男孩说我是来这里参加晚宴的，现在我正在吃晚餐。他问你知道你是在什么地方吗？男孩说我当然知道，这是晚宴的主人单独为我准备的房间。他说是你妈妈这样告诉你的吧？男孩说是……其实不用妈妈说，我也知道。晚宴的主人一定会为我准备最好的房间。不过，男孩指了指盘子里的香肠，我希望能有个人陪我吃这些东西。

主人的鼻子有些发酸。用不着再问，他已经明白了眼前的一切。他默默走回餐桌前，对所有的客人说，对不起今天我不能陪你们共进晚餐了，我得陪一位特殊的客人。然后他从餐桌上端走两个盘子。他来到洗手间的门口，礼貌地敲门。得到男孩的允许后，他推开门，把两个盘子放到马桶盖上。他说这么好的房间，当然不能让你一个人独享……我们将一起共进晚餐。

那天他和男孩聊了很多。他让男孩坚信洗手间是整栋房子里最好的房间。他们在洗手间里吃了很多东西，唱了很多歌。不断有客人敲门进来，他们向主人和男孩问好，他们递给男孩美味的苹果汁和烤成金黄的鸡翅，他们露出夸张和羡慕的表情。后来他们干脆一起挤到小小的洗手间里，给男孩唱起了歌。每个人都很认真，没有一个人认为这是一场闹剧。

多年后，男孩长大了。他有了自己的公司，有了带两个洗手间的房子。他步入上流社会，成为富人。每年他都要拿出很大一笔钱救助一些穷人，可是他从不举行捐赠仪式，更不让那些穷人知道他的名字。有朋友问及理由，他说，我始终记得多年前，有一天，有一位富人，有很多人，小心地维系了一个4岁男孩的自尊。

妈妈，不是我打不中，而是我实在无法向一个 10 岁的孩子开枪啊！

枪口下的微笑 郝向东

　　汤姆是部队里的神枪手，大家都以他为骄傲。这次他被派往伊拉克，正是他建功立业的好机会。来到伊拉克的第一天，教官就对他一再强调：这个地方非常不安全，随时随地都会有危险发生，而最要警惕的就是那些伊拉克人，他们都有可能是"人肉炸弹"，所以，一旦发现他们有异样，不管他们是老人还是小孩，你就得立马向他们开枪！汤姆听后心里咯噔了一下。

　　第二天，汤姆出去执行任务，走累了，正好遇见一面断墙，于是汤姆就坐上去歇息。坐稳后，正准备抽支烟，突然，他发现有个人影在前面一闪，汤姆大叫一声："谁，站住！"那人影果然站住了，原来是个 10 岁左右的小孩，眨着大眼睛看汤姆。汤姆看着这个稚气的小孩，他长的真是可爱，汤姆不禁对他微笑起来。那孩子也天真地笑了。

正当汤姆放松警惕的刹那间，那孩子却突然飞一样的向他跑过来，汤姆一下子想起教官的话来，大惊，连忙举枪射击，但没有射中。他又连射两发，却都打在那个孩子的前面，打起一片尘土，而当他再端起枪时，一切都已经晚了，那个孩子已经跑到了断墙下面，刹那间，一声巨响，两个人同时淹没在硝烟中……

汤姆躺在了医院里，好在他没有丢掉性命，只是腿受伤了，但还是被遣送回国去了。

堂堂的神枪手，连发三枪都没打中一个小孩，自己却负伤了，这让他的部队和朋友都抬不起头来。当汤姆见到他的母亲后，这才痛哭着说出实情："妈妈，不是我打不中，而是我实在无法向一个 10 岁的孩子开枪啊！"

但是，他们也许永远也不会知道：那个孩子根本不是"人肉炸弹"，炸弹是别人早就安装在断墙下面的，那个孩子跑过去是想拿走它，但当他抱住炸弹的时候，悲剧发生了。如果没有他小小的身躯抱住炸弹，汤姆早已粉身碎骨了。而这个小孩所做的这一切，仅仅是因为汤姆对他那友好的一笑。

人 生 悟 语

你能想到在战场上一个孩子竟然让一个百发百中的神枪手变成三枪打不到目标的绕指柔吗？因为孩子的微笑，天真纯洁的微笑，可以涤荡一切罪恶。在爱的怀抱下，谁都无法对善良和弱小开火。爱是征服一切敌人的法宝，它只派出一个微笑，就能征服难敌的邪恶。

（晨　曦）

艾新的爸爸妈妈告诉艾新，"你以后不用偷偷去帮那小女孩了，因为我们已办理了领养手续，从明天开始，她就是你妹妹了！"

帮你的梦想插上翅膀 吴宏博

放了学，艾新拿着还没看完的漫画书走出校门。他又看见了那个在路边讨钱的小女孩，艾新是一周前注意到这个小女孩的，她穿着脏兮兮的不合节令的衣服，右边的那只袖筒里空荡荡地随风摆动，小脸也黑黝黝的脏。艾新发现这个女孩跟街边很多讨钱的乞丐不一样，她不主动伸手，也不抱行人的腿，更不拿着碗喊"可怜可怜吧"；她只是站在那里，有过路的人给她钱她就伸出左手接上，并小声而真诚地说声"谢谢"。而且艾新还发现，每次一到放学时间，女孩就跑到学校门口，静静地看着三五成群的孩子背着书包打闹着回家，一看就半个多小时，直到学生们都走光了，她还愣在那里。

艾新想："该到回家吃晚饭的时间了，她怎么还站在这里呢？"他走过去，问小女孩："你怎么不回家呢？该吃饭了！"他的突然出现，令女孩有些意外，过了半天才怯怯地说："我没有家！"

艾新很奇怪，"没有家？怎么会没有家呢！你爸爸妈妈呢？"

"我没有爸爸妈妈，我很小的时候因为残疾就被他们遗弃了，是个捡破烂儿的爷爷收养了我，可是一周前的那个晚上，爷爷在桥墩下悄悄去世了，我醒来时，就又成了一个孤儿！"

艾新的心好像被什么扎了一下，有点难受，他在口袋里掏出10元零花钱递给女孩，说："买点东西吃吧！"

"你怎么会有这么多钱？"女孩问。艾新说："老爸给的呀！"女孩就直摇头，说："我不想要你的钱，如果你愿意，就把你手里的那本漫画书借我看看，明天我在这儿还你！"艾新抬手问："是这本《三毛流浪记》吗？你也喜欢？"女孩不好意思地说："我认识封面上那三根毛，是在爷爷收的破烂儿里看到的，可惜只剩半本了！"

艾新爽快地把书递给女孩，问："你还要吗？我书包里还有《一千零一夜》、《安徒生童话》，多着呢！反正我背着也沉，多给你几本！"

女孩说："不要，我就要这本，其他我也看不懂，我不认识字！"女孩低头翻着漫画书，边自言自语地说，"真羡慕你能有大书包压着呀！"

艾新回到家，一晚上都没睡着。

第二天，放学后的艾新又看见了女孩，她手里拿着那本《三毛流浪记》，站在昨天艾新借她书的地方。艾新走过去问："好看吗？"

女孩高兴地对艾新说："好看，我过去看的那半本是黑白的，你这本是彩色的，可好看了！"说着说着，女孩声音又低了，"只是漫画上的字不认识！"

艾新说，"今天给你一本能看懂的书！"说着艾新就从书包里掏出一本电子有声书，说，"看不懂的地方你就用手指点一下，书就出声了，你总该会听吧！"

女孩眼睛睁得大大的，"什么？还有会说话的书呀！"她接过书，用手试探着轻轻点了一下，书里真发出了声，女孩咯咯地笑了！

艾新拉着还在笑的女孩到旁边一家银行门口前的大理石台阶上坐下，说，"你慢慢看书，我帮你要钱！"

女孩笑他，"你会要钱！别逗了，你这样子，谁会相信你没钱？"艾新做了个鬼脸，从大书包里拉出一张纸，是一大张折起来的，艾新把纸拆开摆到台阶下的路面上，又掏出文具盒压在纸上，因为有风吹了起来。弄好后，艾新正对着铺开的纸紧挨女孩也坐在了大理石台阶上。

那张纸上写了一串大字，女孩一个也不认识，问艾新，艾新只笑不说，她就把书放在并起的膝盖上，用仅有的左手翻起了那本有声图书，她用那小手点一下，书里有声传出，女孩就天真地笑一下。风把那只空袖筒吹得摆啊摆啊。

有很多人围了上来,看了看那张大纸,就有人5块10块地把钱放在艾新的脚下。女孩问艾新:"你到底写的什么呀,那些人给那么多钱?"艾新说:"不多,还差得远呢! 你不用管,抓紧看书吧,一会天黑就看不见了! "

那张纸是艾新昨晚一晚上的杰作,上面那歪歪扭扭的字是艾新用水彩笔写的。上面写着:有爱心的叔叔阿姨们,我什么都不缺,因为我有疼我的爸爸妈妈,但我身旁这个小女孩却缺很多东西,我帮不了她什么大忙, 但我可以帮她对那些愿意献爱心的叔叔阿姨们说声:"谢谢! "我不想为这些客套的小事情而打扰她,让她静静地看会书吧! 你们放心,这些钱她绝不会用于买衣服、吃汉堡上,因为她现在最需要的是坐在宽敞明亮、无风无雨的教室里看这些书!

不知谁给电视台打了电话,两个记者也赶了过来,他们认为这肯定是两个小骗子在作秀, 变着法地骗钱。他们准备为此在那档招牌栏目——"出门就上当,当当不一样"上做个专题,他们把摄像机藏在包里,打算暗暗做个采访,暗访的结果令记者们很是为他们的臆猜而惭愧,他们觉得自己在小艾新面前显得丑陋而矮小,小艾新却如同一个天使般鲜活而高大。

一直不见艾新回家的爸爸妈妈也来了,他们看见了一切。

电视台真的播出了艾新和小女孩的故事,但不是在"出门就上当,当当不一样"栏目播出的,他们新开了个栏目——"天使在人间",并把艾新和女孩的故事做了一个叫《我帮你给梦想装上翅膀》的专题,作为"天使在人间"的开栏节目播出了。节目播出后,给小女孩的捐款源源不断地飞向了电视台专设的爱心账号里。

艾新的爸爸妈妈告诉艾新,"你以后不用偷偷去帮那小女孩了,因为我们已办理了领养手续,从明天开始,她就是你妹妹了! "

艾新笑了。

艾新每天和妹妹背着书包,手拉手进出于学校的大门。妹妹认识的头两个字就是:艾新。但她发音不准,艾新总要帮妹妹纠正:"笨蛋,不是'爱心',是'艾新'! "

一个绝妙的谐音，"艾新"和"爱心"。无论是艾新，还是爱心，他们都是天使派出的爱的使者。于是，残疾小女孩和那些需要帮助的人，只要有梦想，都可以得到充满爱的帮助。爱是需要相互往来的，在我们接受帮助的时候也要适时地向别人伸出援手。这样，我们也会成为传递"爱心"的使者。有梦想，有爱，就会有翅膀。 （晨 曦）

这妇人果然不错，倘若只是她自家烟囱上插了柳条苟且偷生，而不告诉别家的话，我便立马下山连她也杀了！

背上良心逃亡 郝向东

说一个土匪的故事。

有一个小乞丐，来到一个村庄，可能是渴坏了，正好，旁边的一个男人刚吃完了西瓜，把瓜皮扔在了大街上。这小乞丐赶紧跑过去想捡起来吃。不想，这男人上前就是一脚，把西瓜皮给踩到泥土里了，又狠狠地拧了几下，说："让你吃！"

这小乞丐的眼睛里差点就喷出来愤怒的火焰，愤愤地说："我以后若发达了，杀光你们全村的人！"

后来，这孩子果然就占了山，为了王，做了土匪的头子。

这个倒霉的村庄，杀戮自然是免不了的，村民们战战兢兢，惶惶不可终日。他们纷纷携家带口地开始了大逃亡。

再说那土匪的头子——昔日的小乞丐——骑着高头大马，披着黑袍,率领一队人马,在村子里横冲直撞,追逐着村民……

　　从中午一直到黄昏,土匪们跑了一天了,也累了,索性带了战利品,信马由缰,踏着夕阳往回走。转过一个山茆,却突然看见前面有一个妇人,手里拉着一个小孩,背上还背着一个大点的孩子,正拼命地往前赶。这土匪头子看着就觉得别扭,策马上前拦住了那妇人的去路,举起马鞭指着那妇人说道:"好个恶妇! 如此心狠,为何背着大的,却让小的孩子跟着你跑? "

　　那妇人自然是吓坏了的,扑通一声就跪下了,哭着说道:"好心的大爷! 要杀就杀俺们娘俩吧,千万不要杀俺背上的孩子,他是俺邻居的孩子,爹娘都死了,托付俺一定要把这孩子抚养成人,俺已经答应了人家的,怎能不管? 俺本想,万一逃不了了,俺就是丢了俺这手中的亲生儿子,也不能丢了背上的这孩子呢……"

　　这土匪本也是性情中人,不禁感叹道:原想这个村子里的人,心皆蛇蝎,不想还有这等有情有义之人。话也就软了下来,说:"你也不必逃亡了,我不杀你了,回家之后,在你家的烟囱上插一支柳条,我会命令部下,见柳条者免杀。"

　　那妇人千恩万谢地走了。

　　妇人本是个善心的人,一回到家,赶紧把这件事传播开来,要所有的三邻四舍赶快在自己家的烟囱上插上柳条。一时间,整个村庄的烟囱上柳条四处飘扬……

　　第二天,那土匪的队伍又来了,却看见烟囱上全是柳条,果然没有亮刀,打了个转也就回去复命去了。

　　土匪头子听了回报,非但没有怪罪那妇人,反倒笑了,说:"这妇人果然不错,倘若只是她自家烟囱上插了柳条,苟且偷生,而不告诉别家的话,我便立马下山连她也杀了! "

　　后来,这个村子也就这样保了下来。

兵荒马乱的年代,土匪却败在一个背着孩子的手无寸铁的妇人手下。与其说土匪败给了妇人,不如说他是败给了他善良的本性。我们都应该为这抹关于良心的亮色欣慰,因为只要心中有善,无论我们走在哪条路上,都不会迷失方向。随时背负着良心行路,邪恶就会对我们缴械投降!

(晨　曦)

全车人的安全还是没有解除,我作为一个知识分子,绝对不能坐视老百姓的生命安全不管。

大卫搭车 刘会然

大卫在省城读大学,专业是机械动力学。由于家乡在一个偏僻的小山村,为了给家里省点车费,大卫整整四年都没有回过家。

现在大学毕业了,也在省城找了一份不错的工作,大卫觉得应该回老家看望含辛茹苦的父母亲了。

大卫从省城坐火车到了家乡所在的县城。几年没有回来,大卫觉得县城漂亮多了,街道宽敞,高楼高耸。道路上车水马龙,人流不息,一片繁忙的景象。虽然县城远没有省城繁华,但大卫还是为自己的县城焕然一新感到兴奋与自豪。大卫想,县城变好了,自己家乡的面貌肯定也变得不错了吧?

大卫归心似箭,他赶紧来到县客运中心,买了一张去自己家乡的车票。

车很快开了，买票的顾客不多，只有两三位。可车一开出车站，呼啦一下，上来了一大帮人，座位差不多就坐满了。

没过多久，又上来几位青年小伙子，这时，客车的座位是完完全全坐满了。大卫满以为车子会朝家乡的方向奔去。可是到了市郊，司机却来回在道路上转圈，招了一拨拨的乘客上车。坐着的、站着的乘客挤成了一团，就像罐头里的鱼丁。

这下，血气方刚的大卫坐不住了。大卫急忙对司机和卖票的车主说：车辆超载是违法，更是不安全的！

车主很纳闷地看着大卫：怎么会不安全？这车每天都这样满满当当的啊！

大卫说，不行，这样做绝对不行，怎么能拿老百姓的生命开玩笑？我在大学学的是机械动力学，我知道车辆超载的严重危害！

车主说，那咋办？难道要把这些没有座位的赶下去？再说，他们愿意下去吗？

大卫说我来试试。

于是大卫很耐心地给站着的乘客说了超载的危害，既讲了理论依据也说了现实危害。说了近半个小时，可站着的乘客没有一个人搭理大卫，他们都把眼睛朝向窗外。有一个染着红头发的小青年说，你说得条条是道，那你把座位让给我，你坐下一班车好了！其他的乘客哈哈大笑起来。

大卫说，我下去可以，可这还是超载啊！全车人的安全还是没有解除，我作为一个知识分子，绝对不能坐视老百姓的生命安全不管。

大卫找到车主，你们必须把没有座位的乘客送下去，你要对乘客的生命负责啊！这样下去，我就要报警了。

车主说，他们不下去，我也没有办法啊，你报警好了。

大卫在车厢里询问，谁有手机？借给我打个电话，110是免费的。车厢里有人嘀咕着：现在还用这样老套的办法来骗人手机，真可笑。

车上没有一个人愿意把手机借给大卫。

大卫对司机说，没有解决车超载之前，车不能开。说着，他要司机

停车，自己马上站在车的前面，这样车就无法向前开了。

这时，车厢的人议论开了：怎么回事啊？超载这几人有什么关系，以前不都是这样吗？谁受到过危害？

有个老大爷拉开车窗劝大卫：小伙子，没事的，我都坐了好些年了，上来吧，还是让司机快点开车走。

大卫说，不行，那是你的侥幸，超载是危险的，今天我一定要制止。

染着红发的小青年说，哪里来了个另类，车主，我可是去约会的，我女朋友跑了，你要担当责任的！车厢里有个抱着小孩的妇女说，我去娘家还要走十来里的山路，得赶紧啊。其他人也跟着说，天气炎热，这么耗下去不是办法……

车主说，那怎么办？

染发小青年说，车主，把钱退给他不就得了。其他的乘客说，对啊，把钱退给他，叫他滚开！

没有办法，为了照顾大伙，车主只好把钱退给了大卫。

无奈，退了钱的大卫只好让开。载着一厢对大卫的愤怒，车子急速离去。

大卫只好在原地等下一班车的到来。

一个小时后，大卫上车了，半个小时后，大卫又下车了。

一个小时后，大卫上车了，半个小时后，大卫又下车了……

人 生 悟 语

众所周知，两点之间直线距离最短。可是现实和理论总是有一段差距，就如我们的生活环境和我们的理想，总是不一致。于是，当有人和众人的步调不一致时，反倒会被认为是错的。可尽管如此，我们还是应该坚持正确的方向前进。如果社会上多几个像大卫这样遵纪守法的人，我们的生活中就会避免很多悲剧的发生。

（晨 曦）

善良是阳光,是温暖,是一种美好
的心灵。
　　今天我们给予了别人阳光,明天也
会得到别人送予的温暖。

八十一步的爱情

第四辑

梁祝化蝶，牛郎织女，虽然只是美好的想象和虚构，但神话中的故事，透露出来的，正是一份真实的情感和渴望。在现实生活中，无数男女用自己的方式演绎着爱情的美好和浪漫，为这个世界增加上一道道靓丽的风景，也让爱情这个词变得更加美丽迷人。

灯火里或许有疾病,有贫穷,有战争,有苦难。可是,只要还有爱情,真的足够了。

来生,还比你快 周海亮

　　和千百个老套的爱情故事一样,这个故事里也有灰姑娘,也有白马王子,也有试图将他们拆散的力量,当然也有坚守和温暖。故事发生在上个世纪的中国,那时候,他和她,年轻得就像树上刚刚结出的两粒果实,青涩,饱满,生机勃勃。

　　不过那是完全不同的两粒果实:他有国家干部身份的父母,有令人羡慕的城市户口,有高贵儒雅的风度,有魁梧的身材和俊朗的面孔;她呢?生在农村长在农村,父母亲几乎从没有走出过住了一辈子的山村。她不漂亮,不苗条,说生涩的普通话,脸上堆满雀斑。他和她站在一起,给人的感觉极不协调。然而他们却相爱了。白马王子总会爱上灰姑娘,爱情就是这样奇怪。

　　他们是在大学里认识的。那时学校里办着一份文学刊物,她在上面发表过几首小诗。他喜欢那些诗,爱上那些诗,甚至爱上那位写下这些诗的却从没有见过面的女孩。后来在饭堂里,有人指着坐在角落的一位女孩,对他说,看,那就是你的偶像。他看过去,人就愣了。也曾在心中描绘了她的样子,不靓丽,甚至有些土气,但面前的她,还是让他吃了一惊。他想不到那些诗,竟是这样一个女孩子写出来的。

　　可是爱情还是降临了。因为他喜欢她的宁静。她总是一个人默默地坐在饭堂里的角落里吃饭,她总是一个人默默地走路,她总是一个人默默地坐在图书馆里看书,她似乎每时每刻都在思考。她安静恬淡,与世无争。那是一种令人心动的宁静。他,无法抗拒。

　　那天他终于下定跟她表白的决心。他走过去,在她面前坐下。她抬头,冲他笑。他说,你好。他看到她的脸红了。爱情就这样悄悄地降临,那一刻,饭堂里阳光灿烂。

　　没有人认为他们会有美好的结局。所有人都认为他不过是在给自己单调乏味的大学生活增加一点调剂而已。可是他并不这么看。他知道他爱她,她也爱他。他认为这就足够了。有爱情就足够了。他认为爱情可以战胜一切,包括社会的偏见以及父母的干涉。那时候的他,对她,对他们的爱情,充满了信心。

　　可是他们毕业了。他痛苦地发现,他和她即将走进的,完全是不同的两个世界。一个是繁华的大都市,一个是闭塞的小县城;一个是如锦的前程,一个是一辈子的平淡甚至平庸。有时他想说服她放弃去那个县城当教师,可是,他终未说出口。为什么自己不能放弃大都市呢?为什么自己不能放弃所有的优越呢?如果自己不能,那么,他就没有权力,干预到她的选择。

　　这并不是问题的关键。他认为,这些阻挠尽管存在,但总会有办法解决。问题的关键是,他的父亲竟以断绝父子关系的方式来干涉他的选择。那时候他恨他的父亲,虽然他知道父亲爱他。那一段时间,他的天空总是阴沉沉的。年轻的他突然发现,原来两个人能够生活到一起,仅有爱情,还远远不够。——爱情其实并不能够战胜一切。

　　这个发现让他伤心。

　　下定和她分手的决心,是在一个午后。是她先提出来的。她说我考虑了很久,我认为现在分手或许是一个不错的选择。他说难道没有更好的办法吗?她说有吗?他就不说话了。是的,就算他可以不去管所有人的偏见,可是他能够不去管自己的父亲吗?就算他可以不顾一切地去爱她,可是相距几千里的距离又让两个人如何去面对呢?那天他拥抱了她。他说你肯定恨我。她没有说话。

　　他们是在山脚下的一个茶馆里说下这番话的。他们坐在茶馆里喝

茶,外面风雨交加。他们整整喝掉三壶茶,雨终于停下来。他们一起走出去,看满世界的狼藉。他默默地走在前面,她默默地跟在后面,完全是初恋时的样子。可是他们都知道,过了前面的路口,他们就将奔向不同的方向。他往左,她往右。

突然她冲到他的前面。那是一种惊人的快……

一年以后,他和她去了北方的一座小城。对两个人来说,那是一种完全不同的陌生。他租下一间简陋的房子安顿下来,然后开始了他的创业。他和她是在这间房子里举行了他们的婚礼的。婚礼上没有司仪,没有亲属,没有伴娘和伴郎,没有同学和朋友。可是婚礼上有音乐,有美酒,有鲜花,有大红的"喜"字,有新郎和新娘。他学着司仪的样子对她说,你愿意嫁给我吗? 从此以后,不管疾病、贫穷、战争、困苦,你都会与我相亲相爱、白头偕老吗? 她被他逗得咯咯地笑。她说,我愿意。他就蹲下来,郑重地为她戴一枚戒指。很小的钻戒。他戴得专心致志。

父亲来看过他们几次。他知道,他和父亲之间的坚冰正在一点一点地融化。父亲问过得还好吗? 他说,还好。父亲问缺钱吗? 他说,不缺。父亲问需要我和你妈帮忙吗? 他说,不用了。父亲就笑笑。那次父亲给他留下一笔钱。父亲说创业除了需要激情,需要勤奋,还需要本钱……你不用推辞,这是我借给你们的……祝你们幸福。——父亲并没有和他断绝父子关系。父亲似乎更爱他了。——其实,当一个人义无反顾地去爱另一个人,谁也阻挡不了,什么也阻挡不了。最终,所有人都会被深深地感动。

是的。爱情真的可以战胜一切,包括社会的偏见以及父母的干涉。

在这座小城里,他慢慢地显示出自己非凡的经商才华。他在生意场上摸爬滚打,开起了公司,生意越做越大。几年后他成了小城的成功人士,经常应邀出席各种会议。他穿着质料考究的西装,坐着豪华的私人轿车。他有着挺拔的身材和英俊的面孔。他彬彬有礼,光芒四射。这样的男人对女人当然是有吸引力的。

的确,他经历过各种各样的诱惑。给他诱惑的,有女人,也有女孩。他总是小心翼翼地与她们保持着最适当的距离。他总是说,我有自己的妻子,她是世界上最美丽最善良的女人。这世上,我只爱她。

可是没有人认识他的妻子。当别人问到时,他总会笑一笑。他说,等些日子,我会带你去看她。

终于,那一天,他要把她介绍给自己的朋友了。那天他请了很多朋友。他让朋友们在客厅里等候,一个人走进卧室。几分钟后,他和她再一次出现在朋友们的视野里。在场的所有人,全都大吃一惊。

那是怎样的一位女人啊!她坐在轮椅上,身体僵硬。她歪着头,对所有的人微笑。她的脸上几乎没有一块完整的皮肤,那是重度烧伤的标志。虽然她的头发整洁有型,可是却没有光泽,很显然,她戴了假发。还有她的手,她只剩下一只手,那只手蜷曲着,上面堆满烧痕,那只手的无名指上,戴一枚很小很精致的钻戒。

朋友们尽管都不让自己表现出丝毫惊讶的样子。可是她的出现太过突然,她的样子太出乎所有人的意料。他们几乎没有办法掩饰自己的表情。

他对所有人说,这是我的妻子,这是我相依为命的妻子。今天,正好是我们结婚整整二十年的日子。然后,他给朋友们讲述发生在多年前的那个故事:

……他默默地走在前面,她默默地跟在后面,完全是初恋时的样子。可是他们都知道,走过前面那个路口,他们就将奔向不同的方向。他往左,她往右。他们看着雨后的街道,世界一片狼藉。突然她大叫一声,当心!那一霎间,他看到,他前面有一根裸露的电线,正在向他飞速地爬行。

是的,爬行。他从来没有见过那样爬行的电线。它像一条蛇般蜿蜒着急速向他靠近,它的速度像一支射出来的利箭。那是一根高压线。肆虐的狂风刮倒了一根线杆。高压线被他吸了过来,一场灾难即将降临。

那一霎间,她从他的身后冲了上来。她什么也没有说,只是不顾一切地扑向那根高压线。他看到,她伸出一只手,准确地抓住了那根向他爬来的高压线。

他的面前升起一朵灿烂绚丽的烟花。他知道,那是她在燃烧……

他对朋友们说，我爱她。就再也说不出话来。很长时间后，他当着那些朋友的面，热烈地吻她。所有人都看到，他和她的眼睛里，同时闪烁着晶莹的泪花。

也常常谈论到死亡，他们并不回避。像千百个老套的故事一样，他握着她的手，说，今生你给了我无尽的幸福。如果有来生，还做我的妻子，好吗？

她使劲地点头。然后，她认真地说，如果有来生，如果还有那样的一场灾难，我希望我的动作，还是比你快。

他轻轻地笑，推她到阳台。他们一起看城市里的万家灯火。他们知道，每一盏灯火里面，都藏着一个动人的爱情故事。那些故事或许和他们的并不相同，可是，所有故事的结局，都让两个人走到一个屋檐下，在夜里，共同点起一盏灯火。

灯火里或许有疾病，有贫穷，有战争，有苦难。可是，只要还有爱情，真的足够了。

人 生 悟 语

一个向左，一个向右，可是爱情却突然拐弯——是一根电线改变了两个人的命运，不，应该说是爱，改变了两个人的命运。如果不是深到极端的爱，会用生命来抵挡致命的伤害吗？面对那句"来生，我还要比你快"，我们才会发现：原来最有力量的、撼动人心的爱，真的存在。

（黄晶晶）

在我心里,她是我的至爱。至爱即情圣,至高无上的爱情圣者。她的生日就是情圣诞生之日,简称圣诞日。

每个相爱的人都有自己的圣诞节

王琼华

12月25日这天早晨,我收到囡囡发来的一条手机短信:圣诞快乐!

没隔一年,准确一点说还是9月中旬,我也往囡囡手机发了一条信息:圣诞快乐!

傍晚见面时,囡囡笑道:"真让公事忙晕了头吧,圣诞节在哪一天也忘了呢。呵呵,想过圣诞也不要太性急。"

"不,今天就是圣诞节!"

我乐癫癫把一束鲜花献给她。

她接过花,巴起眼看看我,又抬手摸摸我的额头。我得意地说:"放心,即便发高烧也烧不坏我这脑壳。今天,确实是我的圣诞节!"

"怎么今天会是圣诞节呢?"她问。

"我觉得今天就是圣诞节!"

于是,我给她讲了几个理由:

第一个理由,一个女孩爱上了我。那天,我被几个朋友扯起去KTV包厢唱歌。我这人天生患有音乐细胞缺乏症,没熬过半个小时,我便借故离开了包厢。过了一会儿,我有点突然的收到女孩这样一条手机信息:"你在哪呢?"原来,这个女孩跟其中一个朋友通话时得知我在那KTV包厢里唱歌,便说也过去凑凑热闹,只是她一进包厢找不见我的身影,就偷偷发了这条信息给我。看完这信息,我拣起脚又回到 KTV 包厢。一见面,这女孩笑眯眯说,还以为人家骗我哪。从这条信息和这句话中,我感到一种心动:她为我而来！这个平日与我友好相处的女孩已经悄悄爱上了自己。我才知道,自己幸福地遭遇上了爱情。那晚,我一连唱了好几首歌。呵呵呵,朋友都说我这个五音不全的人破了一回天荒,竟然也有这么好的雅兴。看看她那笑脸,她已经懂得了我的心思。

第二个理由,这个女孩爱惜着我。每一次外出应酬时,这女孩都会提醒我:"少喝酒,多吃菜。"平日,她很在乎我的身体。不过,她还开过一个玩笑:"这科学够发达了,喝坏胃还可以换掉一个哪。"说这话前,我刚刚喜滋滋告诉她,有人托我办事,这事对于我来说并不难办,便收下了人家一个信封,里面有酬金五千块钱。她觉得这钱不能收,还是退给人家。捏了捏信封,我有些犹犹豫豫的。当听了她这句类似玩笑又根本不是玩笑的话,我的心猛地一紧:她爱惜我的身体,更爱惜我的前途和生命。所以这种爱惜才叫真爱！对啦,顺便说一声,这次我又要升职了。

第三个理由,这个女孩还爱管紧我。有一次我读书时看到一道挺有意思的爱情算术题:两人都只各爱一半,即 $0.5 \times 0.5 = 0.25$,结果这爱的成分竟然变得比原来还少了一半。我才明白:她前段日子塞给我一份"黑名单",就是不想让我们的爱情演变成这么一道算术题。她曾经竭力反对我跟另外几个女孩交往过于密切。我曾经问她:"你怎么会这样想呢？我可没有这一脚踏几条船的想法！"她很生气地说:"可她们会慢慢让你产生这种想法。知道吗,我有一个女人应有的直觉！"看完这道奇异的算术题,这时我终于弄明白了,平日说她爱管紧我,倒不如说她想管好我的爱。从内心来讲,我也不想作成这一道爱情算术题。只是在爱情面前,她比我更加纯真,更加纯粹。说实话,眼前这种女孩算得上是"稀有宝贝"了。我已经感悟到！

我讲这些理由时,囡囡的眼睛一会儿火辣辣,一会儿又湿润润的看着我。她问:"凭这几个理由就让你把今天当成圣诞节吗？噢,我还是有点闹不明白。"

我突然有点顽皮地歪歪下巴,又耸耸肩膀。这是我幸福的表露。我

说："这个女孩同天使一样会让我一辈子幸福和快乐；还有，她又是一个守护神，会让我一生平安。这天底下，只有她能为我做到这点。在我心里，她是我的至爱。至爱即情圣，至高无上的爱情圣者。她的生日就是情圣诞生之日，简称圣诞日。所以讲，每年这一天就是我的圣诞节。我相信，每个相爱的人都有自己的圣诞节。"

我的圣诞节在 9 月 14 日，即今天。

这一天是囡囡过生日。

　　春雨啊，你想，我会怪你吗？打你罚你倒可以，怪你就不必了。以后你就好好地爱我吧。天长地久、海枯石烂都不许变！

八十一步的爱情 凌可新

　　单位里的陈思楠是个十分漂亮的女孩子，清纯而浪漫。她对爱情的幻想就像天空中飘逸的云彩。单位有好些男孩子都追她，可她嫌这样直白着追没意思。她的爱情应该来得富有诗意，应该像是五彩缤纷的梦幻。这样才够浪漫。

　　这天，同单位的周春雨在闲聊时忽然说，"咱登城来了个看相的'半仙'呢。昨天我从他前面走过，他硬是说我将来遇到的爱情，第一是浪漫，第二，还是浪漫。我不相信，那'半仙'却一副胸有成竹的样子，说你就等着看好了。你们说，像我这样的人，怎么能够浪漫起来呢？"

　　要是照着周春雨现在的表现来看，他的确不是个会浪漫的人。他二十六七岁，老实积极肯干，对个人的事情好像从来也没有过考虑。这陈思楠最清楚不过了。来单位两年多，陈思楠收到了差不多单位所有的男孩子写的求爱信，可就是没有一封署名周春雨。面对像她这样的女孩子，周春雨竟然不动心，陈思楠想不明白。这会儿听说城里的"半仙"说周春雨一是浪漫二还是浪漫，不由得"吃吃"地笑了。

　　周春雨一副懵懂相，问道，"你笑什么？莫非你也觉得那'半仙'是在胡说八道？如果你真这么以为，下回再见了他，我就把一口口水吐到他衣服上去，再在他那'半仙'的招牌后面续上两个字，'个屁'。就这两个字，你以为如何？"

　　"半仙"后面若加上"个屁"，那不就成"半仙个屁"了吗？陈思楠忍不住又笑了起来。不过呢，周春雨的话却也引起了她的好奇心。她倒很想见见这个睁着眼睛瞎说周春雨浪漫的"半仙"了。她觉得能够这样看人的"半仙"说不准也能给她看出点旁门左道来呢。

　　单位其他人也都不相信那"半仙"说得对，都说他是在糊弄周春雨呢，还说要是周春雨也能浪漫得起来的话，那天底下只怕是连石头也都是浪漫的了。

　　那天的闲话也就到此为止了。陈思楠的看法和大伙儿的一样，她当然也不相信周春雨能够浪漫。不过这"半仙"却时不时地闪现在她的心里。这个星期天，她真的去找那"半仙"了。

　　周春雨上回说"半仙"总是坐在钟楼边。说他给人看相，有些守株待兔的意思。陈思楠走到那里时，果然看见一个快六十岁的男人坐在一只石凳上，面前摆放着一张 16 开大小的白纸，上面写着"半仙"两个字。再看这男人，瘦瘦的脸隐隐约约有着一股子"仙气"。

陈思楠还没走到他面前，他就把目光迎了上来，慢慢说，"姑娘你是想问你的爱情吧？如果你相信这个世界上有缘分二字的话，今天你就能找到你的真爱。"

陈思楠暗暗称奇，她还什么也没说呢，甚至她还连请这"半仙"看看的表示都没有做出来呢，她仅仅只是走到这里，这"半仙"竟然就一下子知道了她的心事。那么，他说的周春雨的爱情除了浪漫还是浪漫，也许不是空穴来风吧？当然了，那周春雨不关她的事情，她想问的是她的爱情。

她蹲在"半仙"面前，望着他，表情里带着一丝诚恳，说道，"老人家，你不是信口开河吧？你说的这话是不是蒙我，企图坑我几张人民币，自己找个地方去进行高消费吧？"

这"半仙"静静地笑了一下说，"我说的都写在你脸上呢。不信的话，你也不用蹲下来了。"停了停，他又说，"你心里刚才有个男孩子一闪吧？他像一道闪电一样照亮了你吧？如果我说错了，你可以把我写在这张纸上的'半仙'两个字踩到脚下，踩成一堆破烂儿。"

陈思楠怔了怔，她刚才是想起周春雨了。想不到连她心里想谁他都知道，看来这"半仙"还真是有些仙气。她不由地就相信他了，"老人家，那你说我的真爱去哪里寻找呢？"

"半仙"伸手向前面指了指，说："姑娘，你往那边走。走出九九八十一步，站住，你会看到一个你认识的男孩子。如果看到他时你感觉到自己的心动了，那他就是你的真爱了。如果你的心没动，你就回来撕了我的招牌。古往今来，爱情对任何一个人来说，都是一个缘分。得相信才行啊。"

陈思楠想不相信他的话，可又被鼓动着。她点点头，嘴里默默数着数，一步一步往前走。她倒要看看这"半仙"是不是在骗人。

这是一条街道，陈思楠走了八十步正好走到了尽头，然后是一左一右分成了两条街。她站着了，一时不知该往哪边走。她想男左女右，还是往右吧。往右走出了一步，抬眼一看，陈思楠的脸马上红了。她真的看见了一个她一点也不陌生的男孩子，一个正向这边走来的男孩子。

是周春雨。

周春雨见了陈思楠,也怔了一下。好像他根本就想不到会在这里遇见她。他冲她招了一下手说,"陈思楠,你干什么呀?"

"周……春雨,真的是你吗?"

"不是我会是谁?"

"那……你干什么去呀?"

"没事儿。我想呀人家都说我不会浪漫,趁着星期天,我想这就浪漫一回去。"

"浪漫?你怎么个浪漫法儿?"

"听说来了一部好电影。我去电影院里浪漫浪漫。"

"就你一个人,怎么能浪漫起来呢?"

"这不是正好碰上了你吗?"周春雨笑了笑,"思楠啊,我请你看一场电影如何?"

陈思楠犹豫了一下,心想,这也许就是缘分了吧?是的话不妨就看看能有多深。再说周春雨不是只知道工作吗?倒要看看他到底会不会浪漫。于是她也笑了,说,"行啊,有人请客我再不去,不是让人过意不去吗?我可不想让别人尴尬。"

周春雨跟着她笑,"你看我的脸,像是尴尬的样子吗?"

电影票是周春雨买的。同时他还买了一堆零食和饮料。两个人坐进座位,陈思楠侧脸看周春雨,才发现他竟然是个很英俊的男孩子。想想听了那"半仙"的话,在看见了他的第一眼自己的心真的怦然而动,心想,这就是我的真爱吗?

电影放到三分之一时,周春雨果断地抓紧了她的一只手。她挣了一下,他抓得那么的紧,根本就不容她挣脱。她就不挣了,慢慢竟把头靠在了他的肩上。那一刻,她莫名其妙地感到了一种充实和安慰。

电影散了场,他还是抓着她的手。他对她说,"你知道我今天抓着了我的什么吗?是爱情,是幸福,是我一生的最爱。"

她对他说,"你知道你从什么时候开始浪漫起来的吗?就从你抓紧了我的手那一刻起的。我认识了那么多男孩子,但没有一个人敢像你

第四辑
八十一步的爱情

这么紧抓着我的手。"

他说，"其实这更叫执著。浪漫不过是一个人的表象，而执著，却是一个好男人应该拥有的。以后咱们在浪漫里再增加些执著好吗？"

陈思楠这时想到了那个"半仙"，就对周春雨说，"你陪我去看一个人吧。另外你再替我出几张人民币，让那老人家找个酒店喝几杯。好吗？"

周春雨说声行啊，陈思楠就往钟楼那边去了。可那里这时已经不见了老人，空空的好像他从来也没有在那里出现过似的。陈思楠暗暗想，真是神了，这人！

他们是从这一天开始相爱的。以后的事情就简单多了，等到两个人登记结婚，进入洞房花烛夜时，他们早已把对方爱得要死了。

结婚典礼上，周春雨向陈思楠介绍了一个人，"他是我们的媒人。如果没有他，也许我还真浪漫不了那么一回呢。"

这人陈思楠认识。就是那个她没找到的"半仙"。一看见他，陈思楠就笑了，说，"我还以为你真是个不食人间烟火的神仙呢。想不到你也参加凡人的婚礼呢。"

那人脸上也是一片笑容，"我要是不来，你怎么会相信神仙也是凡人做的道理呢？"他递了一张名片给陈思楠。陈思楠接过一看，哇呀呀，竟然是著名作家黄秋风先生。黄先生的小说陈思楠读了不少，尤其那些描写爱情的小说她更是喜欢得不得了。如今他出现在她和周春雨的婚礼上，陈思楠感到无比的惊喜，同时也觉得有些意外。

黄秋风看出了她的心思，笑了笑说，"有什么弄不明白，以后问问春雨吧。他会给你一个崭新的谜底的。今天呢，我只想祝福你们的爱情和婚姻浪漫到永远。"

夜深时分，客人都散尽后，洞房里只剩下了他们这一对新人。周春雨望着陈思楠，满脸含笑地说，"思楠，你一定想早早知道谜底吧？我先得跟你说，'半仙'是我的舅舅。他是一个喜欢浪漫的人，我呢，因为偷偷地爱着你，可又找不到一个更好的方式来表达，一时也好生苦恼。正好那段日子我舅舅来登城小住，我就请他老人家装成'半仙'，先用了

那一席话来引诱你，果然你上当了。其实舅舅早就从咱单位的一张合影上认识了你，他也觉得你是一个难得的好女孩，就帮了我一个忙。也就是说，我和舅舅一起骗了你，把你骗成了我周春雨的媳妇儿。现在我得向你检讨，同时也请你处罚我。为了爱情，打和罚我都认了。"

陈思楠也笑，说，"其实我早就看出来那'半仙'不是个一般的人。我也能感觉出来那是你为我挖出的一个陷阱。只是我没想到'半仙'会是大名鼎鼎的黄秋风。你设计出来的八十一步的爱情的本身就够浪漫的了。为了爱情，你能这样用心，这就是你对爱情对缘分的最好的解释。春雨啊，你想，我会怪你吗？打你罚你倒可以，怪你就不必了。以后你就好好地爱我吧。天长地久、海枯石烂都不许变！"

当然周春雨是不会变的。这样费尽心机得来的爱情，这样的爱情结出来的婚姻之果，难道会是不幸福的吗？

人生悟语

　　八十步到街头，下一步往左还是往右？不左不右，是往爱情的方向走。其实，爱情是没有什么对和错、强和弱、先和后的，只要真诚，只要真挚，即使用点手段，用点智慧，也没什么不好。锦上添花的好事需要缘分，更需要制造缘分。而第八十一步的爱情，就看我们的脚啦。

(黄晶晶)

车子开动了,她坐在他的身旁,没再对他说任何话,她只对着自己的体内,像祷告一样默念:孩子,最后一次见见你的父亲,到别处投胎去吧。

你到底爱不爱我 陈力娇

他们是高研班同学,再有 20 天就要毕业了,可是他们的恋情还没有结果,主要是她总想考验他,把自己交给一个人不是草率的事,必须看出点真谛才能彻底舍出芳心。

这天他们去草原采风,全班三十几个人一路高歌,向着风吹草低现牛羊的地方挺进。他和她都在队伍里,由于她不准备公开关系,他俩就不能走在一起,他们若即若离,眼光却不离左右,他有时帮她拎包,她也让他拎,他拎起来就匆匆同别人一起前行,她则落在队伍后面和其他同学说说笑笑。

著名的天池有三个:天山天池,长白山天池和阿尔山天池。登阿尔山天池是这次旅行的一个重要活动,大家都跃跃欲试。但是从山脚上去要四百多级台阶,之前曾有人来过这里,在天池旁留过许多影,就同大家说,这是最差的一个天池,不及长白山天池让人流连忘返,说白了就是个水泡子。

他从小在水边长大,对水本来就不感兴趣,此时一听要登四百多级台阶去看水泡子,就转身下来了。他下来时正逢她上去,她一个人,因为在车上换衣服而落在了队伍后面,他看她走上来,就对她说,别上去了,没什么意思,都说是个水泡子。她听了则摇摇头,说,不,我要上去,你也要上去,来一回不上去,就等于什么也没带回去。

　　她说着继续往前走,她以为他会跟上来,当她发觉他没有跟上来而是下去了时,深深地吃了一惊。她的身体很弱,正怀着他的孩子,登四百级台阶对她是个考验,他就是怕她吃不消才让她别上去,但他就是没有跟她上去,他应该跟她上去并一路照顾她。

　　他一个人下山了。

　　她一个人上山了。

　　到达山顶时大家正准备下来,她手忙脚乱地把天池留在自己的相机里。她是最后一个和天池合影的人。她的内心百感交集,一阵阵激动,她感慨地对天池说,你太不容易了,到底把自己举在了最高处。

　　从天池下来坐了一小时的车,然后他们要登玫瑰峰,这一个小时她想了很多,她首先想他不应该不陪她上去,不为自己也要为他的孩子。她其次想他是个什么样的人,高山确实让人望而却步,但爱护自己却是他的唯一准则。

　　玫瑰峰到了,玫瑰峰以挺拔著称,如同一把利剑直插天空,如果说登天池很难,那登玫瑰峰就难上加难,因为它陡峭崎岖,蜿蜒险峻,怪石嶙峋。它的引人入胜之处,就在于它在平常中毕现峥嵘。

　　天池他都没上,玫瑰峰他就更不想上了。她不明白他此行是来干什么的?

　　没有了他,登山时少了不少乐趣,她的心明显地同他一起留在了山下。登到半山腰时,她的腿开始发抖,她想打电话让他上来,但回头往山下望时,看见的是蚂蚁般的人群,分辨不出哪一个是他,她立刻打消了这个念头。

　　玫瑰峰是塑造她生命内核的一次冲击。她到山顶时,一览众山小,心情的怡然与骄傲,是她重新规范自己的开始。上帝在造人时,不小心把女人的另一半给了男人,她想把她找回来以便还原。她以为那会是他,现在看不是。

　　一天中的最后一个景点是成吉思汗庙,高大的庙宇给了她无尽的想象。就在她登上第一个台阶时,问题出现了,她的小腹一阵剧烈地疼痛,其实登玫瑰峰时就已经开始疼痛,只是她坚持着不去理会。

而现在不理会不行了,她再也迈不动脚步了,并且一汪水已经从她的下体江河俱下。她做过母亲,知道这是怎么回事,就把自己的外衣脱下来,扎在了腰间,挡住了她的秘密,之后没事一样,潇洒而从容地回到旅游车上。

同学们游完成吉思汗庙,带着当年戎马倥偬的意境再上车时,发现她换了座位,坐在了一个靠窗的位置。这不是她的位置,是同学小肖的位置。小肖看到她坐在了自己的座位上,当然就去坐她的座位。

这样她很容易坐在了他的身旁。他回来时看到她坐在了自己的座旁,吃了一惊,但马上对她笑了笑,她也笑了笑,之后她看到了一个奇景,他脖子上的黑丝线变成了红丝线,她立即明白了,那是他原来的那个"兔"的饰物,换成了其他饰物,那一定是他在成吉思汗庙买到了一个令他更称心的。

再看他的手腕,也戴着一串褐色的天珠,一排人造天珠鬼模鬼样地闪着贼光,她的心里顿感失落,她伏在他的耳边说,没少买呀。他不知道她不高兴了,继续美滋滋地欣赏着自己的手镯。从他表情上看,她明白他只给自己买了,没有买她的那份儿。她断定这决不是他的疏忽,而是本性。

车子开动了,她坐在他的身旁,没再对他说任何话,她只对着自己的体内,像祷告一样默念:孩子,最后一次见见你的父亲,到别处投胎去吧。

然后他真真切切地看到,她苍白的面颊上,挂出两行清泪,再然后他听到她给她丈夫打了个电话,让他速速开车来接她,一刻都不能耽误。

人 生 悟 语

迷途很可怕吗?是比较可怕,因为走在错误的道路上,速度越快,就离幸福越远。而文中的"她"无疑是比较智慧的,一次登山,就把"他"考验出原形。那么在错误的道路上,停止就是进步。所以,让我们为"她"庆幸并且高兴吧,只要奔向幸福,亡羊补牢一切都来得及。

(黄晶晶)

那么多次的相亲无果而终，一粒纽扣儿却定了一世姻缘。

一粒纽扣儿定姻缘 吴 强

我从来不曾料到，一粒纽扣儿竟然定下了我的一世姻缘。

事情还得从五年前的第一次相亲说起。那时，我刚大学毕业参加工作不到两年。急着抱孙子的母亲看着和我一起分配的同事们相继都成双成对地出入就再也坐不住了，便成天催促着我早些谈个女朋友。没办法，我只得一边应承着，一边找各种各样的借口拖延着。可这又怎么能应付得过精明固执的母亲呢？

有一天，母亲突然带着一位阿姨来到了我的单位。急火急燎的母亲没来得及让阿姨进屋喝口水，就拉起我往外走，不明就里的我就这样被母亲生拉硬扯地拽上了车。临近"缘中缘"茶坊时，透过落地玻璃窗，我远远地看到了坐在里面的一位女孩儿正对着阿姨和母亲招手。此时，我才知道母亲是带我相亲来了。碍于阿姨的面子，我也没好意思再说什么。

女孩长得挺清秀：白皙的脸庞略施粉黛，乌黑的长发柔顺地散落双肩，浑身散发着一种难以说出的青春气息。阿姨和女孩儿礼貌地打过招呼后，我们便坐了下来。刚聊了一会儿，我的手机突然响了。电话是单位领导打来的，让我回去有紧急的工作要做。于是，我笑着站起来向女孩儿和阿姨表示了歉意，便匆忙离开了。晚上，母亲问我，女孩儿咋样儿？毫无恋爱心思的我漫不经心地说，就那样呗！母亲听我说这话，

显得有些不高兴,那就算了吧! 迟些我再托人帮你介绍一个!

两个月过后,母亲果然又托人帮我介绍了第二个女孩儿。这次的相亲依然像上次那样,被母亲生拉硬扯地匆匆带去匆匆而归。就这样,短短的几年时间里,我像木头一样被母亲带着辗转南北陆续相了五次亲。渐渐地,我被搞得身心疲惫,人也有些麻木了。谁让我打小就那么懦弱呢? 生活总是要过下去的,我努力安慰着自己。

可就在我对此事麻木不仁的时候,一个叫红艳的女孩儿却无意中走进了我的心灵,也走进了母亲的心中,最终成了我的"预备"妻子。现在想来,这完全要归功于一粒纽扣儿。

去年深秋的一天,我从办公室下班准备回家。刚走出门口,新调来的同事红艳却叫住了我,哎,小吴弟弟,能帮我修一下电灯吗? 我扭头,红艳一脸灿烂地看着我,眼中充满期待。

我笑着答应了。回到家,我和母亲说了一声,从工具箱里拿了手钳、电笔、电胶布等工具便直奔红艳寝室。

红艳的寝室布置的典雅而不失大气。墙壁上悬挂着的山水画、床头上摆放的布娃娃、梳妆台上的化妆品,这一切都让人感受到浓厚的文化氛围和女孩儿闺房那种特有的温馨。当我检修完线路准备从椅子上下来时,却发现自己衣服上刚刚还在的纽扣不知什么时候不见了一粒。我低头一看,原来是自己不小心给蹭掉了,而那粒纽扣就在椅子的不远处。红艳拾起纽扣,满脸歉意,真是不好意思,害你把扣子也弄掉了! 我拍了拍手上的灰尘,笑着说,没关系,回去让我妈给钉上就行了! 说着,我收拾好工具往门外走去。

红艳拦住了我,坚持要帮我钉好纽扣。拗她不过,我只得脱下上衣坐了下来。看着她从抽屉里拿出顶针儿,串上针线,熟练地上下翻飞着,我的心不由得怦然动了一下。忽然,门开了,是母亲,叫我回去吃饭。临走时,我从母亲的眼中读出了惊喜。一个月后,按捺不住的母亲又开始为我的事儿活跃起来。

我有一种感觉,或许这次相亲的事儿能成。后来的事实更加印证了我的预感。相亲那天,当我看到那熟悉的身影时,我知道,我的相亲生涯将从此画上句号。再过一个月，我就将和红艳踏上红地毯。前不久，母亲笑着问我，你知道我为什么相中红艳吗？我摇头。母亲笑得更灿烂了，因为她会钉纽扣，是个持家的好女孩儿呀！

那么多次的相亲无果而终，一粒纽扣儿却定了一世姻缘。这或许在别人看来多多少少有些离奇，甚至是母亲过于挑剔，可在我看来，那却是母亲对儿子一片深深的爱。

人 生 悟 语

一段姻缘的形成有太多因素，可是如果起因是一枚扣子，就有了新奇的意味。不过，这个故事的背景是母亲的多方操劳，一次又一次相亲，母亲和儿子的目光终于聚焦到一个人身上，幸福的婚姻水到渠成。可是我们都看出来了，儿子的幸福源泉，来自母亲的操劳。

（黄晶晶）

山再叫，"婶、婶、婶——"，水看着自己的孩子，"山哎，你抱抱我的闺女，你看她长的多好啊！"

山水一家亲
邵孤城

庆祥娶过那个漂亮女子的时候，正是地头油菜花黄灿灿的日子，养蜂人放的蜂成天嗡嗡地沉浸在那大好的春光围着黄灿灿的油菜花吮吸着，而庆祥也春光满面地用船把邻镇那个羞答答的姑娘载进了新房。

山也挤在看热闹的人群里，当那个薄施脂粉的女子一靠岸，山的心头就一阵狂奔，那一团火红的美丽哟，如何却近在眼前而又远在天边。羞答答初为人妇的少女，眼角的余光也在人群里轻轻瞥过，一头撞进魁梧英俊的山的目光里，她的心里从此也装进了小鹿。

她挥挥手，喊一声"山"，火红的衣袖在空中停留，一段新藕般的玉手便露在眼前。山慌慌张张挤出人群。山辈分小，小得只能管只大他一岁的庆祥叫叔。

新媳妇莞尔一笑，山的眼睛里憋下一颗滚烫烫的泪珠。山叫：

"婶——"兴奋的人堆里便爆出炒栗子般的笑声。

庆祥也就是那命，碰上了一段桃花运，却偏偏没福享用。到了秋凉的时候，庆祥也像成熟的庄稼一样悄无声息地陨落了。都说庆祥这一辈子值，水这样的女子，对自家男人那份踏踏实实的爱，谁又能承受得住。你见过水一口一口给庆祥吸那满身的脓疮吗？

于是村子里就多了一个整天一袭素裙的女子，裙裾随风而动，宛如秋天里最凄凉的风景。

山对爹说，"好歹同我一班上读了两年，她一个女人，那几亩稻子……！"

爹抽口烟，"也是，就怕遭了闲话呢！"

山一口气铿锵，"我心里有底。"

山的肩膀就扛起了黎明的太阳，露珠打在山沉甸甸的眼皮上，那稻子已经齐刷刷躺倒在地里。村里的女人数落自家男人，"看看水吧，一个女人家，把稻子收拾得齐齐整整，你一个大老爷们还赖在被窝里。"男人发一声吼，日上三竿，村里飞舞的镰刀开始了一秋的丰收。

水家三亩六分地的稻子全部齐刷刷躺倒在地头的时候，水那白花花的身子也躺进了山宽广厚实的胸前。水如葱纤手在山赤裸的身上凌波微步的时候，山一把抱住了她：

"那年，你怎么就不来读书了？"

水眼皮一垂，幽幽地说，"爹死了，娘病了，弟妹还小。是庆祥拿来了三千块钱，才帮我们过了那个难关。"

山就想着法子要把水娶过门。爹全看在眼里，他也不拦着，他只瞅

人多的时候,冲水亲热得喊,"他婶哩,给山说房媳妇呢!"说多了,水就成了村长的女人。水做村长女人前的一个晚上告诉山,"山,我是你婶哩!村长也是真对我好,他是村长呢!"水的脸上荡漾着一种幸福的表情。

从此山看见水,叫一声声的"婶",水就一声声的"哎"。

水的肚子慢慢隆起来,七个月的时候水生下一个女婴后再也没有从床上爬起来。山听说水要去的消息,跑去村长家。山哭着叫,"婶——",水涣散的眼神慢慢聚拢起来,她挣扎着撑起来,幽幽叹一声,"山哎,你叫我婶,是要折我的寿呢!"

山再叫,"婶、婶、婶——",水看着自己的孩子,"山哎,你抱抱我的闺女,你看她长的多好啊!"

山把孩子抱起来,都说水生下的女孩像是和水一个模子里刻出来的,山却依稀在眉眼间看见了自己的痕迹。山回头看水,不知什么时候水已经去了,村长木木得坐在床沿。水的掌心一口血慢慢干涸,那枚上学时送她的铜皮戒指,水把它戴在无名指上,明晃晃,刺痛了他的心。

山一把抱紧孩子,小女孩终于响亮地哭出了声。

人 生 悟 语

　　山的强壮,水的温婉,山水却终于没能一家亲。悲伤的爱情故事总是有太多的无奈,但现实总是在无奈中若隐若现。谁能说山不够深爱?谁能说水不够痴情?阴差阳错,山走山的方向,水流水的航道。只是那位早产的女婴,让我们看到一个温暖而又欣喜的未来……

(黄晶晶)

谁说我嫁给了你，我嫁的是那晚跟在我身后的那只狼。

嫁给身后那只狼 安 勇

2000 年，我 22 岁，从石油学校毕业，分配到了新疆塔里木盆地里一个叫博望的采油区。这个采油区在塔克拉玛干沙漠的腹地，四周都是一望无际的黄沙大漠，走几十里地也见不到一户人家。我们的几十个采油点就星罗棋布在博望的周围。

那天，我和多吉乘着越野吉普检查输油线路。说实话，和多吉一起工作我觉得有点不舒服，我挺讨厌多吉这个人，刚到采油区不久他就缠着要和我处朋友。看到他整天胡子拉碴，一副不修边幅的样子，我每次都严厉地拒绝了。

我们从博望采油区以北 50 多公里的 1 号采油点开始检查，到黄昏时查完了三个采油点，本来原计划赶到 4 号采油点过夜，谁知在 3 号采油点和 4 号采油点之间吉普车突然抛锚了，司机怎么努力都无济于事，那辆破车说什么也不动弹了。偏偏这地方又是手机信号的盲区，和外面联系不上。

司机说现在唯一的办法就是去 4 号采油点找车来帮忙，于是我和多吉一起上路了，向 4 号采油点走去。

这里离 4 号采油点大约有三四个小时的路程，满眼都是滚滚的黄沙，根本找不到路。天越来越暗了下来，我们只好摸索着前进。多吉不时地扶我一下，每次都被我甩开了。走了一个多小时后，沙漠里忽然刮起

了大风,转眼间沙尘弥漫。多吉说沙漠里的风暴来了,催着我要快走,我已经累得双腿发软,咬着牙硬挺着往前走。天色更暗了,四周一团漆黑,伸手不见五指。我们借着多吉打着手电的一点光线继续向前移动。

在一个大沙丘上我站立不稳,一下子滚了下去。身体顺着沙坡像雪球似的,一直滚到坡底才停下来。多吉扶我站起来时,我感觉左脚钻心的疼,看来是扭着了,现在不让他扶也不行了。多吉一只手打着手电,另一只手扶着我,我们慢慢吞吞地向前走着。最后我实在走不动了,一赌气坐在了地上。

多吉说现在要是不往前走只有死路一条,强行把我架起来又重新上路了。走了一会儿我又一次倒在了地上哭着喊:"我就算是死在沙漠里也不往前走了。"多吉望望我二话不说,拉起我的胳膊,把我背到了后背上,我在他的身上扭来扭去,让他背我还不如死在沙漠里呢!多吉向前走了几步一下子火了,"扑通"一声把我扔在地上,大声地喊:"你到底还走不走?"我也发了脾气冲着他喊道:"不走了,就算死我也不走了。"多吉冷笑一声:"好,你不走,我走,留下你自己,等着喂狼吧!"我以为他是吓唬我呢,没想到他话一说完拔腿就走,转眼间就在黑暗中消失了。

我坐在地上大声地哭了起来,边哭边骂着多吉这个家伙,还口口声声说要和我处朋友呢,遇到点儿困难自己就先溜了。沙漠里的风越来越大了,卷起的黄沙迷得我睁不开眼睛。左脚钻心的疼起来,浑身上下一点力气也没有了。我勉强挣扎着站了起来,一点一点地往前挪着,走出几十米后,扭伤的脚疼得更厉害了,我索性坐在地上,放声大哭,委屈的泪水不停地流了下来。心里想,我真的是一步也走不动了。

就在这时,我忽然听到身后传来了一阵让人毛骨悚然的声音,开始是一声,紧接着叫声连成了一片,我吓得头发根都竖了起来。不会搞错,我身后跟上了一群狼。我刚来时就听老师傅们说过,沙漠里的野狼非常凶狠,而且经常是一群一群地在一起行动。我几乎是下意识地从地上跳了起来,顾不上脚疼,冲着前面拔腿就跑。

身后,那群狼一直也没有放开我,不断地发出一声声凄厉的长嚎。

我似乎听到狼跑动时踩在地上的沙沙声离我已经越来越近了。我不敢回头，一直拼命地向前跑着，我知道现在只要我停下来，就一定会葬身狼腹了。

我不停地向前跑着，狼群在后面不停地追着，我分不清东南西北，也顾不了身上的伤痛了，只想着快跑，快跑。有几次我正向前跑着时，狼嚎声从我的前面传了过来，我赶紧扭头向另一个方向跑，不知道跑了多长时间，慢慢地我有些支持不住了。但身后的狼还在穷追不舍，嚎叫声一直在耳边响着，我不敢停下来，用着最后的力气努力坚持着。就在我感觉自己越来越迈不动步子时，猛然间一抬头，看到了前方不远处的灯火。心里一阵惊喜，我一鼓作气向灯光跑去。

我的手刚举起来敲了一扇屋门，整个人就一下子倒在了地上。再醒来时，我一眼看见了站在面前的多吉，我生气地把头扭了过去，下定决心再也不理他了。多吉看着我笑了笑，声音哑哑地说："你总算是走回来了。"我不理他，用鼻子哼了一声。

这时，有一个人走了过来，大声地笑着说："小姑娘，你应该感谢人家多吉才对呀！要不是他，昨晚的那场沙暴准把你埋喽！"我一看说话的人正是4号采油点的组长老赵。我委屈地反驳："干吗要感谢他，他把我一个人扔在了沙漠里不管我的死活，害得我差点儿就被狼吃掉。"老赵看了一眼多吉，放声大笑起来："你说，是狼跑得快还是你跑得快？"我说："当然是狼跑得快。"老赵说："那为什么昨晚狼一直也没追上你呢？"听了他的话我也有些疑惑不解了。老赵指着多吉说："告诉你，狼就是他。他是用这种特殊的方法逼着你跑回来的。学了一夜狼叫，人家的嗓子都哑了。"

多吉直着脖子，冲我叫了一声。我一听，昨晚的狼不是他还会是谁呢？我跳起来，用力在他的后背上打了一拳："真坏，这种鬼主意你也想得出来。"

不久，我和多吉相爱了。一年以后，我和他在大漠深处举行了婚礼。新婚之夜多吉冲我笑着说："你刚来的时候那么讨厌我，现在怎么同意嫁给我了？"我打了他一拳："谁说我嫁给了你，我嫁的是那晚跟在我身后的那只狼。"多吉一把抱住我："从现在开始,那只狼要跟你一辈子了。"

人 生 悟 语

爱情总是甜蜜的,但是如果我们详加追究,就会发现爱情的开端都微小得不值一提,有的是一枚扣子,有的竟然是狼嚎——多吉用狼嚎不仅获得了他的爱情,更帮"我"逼回了珍贵的生命。这样一来,"我"嫁给多吉这个"狼",反倒是一桩无比甜蜜的事情了。

(黄晶晶)

他发现许云微笑着从轮椅上站了起来,充满自信地走向了领奖台。这才是许云在中国的情人节送给自己的"意外的惊喜"啊!

轮椅上的女友 刘克升

  郭川是一家咖啡店的服务生。他所负责的服务区,正好处于靠窗的位置,透过宽敞、洁净的透明玻璃,大街上的行人、车辆尽收眼底,悄无声息地前行着,好像在放映一部无声电影。

  来这家咖啡店喝咖啡的客人很多,漂亮而且时尚的女孩更多,但留给郭川印象最深的,还是那个叫许云的女孩。许云每次来这里喝咖啡,都是独自一人,而且总是喜欢选择一个靠窗的位置。郭川送来咖啡后,她轻轻地啜饮着,修长的身影与眼前的咖啡桌、身边的玻璃窗诗意地形成了一幅天然的非常富有时代感的素描画作。郭川自从见到许云的第一天起,就深深地爱上了这个容貌秀美、举止优雅而又透着点狡黠的女孩。

这些日子里,许云的身影,像一片美丽、轻盈的云朵,在郭川的眼前飘过来,又飘过去。郭川的思绪,也随之不停地飞扬,他太想捉住许云这片青春的云朵了!

虽然真心喜欢许云,但郭川并没有同许云进行过真正的交流。终于有一天,他做出了一个大胆的举动:在给许云上咖啡的时候,他很自然地把一封火辣辣的情书,随同咖啡杯一起放在了许云面前的咖啡桌上,然后不动声色地躲到了一边,偷偷地观察许云的反应。奇怪的是,许云把情书展开读了以后,仍然是一幅波澜不惊的样子,好像这封情书不是写给自己的一样。不过,这次她却加快了速度,很快就喝完了咖啡,然后轻轻地站起身来,青春飞扬的身影在郭川眼前一闪,像一只美丽的蝴蝶飞出了咖啡店。

还好,没有被判"斩立决"! 郭川悬着的心稍微得到了一丝宽慰,细心的他在收拾咖啡桌时发现,那封情书不见了,肯定是许云把它带走了。同时,他在咖啡桌上发现了两个水写的大字:许云。郭川惊喜万分,这是他第一次知道许云的名字!

郭川期盼着能够尽快得到许云的答复。但是,在接下来的日子里,许云好像失踪了似的,再也没有来过咖啡店。许云去了哪儿呢? 郭川深深地陷入了"无期徒刑"般的煎熬之中。

三个多月后的一天,总台小姐忽然喊郭川过去接电话。接过电话后,郭川一下子愣住了,电话里传来的是一位女孩略带沙哑的疲惫的嗓音:"是郭川吗? 我是许云。你能不能到我这里来一趟? 我有话要对你说……"

许云终于露面了! 郭川掩饰不住惊喜,马上向主管请了假,搭乘一辆出租车,急匆匆地按照许云所提供的地址追寻了过去。

等气喘吁吁地爬上楼梯,充满期待地敲开许云的房门后,郭川惊呆了:给他开门的许云,竟然坐在轮椅上!

原来,许云也暗暗地喜欢着郭川。她经常到咖啡店去喝咖啡的目

的,无非是想多看一眼郭川。但是,许云收到郭川的情书后,女孩子特有的矜持,使她控制住了自己的感情,没有立即表态。当许云走出咖啡店后,她欢快的情绪终于忍不住爆发了出来。怀着对初恋的憧憬,许云骑着自行车走了一里多路后,没想到在过十字路口时,意外地被一辆急转弯的小轿车拦腰撞了过来,连人带车飞出了四五米远。许云醒来的时候,发现自己正躺在医院的急救室里……

许云望了郭川一眼,神情黯淡地说:"我目前的状况你都看到了,医生说我可能永远也站不起来了,这就是我三个多月没有露面的原因……今天,我之所以麻烦你到这里来,一是因为我毕竟喜欢过你,想见你最后的一面;二是想借这个机会,给你一个答复:造化弄人,看来我们是有缘无分了,你还是去找其他喜欢你的女孩吧,我不会怪你的……"

说完这些话后,许云熟练地掉转轮椅,给了郭川一个背影:"你可以走了! 我们的缘分已尽……"

许云这是不想拖累自己啊! 多么善良的女孩呀! 望着许云憔悴不堪、楚楚可怜的背影,郭川禁不住热血翻滚,两行热泪倏地流了下来。他大步走上前去,一把握住了许云的小手,哽咽着说:"山无陵,江水为竭,冬雷震震,夏雨雪,天地合,乃敢与许云绝……你要相信我对你的真诚,也要相信你自己,以后再也不要说'缘分已尽'这样的傻话了! 我愿意和你相守你一辈子,陪你去看海,去看山,直至终老……"

压抑、堆积在许云内心的情感终于决堤而出! 许云将头深深地埋在了郭川宽大的怀抱中,哇的一声大哭了起来。

从那一天起,郭川在工作之余,经常去看望许云。时间久了,他们对彼此的了解更加深入,感情也更加浓厚,俨然成了一对亲密无间的情侣。郭川始终牵挂着许云的病情。他曾经动员许云去北京的大医院看看,许云犹豫再三后,还是拒绝了。她乐呵呵地说:"治我这病需要花掉很多钱的,治好治不好也难说,说不定是白白浪费精力,我看还是不要抱什么希望了! 这样挺好的,结婚以后我们吵架的时候,至少你不会被我追得满房间里跑不是? "

郭川被许云的幽默逗笑了! 可是,他并没有放弃,甚至还从网络上搜寻了一些医疗保健措施,来配合许云加以治疗,期待着奇迹能够在许云身上发生。不过,郭川的努力并没有收到奇效。出乎预料的是,在郭川的帮助下,许云驾驭轮椅的技术倒是越来越精妙。她坐在轮椅上,不仅能够灵巧地穿行,甚至还时不时地做出一些高难度的动作来。有一次,许云要把郭川送出门外,郭川不让。许云抢先一步,轮椅快速跃出了门槛,眼看就要冲下楼梯,她一个漂亮的后转,轮椅的两个后轮牢牢地支撑在地上,两个前轮翻转过来,腾空而起,在郭川的惊叫声中稳稳地落到了地面上。这哪是坐轮椅啊,简直是在耍杂技啊!郭川摇了摇头,嗔怪地瞪了许云一眼。

转眼又过去了一个多月。农历7月7日那天,郭川请了假,来找许云,却发现许云不在,紧闭的防盗门上留了一张纸条:"郭川:今天是中国的情人节,我知道你一定会来。我和朋友外出了!请你于中午十时左右,打开电视,调到本地的体育频道,我将给你一个意外的惊喜! 爱你的许云。"

郭川在路上堵了车。回到单身宿舍后,看了看表,时针已经指向了十一时。他火烧火燎地打开电视,拿起遥控器,调到了体育频道,电视里正在举行盛大的颁奖仪式。漂亮的女主持人面带微笑地解说着:"下面,有请市长先生,为本次轮椅展示大赛第一名获得者、有情轮椅厂的首席设计师——许云小姐颁发荣誉证书……据许小姐介绍,为了参加这次比赛,有情轮椅厂专门给了她半年的假期。在这半年的时间里,她把自己关在家中,切身体会残疾人的感受,不断改良轮椅性能,终于在比赛中脱颖而出……"

轮椅展示大赛第一名,看来这就是许云所说的"意外的惊喜"了。郭川一边思索着,一边替许云感到了由衷的高兴。

就在这时,电视屏幕上出现了许云的镜头。郭川的眼睛忽地亮了一下,他发现许云微笑着从轮椅上站了起来,充满自信地走向了领奖台。这才是许云在中国的情人节送给自己的"意外的惊喜"啊!郭川这才明白,许云压根就没有被车撞过。为了检验他们的爱情,聪慧的许云跟自己玩了一个小小的游戏。

人 生 悟 语

对于一段即将发生的甜美爱情，无论主人公是坐在轮椅上还是站在大街上，都不影响爱情的美丽。无论爱情之路多么曲折，都应该坚持并珍惜。爱情可能会有甜有辣，但是当我们收获结果的甜蜜时，我们就欣赏和品尝好了。春夏的青涩考验是有必要的，因为经过考验的爱情是最真的。

（黄晶晶）

"现在是听这个的时候了！让我们看看这两个孩子到底玩的是什么把戏！"

美丽的约定 文 思

蓉蓉的家在边远山区，自幼家境比较贫寒，9岁那年爸爸就过世了，为了不让女儿受委屈，妈妈林萍就一直没有改嫁，含辛茹苦地将她拉扯大。蓉蓉也是个非常懂事的孩子，从小到大几乎没让妈妈操过什么心。大学毕业以后，蓉蓉凭着自己的聪明能干当上了一家公司的部门经理，虽然收入不高，但母女俩的日子过得比以前好多了，她们对生活充满了新的希望。

可命运偏偏爱捉弄命苦之人，就在她们向往着美好生活之际，一场令人意想不到的灾难竟突然降临到她们的头上，蓉蓉患上了白血病！拿到医院诊断书的那一刻，蓉蓉差点儿晕了过去。

住院时间不长，蓉蓉的病情就开始恶化了，多次的化疗使她的头发几乎掉光。此时，她对生活已完全失去了信心，她想一死了之，可一想到母亲为她吃了那么多的苦,受过那么多的累,从没享过一天福,她的心就不停地滴血,她暗暗下决心一定要战胜病魔!

就在这时,一个年龄与她相差不多的小伙子闯进了她的生活,并给她带来了许多欢乐,同时也带来了希望。他叫杰,也是个白血病患者,他的病房离蓉蓉的病房不远,只隔一扇门。每天下午,两人都到医院的小花园里散步。蓉蓉把自己的身世告诉了他,他也向蓉蓉讲述了与她极为相似的经历:母亲在他刚出生几个月的时候就离开了人世,是父亲既当爹又当妈、吃苦受累好不容易才把他拉扯大。

相同的命运使两颗年轻的心越走越近,他们谈理想,谈事业,还有那个令他们都十分向往的话题——爱情。可一谈到眼前那该死的白血病时,他们又茫然起来,他们不知道自己的生命到底还能支撑多久?但他们没有绝望,互相鼓励勇敢地活下去!为自己,为亲人,也为对方。

终于有一天,杰大胆地向她提出了一个请求,那是一个美丽的约定,那是一个让两个灵魂都能够安宁的约定。经过慎重考虑,蓉蓉也认为这是一个很好的办法。他们让家人借来了录音机,把要说的话全都录了下来,两人各留了一份。

时间一天天过去,蓉蓉的病情越来越重。为了救女儿,林萍听从了医院的建议,把女儿转到省里一家最好的医院。临走的前一天,蓉蓉找到了杰,他们的眼里都噙满了泪水,但都强忍着不让眼泪流下来,他们互相握着对方的手,久久没有说话。最后他们都不约而同地说出了同一句话:别忘了我们美丽的约定!然后便给对方留下了联系的电话号码。

虽然转了院,可面对无情的病魔,医生们也都束手无策。没过多久,蓉蓉的生命就走到了尽头。临终前,她艰难地给妈妈讲述了她和杰的故事。她说他们有一个美丽的约定,就是好好地活下去!可现在她不能了,她希望妈妈能帮她办一件事,那就是每天模仿她的声音给杰打一个电话,鼓励他坚定信心,战胜病魔!接着她又拿出一盘录音带交给妈妈,让她等杰的病好以后再听。交代完这些,蓉蓉就微笑着离开了人世。

听了女儿的话,林萍沉默了好长一段时间,她早就打算随女儿一起

走。可现在她犹豫了,这是女儿最后的心愿,她一定要帮助女儿完成这最后的心愿,她要坚强地活下去!

就在她准备给杰打电话的时候,电话却响了起来。话筒里传出一个陌生男人的声音,他说:"你是蓉蓉吗? 我是杰,你的病现在怎么样了,好些了吗? 今天医生说我的病情已经有所好转,过段时间就可以出院了!"听到这,林萍已是泪流满面了,她沉默了好长一会儿,才装出惊喜的样子说:"我的病也快好了!"接着他们互相说了许多关心鼓励的话。

办完女儿的后事,林萍就一心一意地翻阅各种资料,找一些积极向上的人生格言和故事去激发杰生活的勇气,而杰也误把林萍当作了蓉蓉,他也想尽各种办法来增强蓉蓉战胜病魔的信心。在谈话中,林萍看出杰是一个温柔体贴、细心热情、善解人意的好小伙,难怪自己的女儿会喜欢上他。唉! 只可惜——想到这,她的眼泪又止不住流下来了。不过一直让她困惑的是女儿为什么会给她留下一盘录音带,那上面到底录的是什么呢? 有好几次,她都想听听,可最后她又放弃了这个想法。

转眼间一年过去了,杰在林萍的热心鼓励下,终于战胜了病魔。林萍模仿蓉蓉的声音告诉杰自己已经康复出院了。杰听了十分高兴,他提出要见见蓉蓉,并嘱咐她带上录音带。林萍犹豫了好久,终于答应了在市凌河公园见面。她决定把事情的真相告诉杰,让他知道蓉蓉的良苦用心,使他更加热爱生活,不辜负蓉蓉对他的希望。

第二天,林萍带着录音带早早地来到凌河公园,她坐在长条的石凳上等了好长时间,整个公园除了一个中年男人在转悠外,哪有什么小伙子的影儿? 最后实在等急了,就准备离开,经过那个中年男人的身边时,她听到他自言自语地说:"这个蓉蓉真不守时,怎么到现在还不来。"林萍不由得停了下来,仔细打量了那个中年男人一下,说:"这位大哥,你是在等蓉蓉吗?"那个男人上下打量了她一番,点了点头。霎时,林萍明白了,她小心地问:"你是杰的爸爸吗?"那个中年男人疑惑地点了点头。于是,林萍说出了事情的真相。

谁知林萍还没说完,那个中年男人的脸色就变得煞白,他紧紧地咬住自己的嘴唇,好一会儿才说出了一句话:"杰在蓉蓉离开后没几天就走了，他在临走前要我模仿他的声音每天给蓉蓉打电话，鼓励她好好地活下去！没想到这一年来，我们都在努力编织着一个虚幻的故事。"

什么？林萍无论如何都不能接受这个残酷的现实，她一下子就晕了过去……

当她醒来的时候，已经躺在了医院的病床上，旁边坐着杰的爸爸。看到她醒了，他非常高兴，拿出一盘录音带，接着他又掏出微型录音机说："现在是听这个的时候了！让我们看看这两个孩子到底玩的是什么把戏！"说着他把录音带放进了录音机里。

随着磁带的转动，传出蓉蓉和杰的声音："爸爸，妈妈，当你们听到这些的时候，我们也许都不在人世了。我们知道我们患的是不治之症，治愈的希望非常小，在我们离开人世之前，最放不下的就是你们！你们累死累活地把我们养大，没有享过一天清福，我们对不起你们！所以在我们走后，希望你们能够结合，互相照顾，白头偕老，这是我们唯一的愿望，也是我们最后的约定。同时为了让你们能互相了解，我们故意这样安排，望你们不要见怪，最后衷心祝你们二老生活幸福！"

听完这些，林萍泪眼模糊，蒙眬中，她看到了蓉蓉和杰深情的目光和含泪的微笑，这时她百感交集，一头扑进了杰的爸爸的怀中……

人 生 悟 语

　　大爱无声，亲情有魂。这一对相爱的子女和多灾多难的家长，这一个催人泪下的故事。可是我们除了悲伤，看到的更多的却是爱，父爱、母爱、子女对父母的爱、人间的大爱。于是被爱包容的悲剧，却给我们更多的温暖。

（黄晶晶）

看哪！那西边一角彩绘的凸窗，
窗玻璃已抹上了夕阳的红绯，
像一位漂亮女郎倚着窗扉，
是爱情和休憩的黄昏星在闪光！

往爱里加把糖

第五辑

往**爱**里加把**糖**

两个人携手同行，那条路叫做婚姻，两个人相互依靠，就支撑起了一片叫做"家"的天空。或许，此时情感变得不再如往昔那般浪漫，但相濡以沫的关爱，却如一坛老酒，随着时光的流逝变得更加香醇厚重。此时，爱已经流进了彼此的血液，溶入了各自的生命。

女人微笑着说，这是我今生吃到的最好吃的菜！

往爱里加把糖 吴保成

这是一个普通家庭，男人、女人和儿子是这个家庭的所有成员。

日子在平淡而琐碎的生活中过着。随着时间的推移，儿子入托、进入小学、读完初中、升入高中，继而到北京的一所全国知名的大学深造。其间，男人和女人的工作也先后发生了变化，女人因单位效益不好，下了岗，男人的单位又破了产。男人除了依靠自己在厂里练就的手艺找了一份电焊工的工作外，还买了一辆三轮车，利用一早一晚的时间在城市的街头巷尾靠载客增加点微薄的收入。

每天晚饭的时间是夫妻俩最快乐的时光，这个时刻两口子坐在饭桌前，男人对女人的厨艺赞赏有加，他感觉自己这辈子找了这么一个女人不仅找到了自己的幸福，而且还找到了自己的口福。

但在他们婚后的第19个年头，男人却不得不亲自下厨了。女人得的是急性阑尾炎，刚刚做完手术。大夫嘱咐男人说，目前最主要的是要给患者增加营养，多吃点好吃的。男人原本打算给女人买那些昂贵的补品，可被女人阻拦了。女人说，那些东西我不想吃，再说了我也吃不惯。男人知道女人心疼钱。男人问，那你想吃什么？女人想了想说，要不就像我们平常吃晚饭时那样来盘清炒土豆丝吧。男人佯怒，你现在病着呢！需要增加营养，土豆丝有啥营养？要不，女人迟疑了一下说，我就想喝点鱼汤。男人说，没问题，我这就去饭店让他们炖上一锅鲜鱼汤！女人出声止住了男人，说，你到集市上买条草鱼，给我炖点鱼汤喝就行了。

男人欣然答应了。

男人买好鱼回到家准备做菜的时候，发现盐没了。于是，他又急匆匆地下了楼，来到小区的小卖部前嚷着，来包盐！柜台后的老人，笑眯眯地看着他说，瞧你这满头大汗，急个啥呀？男人心急火燎地说，大爷，快，来包盐，我做菜正等着用呢！男人扔下钱，拿起柜台上的盐，又急匆匆地回到厨房，按照女人的嘱咐开始做菜。

做菜真不是个好差事，男人边手忙脚乱地忙着边想，女人这么多年来一直无怨无悔地做菜——那个啥，一时竟想不到一个词可以形容此刻的心情，总而言之辛苦着呢！准备好了各道工序，男人把鱼放进锅内滚开的水里。趁着炖鱼的空当，男人从菜橱里拿出剩下的一点菜水倒进碗里又倒上一碗白开水，掰了个硬馒头，开始了他今天的第一餐。

当男人提着小饭桶里的鱼汤走进病房时，迎接他的是女人熟悉的笑容。男人用调羹舀了一汤匙鱼汤用嘴吹了吹后，送到女人嘴边。男人有些不安地说，第一次做，只怕味道做得不好，你凑合着吃吧。女人呷了呷嘴才把鱼汤咽了下去，笑着对男人说，没想到你是个天生做厨师的料，第一次做的菜就这么好吃！

男人的脸上盛开出一朵莲花。

一个星期后，儿子从北京放暑假归来，到医院里照顾母亲。这一餐，男人特意多做了两个菜，兴冲冲地送到医院。女人像往常一样边吃菜边称赞男人的厨艺。男人微笑着望着女人品尝他做的菜，脸上满是幸福的感觉。接着，他又让儿子也尝尝自己的手艺。儿子夹了一筷子菜，放进嘴里，继而面带难色又吐了出来，嚷着说，老爸，你这是做的什么菜呀？咋了？男人问儿子。你尝尝呀！儿子笑着丢下筷子，走出病房。男人拿起儿子放下的筷子夹了菜放进嘴里，立刻品出了自己所做的菜还真不是味儿。原来，那天他买盐时，小卖部的老人错把一包糖当作盐给了他，而他匆忙间也没有在意，就撕烂了包装袋，一股脑儿全部倒进了盛盐的瓷罐内。男人真后悔自己做出来的菜没先尝尝。

男人苦笑着问女人，这么多天来我把糖错当成了盐，你咋不说呢？

女人微笑着说，这是我今生吃到的最好吃的菜！

男人说，你就别宽我的心了！我刚尝过了，用糖做出来的菜吃起来的确不是个味儿。

女人看着面容憔悴的男人意味深长地说，可你别忘了，糖吃到肚里是甜甜的味道呀！

那一刻，男人的眼里噙着幸福的泪水。

人生悟语

　　炒菜放糖是个小小的失误，可不是有句古诗吗：无心插柳柳成荫，正是这一错，一个普通而平凡的家庭里，发生了温馨而温暖的一幕。而在他们贫瘠的物质生活里，对彼此的爱不正是饭菜里的一勺糖吗？只要品尝的人说好吃，那么吃到嘴里的无论是什么，都幸福。

（王　蕴）

退休后，我常常陪着她，冬天在墙根下晒太阳，夏日在树阴下纳凉，回忆着陈年往事，任凭时光静静流过。

我们的老式婚姻 杨修峰

我和老伴都已年过古稀，我们的婚姻是那种"父母之名，媒妁之言"的老式婚姻，那时，时兴找大媳妇，我的老伴就比我大六岁。

10岁那年，我正在街上疯玩，娘把我拽回家，家里聚了许多人，不过年不过节的,却张灯结彩,门上贴着火红的对联,娘给我换上一身新衣服,命令我说:"不要弄脏了,今天给你娶媳妇!"唢呐声、鞭炮声响起,有人高叫,"花轿来了!"邻居家的二大爷把我引到花轿旁,让我掀开轿帘,将蒙着盖头的新娘搀扶下来,又把系着同心结的红绸子,一头塞进新娘手里,一头塞进我手里,我引着新娘,踏着红地毯,向堂屋走去。父母端坐在八仙桌两旁,二大爷扯开大嗓门叫道:"吉时已到,新郎新娘拜堂!"外面响起密集的鞭炮声,小伙伴们一阵欢呼,我知道他们在抢落在地上没响的哑炮,便扭头往外跑,也要去抢哑炮。二大爷紧跑几步,将我抱回去,按着我的头,指挥着我,匆忙结束了拜堂仪式。

进了洞房,新娘坐在床上,床上满是花生、栗子和大红枣,我眼前一亮,抓了一大把,爬上椅子,趴在桌子上吃起来。"哎!过来!"她叫我。我从椅子上跳下来,跑过去,问她:"你也想吃?"她说:"把盖头给我揭下来!"她个子高,我够不着,只好爬上床去,跪着把盖头拽下来。她乌黑的头发,两只大眼睛忽闪忽闪的,高高的鼻梁,红红的嘴唇,我惊呼道:"姑姑!你真漂亮!"她扑哧笑了,"我叫山花,以后在别人面前你叫我山花,没人的时候,你叫我姐姐!"

我闲得无聊,要出去玩,她拽住我,"我给你剥栗子吃!"我乖乖地坐下。吃完栗子,她又用红纸给我折叠小鸽子、小青蛙。我打个呵欠,"姐姐!你回家吧!我找我娘睡觉去!"那时的我,把那场婚礼当成了好玩的游戏。山花说:"娶媳妇了,以后就在这屋里睡!"我不愿意,硬往外跑,她拽住我不放,急得我大哭。娘跑过来,对她说:"先在我屋里睡吧!等睡着了再说!"半夜里,有人掀动我,我揉揉双眼一看,却是山花,她责备道:"小祖宗,你还有这个本事!"屁股底下湿乎乎的,我尿炕了!

儿时的我,十分顽皮,和小伙伴们玩捉迷藏,钻进了麦秸垛里,伙伴们找不到我,就回家了,我蹦蹦跳跳地玩了一天,十分劳累,竟然不知不觉地在麦秸垛里睡着了。半夜里,山花好不容易找到我,背着我回家,我睁开蒙眬的双眼,看着满天的繁星,那星星不住地眨眼睛,我好奇地问道:"姐!月亮藏到哪儿去了?它是不是也在和星星们捉迷藏,星星找不到它,急得直眨巴眼睛!"她在我屁股上扭一把,"找不到你,快急死我了，你还有这份闲心！"

　　我经常在外面惹祸，给她造了不少的难堪。打麦场老槐树上有一个大马蜂窝，槐树下有一口大水缸，是用来防火的。我跳进水缸，拉开弹弓，一"弹"击中，马蜂窝应声坠地，那群马蜂疯狂地寻找作恶者，我慌忙盖上了缸盖。二大爷家的一头老母猪，正带着一群小猪在槐树下游逛，马蜂向它们发起了进攻，蜇的那群猪嗷嗷怪叫。二大爷闻声从家里出来，也成为马蜂的进攻对象，二大爷捂着头慌忙逃跑，透过缸盖缝隙看到这一切，我忍不住哈哈大笑。二大娘找上门来告状，对山花说："二蛋他媳妇，二蛋这孩子太调皮了，你得好好管教他！"娘拿着笤帚疙瘩出来要打我，山花拉着娘说："娘！我来教训他吧！"命令我说："在这里给我站两个时辰！"二大娘添油加醋地给娘痛诉我的罪状，正是夏日的中午，骄阳似火，我咧嘴向山花求情，山花悄声说："小祖宗！二大娘走了你再进屋！"

　　二大娘前脚刚迈出大门，山花就牵着我的手回屋，我回过头来，看到大权旁落的母亲，呆呆地站在那里，一脸落寞的神情。山花把我按到脸盆前，一边给我洗脸，一边训斥道："你什么时候才长大啊？"洗完脸，又给我切西瓜吃，看着我狼吞虎咽的样子，右手给我打着扇子，左手指着我的眉头，好气又好笑地说："你真有功劳！"

　　傍晚，小伙伴们来喊我去玩，山花说："俺们家二蛋要读书哩！"在洋油灯下，我看书、做先生布置的作业。山花纳鞋底儿，她将针锥在发间抹一下，在鞋底上使劲一锥，然后刺啦刺啦地拉线，动作十分优美，我常常看着她、看着她映在墙上的影子发呆，她莞尔一笑，督促我，"快念书！"

　　20岁那年，我考上了山东师范学院。一天，有人在楼下叫我，"你娘来看你了！"跑下去一看，竟然是山花，那位同学还大娘大娘地叫个不停，山花满脸通红。此时，我已是3个儿子的父亲，山花伺候父母、照顾3个孩子，还要忙于田间劳动，苍老了许多。看着她，我有些心酸，同学走后，见我窘迫，她调侃地给我宽怀，"你长辈分儿了，同学叫我大娘，你岂不成大爷了！"我凄然地笑了。

　　来到宿舍，山花脱下鞋，满脚的血泡，为了节省车费，她步行八十里地，赶到火车站，下了火车，又步行来到学校。那时，我的不少同学，以

反对包办婚姻为由,抛弃了结发妻子。山花泪眼婆娑地说:"我和3个孩子都离不开你!"山花一向性格刚强,从没在我面前流过泪,此时却如梨花淋雨一般,我信誓旦旦地说:"我绝不会做陈世美!"她破涕为笑,将一个包袱递给我,说:"这是衣服和吃的,你赶快上课去吧!"我目送着她,一瘸一拐地渐渐远行。

我的同桌是教务处长的女儿,她常常向我请教功课。一次,教室里只有我们两个人,她幽幽地说:"我真想让你做我一生的先生!"我内心一震,其实,她对我的那份情愫我早有觉察,但山花对我朴素而浓厚的情感,早已占据我的心灵,已容不得其他情感的渗透。我委婉地说:"我毕业后,要先当好我3个儿子的先生!"她捂着脸跑出教室。毕业时,她到火车站送我,一身的素衣,汽笛一声愁肠断,她几乎将手儿挥断,那一幕,永远地刻在了我的脑海里。为了忠诚于结发妻子的爱,而拒绝另一个女人的爱,幸福而又痛苦。

毕业后,我在县城教学,山花在家担负着养老抚小的责任,我虽是老师,繁重的教学任务,离家又远,却让我无暇顾及自己孩子的学习,但3个孩子在山花的调教下,学习成绩却是出奇的优秀,先后考上了大学,找到了理想的工作岗位,这一切都是山花的功劳。

退休后,我常常陪着她,冬天在墙根下晒太阳,夏日在树阴下纳凉,回忆着陈年往事,任凭时光静静流过。说着说着,就打起了盹,她忽然满脸惊慌地坐起来,我拍拍她,安慰道:"又做噩梦了?"她猛地陷进躺椅说:"咳!我又梦见你尿炕了!"

人生悟语

一句"咳!我又梦见你尿炕了!"让人幸福得想笑,又让人辛酸得想哭。我们只知道老式婚姻的明媒正娶,却不知道老式婚姻是怎样一路辛苦磨合又点滴深厚丰盈。家庭的幸福靠女人的操持,当然也靠男人的抵抗诱惑,如此和谐顺畅,幸福只会塞满全家,并且无处不充溢。

(王 蕴)

最后一次晚餐 赵守玉

结婚整整 10 年了,夫妻间已经没有任何冲动与情趣,刘永和越来越觉得自己对老婆金少茹几乎就是一种程序与义务,他开始厌烦起了老婆。尤其是单位新调进了一个年轻活泼的女孩,对他发起了疯狂的进攻,他突然觉得她是自己的第二春。经过再三考虑,他决定和老婆离婚。金少茹似乎也麻木了与他的关系,很平静地答应了他,两个人一起走进了民政部门。

手续办得很顺利,出门后,两个人已经是各自独立的自由人了。不知为什么,刘永和的心理突然有了一种空落落的感觉,他看了看金少茹:"天已经晚了,一起去吃点儿饭吧。"

金少茹看了看他:"好吧,听说新开了一家'离婚酒店',专门准备离婚夫妇的最后一顿晚餐,要不咱们到那儿去看看。"

刘永和点了点头,两人一前一后默默地走进了离婚酒店。

"先生、女士晚上好。"在包间刚坐下,服务小姐便走了进来,"请问两位想吃点儿什么?"

刘永和看了看金少茹:"你点吧。"

金少茹摇了摇头:"我不常出来,不太清楚这些,还是你点吧。"

"对不起先生、女士,我们离婚酒店有个规矩,这顿饭必须要由女士点先生平时最爱吃的菜,由先生点女士平时最爱吃的菜,这叫最后的

记忆。"

"那好吧，"金少茹理了理头发，"清蒸鱼、熘蘑菇、拌木耳，记住，都不要放葱、姜、蒜，我爱人……这位先生他不吃这些。"

"先生呢？"服务小姐看了看刘永和。

刘永和愣住了。结婚10年，他真的不知道老婆喜欢吃什么。他张着嘴，尴尬地愣在了那儿。"就这些吧，其实这是我们两个人都爱吃的。"金少茹连忙打起了圆场。

服务小姐笑了笑："说实话，到我们离婚酒店来吃这最后一顿晚餐，所有的先生和女士其实都吃不下去什么，所以这'最后的记忆'咱们还是不要吃了吧。就喝我们酒店特意为所有离婚人士准备的晚餐——冷饮吧，这也是所有来的人都不拒绝的选择。"

刘永和与金少茹都点了点头："那就来冷饮吧。"

很快，服务小姐送来了两份冷饮，两份饮料中一份淡蓝一片，全是冰碴；一份满杯红润，冒着热气。

"这份晚餐名叫一半是火焰一半是海水，两位慢用。"服务小姐介绍完退了下去。

包房里静悄悄的，两个人相对而坐，一时竟不知道该说什么好。

"笃笃笃！"轻轻一阵敲门声，服务小姐走了进来，托盘里托着一枝鲜艳的红玫瑰："先生，还记得您第一次给这位女士送花的情景吗？现在一切都结束了，夫妻不成就当朋友，朋友要好聚好散，最后为女士送朵玫瑰吧。"

金少茹浑身一抖，眼前又浮现出了10年前刘永和给她送花的情景。那时，他们刚刚来到这座举目无亲的省城，什么都没有，一切从零开始。白天，他们四处找工作，努力拼搏；晚上，为了增加收入，她去晚市出小摊，他去给人家刷盘子。很晚很晚，他们才一起回到租住在地下室里那不足10平方米的小屋。日子很苦，可他们却很幸福。到省城的第一个情人节那天，他为她买了第一朵红玫瑰，她幸福得流下了眼泪。10年了，一切都好起来了，可两个人却走向了分离。金少茹想着想着，泪水盈满了双眼，她摆了摆手："不用了。"

刘永和也想起了过去的 10 年,他这才记起,自己已经有五六年没有给金少茹买过一枝玫瑰了。他摆了摆手:"不,要买。"

服务小姐却拿起了玫瑰,"刷刷"两下撕成了两半,分别扔进了两个人的饮料杯里,玫瑰竟然溶解在了饮料里。

"这是我们酒店特意用糯米制成的红玫瑰,也是送给你们的第三道菜,名叫曾经的美丽。先生女士慢用,有什么需要直接叫我。"服务小姐说完,转身走了出去。

"少茹,我……"刘永和一把握住金少茹的手,有些说不出话来。

金少茹抽了抽手,没有抽动,便不再动弹。两个人静静地对视着,什么也说不出来。

"啪!"突然,灯熄了,整个包房里漆黑一片,外面警铃大作,一股烟味儿飘了进来。

"怎么了?"两个人急忙站了起来。

"店起火了,大家马上从安全通道走!快!"外面,有人声嘶力竭地喊了起来。

"老公!"金少茹一下扑进了刘永和的怀里,"我怕!"

"别怕!"刘永和紧紧搂住金少茹,"亲爱的,有我呢。走,往外冲!"

包房外面灯光通明,秩序井然,什么都没有发生。

服务小姐走了过来:"对不起,先生、女士,让两位受惊了。酒店并没有失火,烟味儿也是特意往包房里放的一点点,这是我们的第四道菜,名叫内心的选择。请回包房。"

刘永和与金少茹回到了包房,灯光依旧。刘永和一把拉住金少茹:"亲爱的,服务小姐说得对,刚才那才是你我内心真正的选择。其实,我们谁都离不开谁,明天咱们复婚吧?"

金少茹咬了咬嘴唇:"你愿意吗?"

"我愿意,我现在什么都明白了,明天一早咱就去复婚。小姐,埋单。"刘永和说着喊了起来。

服务小姐走了进来,递给两人一人一张精致的红色清单:"先生、女士好,这是两位的账单,也是本酒店的最后一道赠品,名叫永远的账

单,请两位永远保存吧。"

刘永和看着账单,眼泪淌了下来。

"你怎么了?"金少茹连忙问道。

刘永和把账单递给了金少茹:"亲爱的,我错了,我对不起你。"

金少茹打开账单一看,只见上面写着:一个温暖的家;两只操劳的手;三更不熄等您归家的灯;四季注意身体的叮嘱;五(无)微不至的关怀;六旬婆母的微笑;七(起)早贪黑对孩子的照顾;八方维护您的威信;九(久)下厨房为了您爱吃的一道菜;十年为您逝去的青春……这就是您的妻子。

"老公,您辛苦了,这些年也是我冷漠了你。"金少茹也把自己的那份账单递给了刘永和。刘永和打开账单,只见上面写着:一个男人的责任;两肩挑起的重担;三更半夜的劳累;四处奔波的匆忙;五(无)法倾诉的委屈;六(留)在脸上的沧桑;七姑八姨的义务;八上八下的波折;九优一疵的凡人;十十(时时)对家对子的真情……这就是您的丈夫。

两个人抱在一起,放声痛哭。

结完账,刘永和与金少茹对经理千恩万谢,手牵手走回了家。看着他们幸福的背影,经理微笑着点了点头:"真幸福,咱离婚酒店又挽救了一个家!"

人 生 悟 语

离婚后的一次晚餐如此凄凉,可"离婚餐厅"上演了一出如此精彩的戏,让分手变成了复合,让分裂变成了重圆。俗话说,有爱的人慈眉善目,这对夫妻当然是有爱的,所以泪水之后有复婚的欢乐。而餐厅的老板更是有大爱,他们不仅挽救婚姻,更挽救人心,让幸福失而复得。

(王 蕴)

141

湖生气喘吁吁地说，"今天是情人节，咱学学城里人，给你买了羽绒服，还买了玫瑰花。想给你一个惊喜，想不到害得你走了十几里的山路"。

等你电话 葛取兵

佳花与湖生结婚 15 年了，还是第一次分开，不是闹别扭，是因为孩子一年年大起来了，张嘴要吃饭，伸手要穿衣，今年读初三了，成绩挺不错，读高中肯定没问题，一家三口人，靠土里刨食不容易，刚结婚时，小两口恩恩爱爱，种几亩稻子，又承包了村里的鱼塘，日子逐渐好起来了，可眼下孩子读书却让他们感到肩上担子的重量有些喘不过气来。

刚过年，鱼塘的承包期到了，让村支书的小叔子包了，湖生闲在家里无事可做，正好湖生的战友在县城办了企业，缺人手，请他帮忙，一个月包吃包住，还可以拿八九百元钱。湖生便与佳花一合计，去了县城。

湖生一走，佳花便觉得身边空荡荡的。白天佳花忙着种菜喂猪，到了晚上身边的人一下子走了，佳花常常躺在床上隔着窗户数星星看月亮。有时佳花听村里妇人闲扯，谁家的汉子在城里嫖妓染了性病，谁又包养了二奶怎么的，让佳花心里老是晃悠着城里的那些事儿。

湖生走的那晚，佳花美滋滋地偎在湖生的怀抱里说城里的姑娘美着哩，可别扎着了眼。湖生抚摸着佳花说，哪能哩？野花哪有"佳花"香。夫妻俩扑哧一笑。佳花便与湖生约好了，每个周五来一个电话问候。

湖生进了城，战友对他挺不错，让他保管仓库，进货出货，湖生老实厚道让他放心。一到周五的晚上，湖生就给佳花打电话。

佳花一接到湖生电话，就感觉那股熟稔气息裹住了身心，暖暖的，

如春日的阳光。佳花心底就踏实了。

县城离乡村不远，才十来公里，有时湖生打完电话，便骑上自行车风风火火赶回家，两口子恩恩爱爱一番，一拂晓，又骑上自行车急急忙忙赶回城。

一晃就是一年，佳花便在电话中渐渐适应了这种生活。

年过节罢，湖生又匆匆忙忙赶到县城去了。这天又是周五，吃过饭，佳花便美美地洗了澡，坐在电视机旁，等湖生的电话。新闻联播刚过，电话就欢快地响起来了，佳花忙不迭地拿起话筒，"妈，"是女儿的声音，"明天我们不放假，不回家了。"

电话过后，是一片沉寂。夜色一点一点地浓郁起来，严严实实的裹住了村庄，也裹紧了佳花的心。

"是不是被哪个女人缠住了，"佳花心里咚咚直响。

不，可能是单位加班。佳花心里反复嘀咕，自我安慰。

"是不是出了啥子事呢，"看着时钟已指向 10 点钟，佳花好像感觉到要哭，泪珠儿在眼眶里打转转。

得赶过去看看！佳花拎起手电筒，直奔县城。虽是初春，但凛冽的寒气让佳花有些牙齿打战。没有车，只能步行。路上佳花还慌不择道，走错了道儿，幸亏佳花路熟，几转下来又回到去县城的路。十几里路，佳花费了两个小时终于赶到湖生工厂，已是深夜。一打听，湖生不在，到宿舍里找，也没人。

"是不是被哪个女人缠住了"，佳花的心咚咚直响，眼泪却早已爬满了脸。门卫老头一看，对佳花说，别急，别急，我们打听一下。同室的那位说湖生今天加了班，快 10 点钟才忙完，说今天晚上得回去看看，还嚷嚷给老婆一个惊喜，咱们都笑他风骚劲十足。

"要不，打一个电话回去问一问"。

佳花颤抖着拨通了家里的电话，电话一通，就听到湖生急促的声音，"喂，佳花吗，你在哪里，让我急死了。"

佳花没说话，听着湖生的声音，脸上的愁云一下子散了。

湖生气喘吁吁地说，"今天是情人节，咱学学城里人，给你买了羽绒服,还买了玫瑰花。想给你一个惊喜,想不到害得你走了十几里的山路"。

此时,佳花的眼泪已布满了脸颊。是惊喜?是委屈?还是幸福呢?佳花的心里最清楚不过了。

人 生 悟 语

　　谁说农村的夫妻就不懂浪漫了呢?情人节,鲜花,礼物,他们都有,甚至连惊喜都预备好了。不过因为太过稀奇,所以惊喜变成了惊讶。但这个甜蜜的误会让我们莞尔一笑的同时,又有一种温暖。贫困并不是天塌地陷,快乐也不会挑肥拣瘦,幸福,更是人人都可以拥有的惊喜。

(王 蕴)

　　那个纸条上写着这样一句话:我是一名消防战士,因有火情去救火了,请您替我照顾她,谢谢。

长吻的魔力 王培静

　　宋阳买早餐回来,轻手轻脚地进了卧室,宁静像个小猫似的倦在那儿睡得正香。他坐在床边仔细地端详着妻子,目光里满是柔情。宁静慢慢睁开眼睛,见宋阳盯着她看,不好意思地问:你干什么这样看着我?不认识啊。

　　宋阳刮了下她的鼻子,怎么,还害羞。我觉得我老婆越来越好看了。

　　宁静说,去你的吧,你是想讨我高兴,让我平常对你儿子好一点是不是?

宋阳说，是，也不是，我说的可是实话。来，我侍候你们娘两个起床，待会咱们还得去医院。

吃完早饭，宋阳去洗碗，宁静开始打扮自己。宁静一边化妆嘴里一边哼着歌。等两人收拾利索，刚准备出门，突然宋阳的手机响了。

接完电话，宋阳满含歉意地对宁静说，太对不起你了老婆，刚才是支队刘政委打来的电话，市政府边上的华威宾馆着火了，已去了5辆消防车……

我真是倒霉透了，每次去医院检查身体，人家都是成双成对，就我一个没有人陪。医生、护士看我的眼光都不一样，好像我肚里的孩子不明不白，不知从哪儿来的似的。

火情就是命令，虽然政委说，赵副队长带队去了，但作为支队长，我还是放心不下。老婆，你就再委屈一回，下次我一定陪你去。

他边说边走回了屋里。当从卧室出来时，他已换上了军装，手里还抱着老婆的外套。他走到妻子跟前，温和地说，来，亲爱的，穿上外衣，咱们一起出门。我知道你是刀子嘴豆腐心，你嘴上这样说，心里还是能理解我的。

听了宋阳的话语，宁静脸上的怒气消下去了一大半，乖乖的配合丈夫穿上外套，依在丈夫的怀里不肯离开。宋阳用眼光偷偷瞄了一眼墙上的钟表，双手即小心又用力的把宁静抱住，宁静开始还有些拒绝，慢慢就接受了这个长长的吻。当两人结束这个几乎使人窒息的长吻后，宁静娇嗔着说，讨厌，谁容许你亲我的。

宋阳笑着说，今天我这个吻可不是一般的吻，给你体内注入了神力，请你相信，今天你走到哪里，哪里都会有人帮助你、让着你的。

我才不信你的话哪。宁静说。

你回来再说，看看我说的话是不是灵验？

两人手拉手出了门，向路边走去打车，他们还没招手，一辆车从后边过来，轻轻地停在了他们面前。宁静还有些纳闷，司机师傅已经笑着走下了车，拉开另一边的车门，请宁静上了车。

宋阳嘱咐道，别着急，路上小心。

司机师傅说,您就放心吧。

看着载有妻子的出租车走远,宋阳又打了一辆出租车,向相反的方向走了。

宁静坐的那辆车开车的是个女司机,一上车她关切地问这问那,几个月了?一切都正常吧?没事多活动,要开心,注意营养,定期检查……一路上,说的宁静心里热乎乎的。下车时,司机不要车费,宁静坚持给,司机说没零钱找,只收了 10 元钱。下地铁台阶时,一个小姑娘原是向上走的,两人错过后,她回头看了一眼,接着转身又走了下来,对宁静说,阿姨,我来扶你吧。她一口一个不用,不用。但小姑娘还是固执地架住了她的胳膊。

上了地铁,没有空座,宁静刚站稳,一个小伙子站了起来,对她说,您坐这儿吧。她有些不好意思,说,您坐吧。这时离她近一点的一位中年人也站了起来,笑着对她说,您坐这儿吧,我马上到站了。她说了声谢谢坐了下来。她注意到了,实际上地铁运行了好几站,那位中年人也没有下车。她心想,真像宋阳说的,他的吻起了作用?今天净遇上好人了。

到了医院,挂号、检查、拿药,一排队,她后边的人就会主动对她前边的人说,让她排前边吧。她怎么说不用也没用,大家都让着她。回来时她在路上停了一下,一位老大爷走上来问她,闺女,你需要什么帮助吗?她忙说,大爷,不用,谢谢你。去医院这一趟,来回都出奇的顺利。

刚到家门,宋阳也打车回来了。他没有回单位,是直接从火场回来的。脸都没来得及抹一把。一见面,俩人同时说出了一句话,你没事吧。说完俩人眼里都盈满了泪水。

进了家门,宋阳关切地问,路上有没有人帮助你?

你怎么知道路上有人会帮助我?宁静反问。

我那个吻的神力我还不知道?

瞎吹吧你。虽然这样说,宁静还是满足地笑了。

趁宁静不注意,宋阳偷偷从宁静外套上拿下了别在上面的那个纸条。

那个纸条上写着这样一句话:我是一名消防战士,因有火情去救火了,请您替我照顾她,谢谢。

无论走到哪里,宁静都能得到无微不至的帮助和照顾,真的是宋阳那个长吻的魔力吗?也许我们会觉得全是那个纸条的作用,它让每个人都愿意伸出援手。但是与其说是宋阳的细心和巧妙的纸条,不如说是善良的力量,宋阳的敬业、宁静的理解、路人的善意,让温暖迎面扑来……

(王 蕴)

对不起,爸爸,儿子过去一直对您关心不够,所以才特地让彼得帮忙一起设计了这个游戏,没有事先告诉您,是想给您一个惊喜。

预 约 死 亡 _{陈玉龙}

约翰生性孤傲,朋友很少,孤身一人住在小镇别墅里,日子过得像一潭死水。

这天,有个年轻人敲开他家的门,微笑着问他:"打扰了,请问您就是约翰先生吧?"约翰挺奇怪:"是的,您有什么事吗?"年轻人自我介绍说他叫彼得,说着从包里拿出一份材料,递给约翰。

约翰接过来一看,不由大吃一惊。这是一份"预约死亡"合同书,说的是在圣诞节,小镇将举办一次集体死亡活动,如果参加的话,无需付任何报名费,相反还可得到自己的骨灰被免费送上太空天堂的待遇。

约翰年轻时就是个喜欢冒险的人,常会做出一些让小镇人咋舌的举动,所以他对这份合同的内容挺感兴趣。自从3年前老伴去世后,他早就觉得日子过得没意思了,如果自己死后骨灰真能被送上太空天堂，真是太美妙了，这样的机会怎么能白白错过呢？于是，他毫不犹豫地在合同书上签下了自己的名字。

彼得见约翰这么果断而迅速地做出了决定，于是郑重地拥抱了他一下，然后又提醒道："尊敬的约翰先生，现在离圣诞节还有一个星期，在生命最后的日子里，如果您还有什么未了的心愿，可以抓紧去做啊！"约翰听了，心里不由一动。

约翰的儿子媳妇都在城里工作，夫妻和睦，生活美满，没有什么事情需要让他牵挂。在生命最后的日子里，约翰倒是觉得似乎应该要与一个人见上一面。这个人是谁呢？就是住在邻镇上一个名叫苔丝的女人。

约翰和苔丝年轻时有过一段感情纠葛。当初两个人彼此爱得很深，可苔丝的父亲坚决反对女儿这门婚事，认为约翰喜欢另类冒险，是个靠不住的男人。两个年轻人于是决定私奔，谁知到了约定动身的那一天，苔丝却失约了，约翰只好独自离开。后来，他流浪到这个小镇，立业成家，结婚生子，也就慢慢把苔丝淡忘了。现在自己的生命就要走到尽头，约翰很想与苔丝见上一面，并非重续旧情，只不过是想解开当初苔丝的失约之谜罢了。

约翰第二天一大早就起程了，乘车来到他离开了几十年的小镇，远远望去，苔丝家的那幢房子竟然还和以前一模一样，这令约翰很伤感。他缓缓走上前去，正要举手按铃，房门突然打开了，一位白发苍苍的老妇人站在他面前。

这个女人就是苔丝！苔丝现在的处境几乎与约翰一模一样，儿子媳妇也在城里工作，她也是孤身一人住在这幢房子里。苔丝长长地叹了口气，说："亲爱的约翰，我终于等到你来了！"约翰听不懂："你一直在等我？那……那年我等你可是等了又等，你……你为什么说好了来，结果又不来？"苔丝的眼眶湿了，她痛苦地闭上眼睛，好一会儿才说："我那天是没去，可你……你事后为什么不回来看看我呢？"约翰吃惊地问："难道……难道那天发生了意外？"苔丝怨恨地点点头。

原来，那天苔丝在赴约途中意外遭遇车祸，受了重伤，在医院昏迷了三天三夜才醒过来。那些日子，她每天都翘首盼望约翰来，可每天都

是失望,这一盼,就盼了整整50年。听着苔丝的诉说,约翰真是后悔莫及,可时光不能倒流,他们回不到过去啊!

两人正在感慨时,有人敲门,竟然又是彼得来了。彼得把预约死亡合同书给苔丝看,苔丝先是摇头,后来一看这上面有约翰的签名,于是也毫不犹豫地签下了自己的名字。约翰见苔丝对自己竟然还这么钟情,心里又感动又兴奋,能和苔丝一起共赴天堂,这是他根本没有想到过的!幸福的暖流顿时涌上了他的心头。

过了几天,儿子突然从城里回来看约翰,约翰便把圣诞节预约死亡的事告诉儿子。不料儿子一点不感到惊讶,他说:"这没什么,我也签了一份。""什么?"约翰大怒道,"你为什么要签,难道你已经活够了?"儿子耸耸肩:"是的,我已经活够了。再说,那条件太诱人了,这样的机会我怎么能错过?"约翰一听,气得说不出话来:儿子才不过40多岁呀,有一位美丽的妻子,有一份满意的工作,这怎么叫活够了呢?约翰努力想说服儿子,但说了半天,儿子根本听不进去。

约翰苦恼极了,一连几天吃不下饭,睡不着觉。后来,他想明白了:何必自寻烦恼呢,自己都是要去天堂的人了,凡事还是顺其自然吧!

一个星期很快过去了,转眼圣诞节就到了。

按照合同书上的约定,约翰晚上准时来到教堂。此时,教堂里已经聚集了不少人,约翰看到苔丝来了,自己的儿子、儿媳果真也来了。当教堂的钟声敲过第八下的时候,彼得大声宣布,在仪式正式开始前,在场的各位可以自由选择一个同伴共赴天堂。立刻,约翰发现周围不少人都纷纷结伴拉起了手,他看到自己儿子和儿媳的手也拉在了一起,于是他毫不犹豫地紧紧拉住了苔丝的手。

彼得看大家都准备好了,就开始宣布名单,第一个喊到的就是约翰,约翰于是和苔丝手挽手走了上去。彼得看了他们俩一眼,说:"根据规定,在进入太空天堂之前,两位必须先回答几个问题。请问,两位准备好了吗?"

约翰和苔丝互相看了一眼,不约而同地朝彼得点点头。

彼得于是先问约翰:"你对自己选择的同伴后悔吗?"

约翰大声回答:"不后悔!"

"那么,你呢?"彼得转向苔丝。

苔丝同样大声回答:"彼得先生,我不会后悔!"

彼得又问约翰:"假如在天堂你们可以结为夫妻的话,你仍然愿意选择她吗?"

约翰和苔丝几乎是异口同声地回答:"愿意!"

"好!"全场顿时爆发出一阵热烈的掌声。

彼得笑了,说:"那么,在共赴天堂之前,请允许我们所有在场的人先为你们举行一个结婚仪式,我能够作为这个仪式的主持人,感到非常荣幸。"

彼得的话音刚落,教堂里就响起了热烈而欢快的结婚进行曲。乐曲声中,约翰的儿子走到约翰身边,郑重其事地向约翰递上一枚翡翠戒指。苔丝的儿子也突然出现在苔丝身边,拿出一枚闪亮的戒指,对苔丝说:"妈妈,祝贺你!"

约翰和苔丝愣住了:预约死亡怎么变成了结婚仪式?

约翰的儿子拥抱着约翰说:"对不起,爸爸,儿子过去一直对您关心不够,所以才特地让彼得帮忙一起设计了这个游戏,没有事先告诉您,是想给您一个惊喜。今天请来的都是朋友,他们都是来真心祝福你们的!"

约翰这才恍然大悟,他兴奋地捶了儿子一拳:"你不愧是我儿子,和我年轻时一个样!"又揽过身边的苔丝,"亲爱的,让我们重新开始吧!"

人 生 悟 语

预约死亡还是预约幸福?儿子用惊奇和惊喜给约翰的晚年涂抹上了一种最幸福的颜色。有什么比和初恋情人重新见面并相守更惊喜?有什么比当着众人挽着爱人的手宣誓结婚更甜蜜?有什么比费尽心思为父母带来快乐更孝顺?一个让人感动的家庭,必然有一群善良而温暖的心灵。

(王 蕴)

傍晚没有消息……
半夜没有消息……
秀越来越感到了恐慌、害怕……

爱吃饺子的那个人去了 王培静

火情就是命令。

早晨5点多，中队接到华新大厦着火的报告，警铃声急促地响起。在临时来队家属房休息的牡华一骨碌爬了起来，看了躺在身边的妻子秀一眼，他把动作放轻了许多。妻子趁暑假带儿子来部队上看他。娘俩刚来3天，他本答应趁今天是星期天，带她们俩去公园玩的。说话间，牡华已经穿戴整齐，提上鞋就想向外跑。妻子秀睁着睡眼蒙眬的眼睛问：华，怎么了，出事了？牡华转回身，一边笑着说：有火情，我是副队长，不去不行，一边上来拍了下秀的脸蛋接着说：不好意思，把你吵醒了，天还早着哪，你再睡会吧，门我带上就行了……

一上午，秀都觉得心里慌慌的。牡华不在家，不能出去玩了，她就动手整馅准备包饺子，这是牡华最爱吃的。有一次牡华探家，正好赶上春节，她看着牡华吃水饺时的那个馋劲说，看你这个吃相，像几天没吃上饭了似的。牡华嘴里含着没来得及下咽的饺子说，在南方，一年也吃不上一次这么正宗的饺子，老婆做得饺子就是香，就是好吃，一辈子也吃不够。她说，等能在一起了，我天天给你包饺子吃，撑死你。想到这里，秀的脸上露出一丝笑容。

秀就这样一边想着心事一边切菜弄馅，不小心被刀划破了手。

包了包手，她继续干活包着饺子，她时不时地抬头看一下表。

11 点半,牡华没有回来。

12 点,还没有回来。

12 点半,她有些坐卧不安了。她抱上两岁的儿子来到营房。刚进入营区,就看到消防车鸣着警笛进进出出,秀心想,这火着得可够大的,现在还有消防车出去,肯定火还没有扑灭。看到有些人脸像包公,三三两两站在一起议论着什么。她抱着儿子突然转脸开始向回走。丈夫是领导,火没扑灭肯定不会回来的。要去问他怎么还没回来,官兵们还不笑话。有时一年都见不上一次面,这一上午没见,就来找了。他回来还不训我,最起码会说我没出息。先回去把水烧开,等他一进门,饺子立即下锅。早晨又没吃早饭,干多半天活,他一定饿坏了。

回到临时家属房,儿子哭闹个不停,她打开小收音机哄儿子,原想找找看有没有儿歌什么的。儿子不愿意,伸手拿过收音机,自己玩着。儿子玩着玩着,自己拨出了一个台,儿子高兴地抬头看妈妈。这时收音机里传出了这样一段话:各位听众,我现在是在本市华新大厦火灾现场向大家作现场报道,今天早晨发生的大火,在消防官兵的努力下,80多名大楼内的工作人员都安全撤离了现场,无一人伤亡。正在救火过程接近尾声的时候,不幸的事情发生了,大厦楼体突然倒塌,有十几名消防官兵被埋在了下面,有关部门正在全力营救……听到这儿,秀软软地瘫在了地上。

这时,门口进来了几个人,他们把秀扶起来,其中有个女同志坐在了她身边。领头的人说,玉秀同志,我是政治处主任刘项,着火现场发生的事情你是不是已经知道了一些。今天上午 11 点 10 分,大火快扑灭时,突然发生了大厦楼体倒塌事件,包括你家老牡在内的 15 名官兵被埋在了里边,各方面正在全力寻找抢救他们,请你看好孩子,自己也要多保重。一有牡华同志的消息,我会马上通知你。这位是政治处的沈干事,她留下来陪陪你。秀看了一眼桌子上那些等着丈夫回来煮的饺子,又扭脸看着正在说话的刘主任,说:"主任,您给我说实话,我们家牡华是不是已经……"刘主任动情地说:"玉秀同志,请你相信组织,牡华同志现在还没有找到,一有消息,我们会及时和你联系的。但大厦只

倒塌了一半,现场很危险,这给营救工作带来了一定的难度,但我们会尽全力抢救我们的战友的,所以还是请你在家等消息吧。"

下午没有消息……

傍晚没有消息……

半夜没有消息……

秀越来越感到了恐慌、害怕……

第二天,从收音机里报道的找到的牺牲官兵名单中还是没有丈夫的名字,她心里既感到紧张又怀有一线希望。她想,只要丈夫活着回来,第一顿饭一定要让他吃上自己亲手包的饺子。

第三天,终于传来了找到丈夫遗体的消息。她眼前一黑,晕了过去。

战友们从牡华的身边发现了他戴的安全帽,里边用白粉写满了字:秀,假若我不能活着出去,儿子留给父母,今后的路还长,你一定要再走一步……秀,我现在感觉,一是喘不上气来,二是太饿,多想吃上一碗你包的饺子……

人 生 悟 语

最爱吃饺子的那个人,在饺子还没包好下锅就穿戴整齐去火场了,谁让他是一个消防员呢?火情就是命令,军人的天职就是听从命令。当我们在热气腾腾的饺子面前与亲朋分享幸福时,别忘了,这幸福是更多爱吃饺子的人拿汗水、泪水、血水甚至生命换来的。幸福需要珍惜,更需要敬重。

(王 蕴)

我不惊叹百合的洁白，
也不艳羡玫瑰的红艳，
除了芳香，它们只是悦目的临摹，
而你，才是它们作为典范的真身。
你不在身边，对我无异于寂寞的冬天，
我把春天当做你的影子，与之嬉戏。

你是我眼睛我是你腿

第六辑

感动无处不在,因为爱无处不在;温暖时刻相伴,因为人类内心拥有着美好。有了这道内心阳光的照耀,有了对爱渴望的那片土壤,人世间不论春夏秋冬,都会有鲜花盛开,都会有绿意盎然。只要人人献出一点爱,世界将变成美丽的花园。

他终于鼓足勇气,在一次班会课上,把这个"五万元"的故事讲给了他的学生听。

5万元的心债 李子胜

老方 40 多岁了,在渤海边上一座小县城里的一所普通中学教书,工作马马虎虎,从来没有得过什么先进称号。也难怪,他的收入不高,妻子所在的工厂一直不景气,儿子中专毕业,学了 4 年计算机,可是,除了会上网和美眉聊天,什么都不会,整天游手好闲。再晃荡几年,儿子就该搞对象结婚了,现在娶个儿媳妇,没有 10 万 20 万根本不行。这事成了老方的一块心病,工作根本打不起精神。

这段时间,老方一直注意报纸上的股市信息,他发现股票每天都在涨,有支股票没过几天价格就翻番了。他和妻子商量了几个晚上,从十几年的积蓄里拿出 5 万元,急急忙忙开了户头,全部买了那支翻番的股票,可是,没过几天,报纸一篇社论,股价一起跳水,眼看着 5 万元的股票缩了一半水,老方一下子懵了,整天恍恍惚惚,唉声叹气。

正是初冬,天很凉了。这天是周六,老方早早起来去学校补课。他还没有出居民小区,就发现了地上的那个老式的黑皮包。他迅速拾起黑包,觉得有点沉,看看四下无人,就迅速骑车离开了。

来到学校,他等办公室没人时,充满希望地打开黑包,他顿时惊呆了。里面是一捆捆百元钞票,正好 5 捆。"这可是 5 万元啊!"他激动地想。

回到家,妻子儿子都没有在,他把用报纸裹好的巨款又数了一遍,

在屋子里转了几圈，把钱放到了壁橱的最上面，才放了心。

过了几天，吃饭时，妻子不经意地说："你听说了吗，旁边那幢楼有一对工人老夫妇俩，没儿没女，老头平时捡破烂——""怎么了？"老方问。"老头去交公房的购房款，结果，提包带断了，提包从车把上掉了，老头愣没察觉，等到了房管站，才傻了眼。唉，5万块呀！也不知道谁捡去了。"老方回忆起来：对呀，那个被他偷偷扔到河沟里的提包的确提带断了，露着里面的麻绳……

"你听我说话呢吗？"妻子看他脸色不好，问。老方点点头，故意问："后来呢，找到了吗？""找到什么呀，谁还呢？！老头老太太一下子都病倒了，老头都病危了！"

晚上睡觉，老方翻来覆去睡不着，他想了很久，他很想转天就把钱还给人家，可是，自己的股票赔得那么惨，可怎么办呢？如果有了这5万块，他可以低价再买进一些，这样可以分摊成本哪。"就算我借的，我就借几个月。"老方拿定了主意："我先给老头写封信，告诉老头我几个月后一定把钱原数归还。然后，只要这5万把自己的那5万救出来，就立即归还！"

转天，儿子钻到壁橱里翻东西，可把老方吓坏了。儿子说他要找衣服，老方忙上前帮忙。中午下了班，他怎么琢磨也不对，他打算把钱换个地方。当他伸手去摸那个纸包时，他的手什么也没触到，他一下子傻眼了。钱不翼而飞！

老方全身瘫软，他忽然想到那个老头丢钱的感受。"不对呀，钱不会被盗呀！"想到这里，他在屋子里寻找着什么，果然，他找到一张纸条，上面是儿子的留言：

爸爸妈妈：

　　我和几个同学商量好了，我们去大城市打工去了，家里的5万块钱，算是我借你们的，我会好好努力，会给你们一个惊喜的！

儿子即日

晚上，老方把儿子的留言给妻子看，把自己捡到巨款，想借几个月用用再归还的想法都跟妻子一五一十说了。妻子趴在他怀里痛哭，老方也只能唉声叹气。最后，夫妻俩商量好，等两个月，只要股票反弹，凑足5万块钱，赶快还给人家。此时，老方才想起来：自己的那封信还没有写呢！

信写好了，老方晚饭后去楼下装作散步，其实，他想侦察老夫妇的门牌号码。当他转道那幢楼附近，他隐隐约约听到了哀乐声，等走近了，他发现他想去的那个楼洞口站了几个街道的大娘。老方分明看到，楼洞口贴着一张白纸，上面几个黑字：恕报不周。老方明白，这是家里有人去世了呀！从围观的人口中，老方得知，那个老头死了。

老方心慌意乱地回到家，把看到的与妻子说了，两个人都沉默了。

过了几天，儿子突然来了信，告诉老方他一切都好，信的邮戳是南方的一个城市，老方打听了儿子几个同学的下落，知道他们果然在一起，他们其中一个的哥哥在那个城市开公司，几个人工作倒还好，老方放了心："儿子想闯荡，就让他闯荡去吧。"

这天老方上班，下了楼，他看见一个披头散发、浑身肮脏的老太太在垃圾口翻腾着，老太太就是那个老头的老伴啊。老方一路上心里盘算着："是啊。这老太太一个人怎么活着呢！"

周日早晨，老方带着几个学生来到了老太太家。老方说："老奶奶，您是孤老户，我是这些学生的班主任，以后，我们会轮流给您做家务的，您以后的生活，我们会照顾的。"

没出半天，几个学生把老太太家打扫得干干净净，临走，老方把200块钱塞到老太太手里，老太太激动得直抹眼泪。

半年过去了，老方带着学生每个周日都来老太太家，老太太也不拾破烂了，脸上也有了笑容。这时候，股市忽然回暖，老方的股票也开始涨起来了。更令老方意想不到的是，他班里的学生思想面貌也起了变化，很多孩子开始懂得帮家长做家务了，学习也自觉了。许多家长给校长打电话，一个劲儿夸奖方老师带班有方。校长见到老方，也用惊喜的眼神看老方了。

一个月后,老方的学校放暑假,老方被破天荒地评为了先进教师。此时,老方的股票也基本上收回了成本。老方在一天早晨把股票全部抛售,把5万块钱全部取出来。可是,怎么把钱还给老太太,老方又犯难了。天有不测风云,老太太忽然病倒了,老方把老太太送到医院时,老太太已经深度昏迷。没过几天,老人就脸上带着微笑永远闭上了眼睛。老方把老太太的住院费用,丧葬费用全部承担起来,5万元还剩下一多半。

在老人的亲属整理老人的遗物时,人们发现了一个信封。老方一眼认出,那是自己曾经想给老太太的信啊,自己以为丢失了,一定是自己遗失在老太太家里的。奇怪的是,信封上歪歪扭扭写着几个字:方老师亲启。

老方明白了什么似的打开信封,里面除了老方的信外,还有一张信纸,打开来看,上面写着:

方老师:

你第一次带学生来我家脱下衣服干活,这封信掉在地上,我看到上面的地址,就打开看,我什么都明白了。我相信你是个有良心的人,所以,你对我的帮助,我都接受了,这些天我身体不好,总梦见老头子,我知道自己日子不多了,我也是念过几年书的,就给你写了这封信。那些钱,我知道你会还给我,我留着也没用,你替我捐给学校吧,那些懂事的孩子,我看着从心里喜欢……

老方泪流满面地读完了老人的信,心中万分惭愧。

他终于鼓足勇气,在一次班会课上,把这个"5万元"的故事讲给了他的学生听。学生们流下了眼泪,他们觉得,这是他们平生最难忘的班会课,他们的老师,也是那么真实、那么可爱!

"完了，这下完了。"我想，这就是我的劳动成果。这么一点小事都做不好，还来擦什么皮鞋，早知道就是饿死也不来这鬼地方丢人现眼。想着我头上的汗就流了下来。

沾满油的皮鞋 李 全

　　我刚出门打工的那阵子，总是找不到工作，可每天的房租费和生活费压得我喘不过气来。后来在朋友的介绍下，我去了市公园里擦皮鞋。这好歹也算一份工作。

　　可是，当我到了公园的门口时，心里就后悔极了。在公园擦皮鞋的都是老头老太。特别是公园里的那些青春活泼的男女，欢快而又幸福的笑声，我真想有着与他们一样的生活。可我一想到我是来打工的，而且还要为那房租费和生活费算计时，心里就像打翻了五味瓶。更使我恼火的是，有对青年男女对着我指指点点，说现在什么世道了，居然还有这么年轻长得那么帅的靓哥来擦皮鞋。那对年轻男女还来我的摊前，把脚抬得高高的，让我给他们擦皮鞋，当他们抬起脚时，一阵臭烘烘的味道直入我的鼻子，我一呛就咳嗽起来。

　　"你这也算擦皮鞋的？"那对年轻男女笑开了。

"谁说他不是擦皮鞋的？"旁边的一个老头走了过来，说，"他是我的徒弟。只不过今天才来。你们把脚放好，我就要开始了。"老头也不管那对年轻男女答不答应，就把刷子拿出来，沾上油就先给那男的擦起来。我看着老头那熟练的动作，心里有了一种感激。

老头很快就把那个男的皮鞋擦完，又叫那个女的把脚伸出来。老头也不管那个女的答不答应，就把她的脚按在脚踏上，替她擦了起来。

老头擦完皮鞋，对我说："一共 5 元。你收他们的钱。"我伸手向男的要了 5 块钱，可那个男的不给我，而是把钱直接给了那个老头。

"给他。"老头的话不很重，但能感觉出一种威严。那个男的只得把钱给我。我看着那 5 元不属于我的劳动挣来的钱，对老头产生了一种莫名其妙的感动。可是在那两个年轻男女走远后，老头说："拿来。"

"拿来什么？"我一时摸不清老头在玩什么把戏。

"钱啊，刚才是我给他们擦皮鞋的。你得分一半给我。"老头的话里仍透出一种威严。

"刚才不是你叫他给我的吗？"我被老头的这句话弄糊涂了。

"生意是你的，可劳动是我的。所以，我要得一半。"老头做出一付不拿钱就不走人的架势。我赶紧把那 5 块钱给了老头。心想这个老不死的家伙，先装好人，等钱一到手，他就成恶人了。

"我只要一半。"老头说着拿出 2.5 元钱给我，头也不回地到他的那边座位上去了。

我这一愣，很多人都围了上来看热闹，我真希望地上有条缝钻下去才好。直到那些人散去，我向老头的摊位上看去，他正在给一位穿得很阔的青年人擦皮鞋。只是老头只把鞋油挤在那个青年人的鞋上，就把我叫了过去。

"你帮他擦好。"老头用一种不容否定的口气对我说。我想到老头刚才对我那样，我也就不客气地给那个青年人擦起皮鞋来，我管他擦不擦得好，只要我一擦完，就向老头要一半的工钱。到时候，我也会说，是你生意，可是我劳动的。

可是，我给那个青年人擦了半天，那鞋不但没有擦亮，反而越擦越

脏，把油还擦到那个青年人的裤子上。

"完了，这下完了。"我想，这就是我的劳动成果。这么一点小事都做不好，还来擦什么皮鞋，早知道就是饿死也不来这鬼地方丢人现眼。想着我头上的汗就流了下来。

"你慢慢擦，直到擦好为止。"老头说着又在一边指点我该怎样擦才不会把鞋油擦到裤子上。青年人坐在那里一动也不敢动。

在老头的指点中，我终于擦完了那双鞋，可头上的汗还是有增无减。

"好。就是这样。"老头高兴地对我说，青年人也没有说什么，就拿出一张 10 元钱给我。我想找零钱，可我身上一分钱都没有。望着老头，希望他能找开。

"不用找了。"青年人回过头来对老头说，"爸，你真是一个热心肠人。又教会了一个徒弟。"

"他是您儿子？"我望着老头更加不解，问，"您儿子是干什么的？"

"我儿子在一家公司当经理。"老头很自豪地说，"他以前与你一样，什么事都做不来。是我教他擦皮鞋开始。现在他已经拥有了一家属于自己的皮鞋厂。"

原来老头是用他们的皮鞋来教我怎样擦皮鞋，同时，他也在教我怎样做人。

人 生 悟 语

那双沾满油的皮鞋，就像我沾满灰尘的梦想，脏脏的，灰暗的。庆幸的是，"我"遇到了一位老者，他不仅愿意帮"我"擦鞋，更愿意帮我擦拭梦想。当我的汗水流下来，当客人的皮鞋亮起来，我的自卑消散，双手有力，甚至在老者的指点下，我看到了充满希望的明天。

(朱晓华)

他妻子接过那瓶营养快线用舌头尝了尝,眼睛立刻湿润了,她哽咽着对张春阳说:"这哪里是营养快线啊?这是女人的乳汁!"

半瓶营养快线 吴芳芳

张春阳一家被困在高速公路上已经好几天了,几乎到了弹尽粮绝的地步。要不是他妻子临上车时硬往车上塞了一箱方便面,估计这会儿,他们一家三口就得饿肚子了。

天上的雪还在一个劲地下,到处都是白蒙蒙的。"妈的,这鬼天气!"张春阳狠狠地咒骂了一句,又把头缩了回去,现在的气温估计要在零下十几度了。

虽然天冷得厉害,可张春阳却不敢把小车里的暖气打开,要是把油耗完了,那就真麻烦了。

4岁的儿子亮亮一个劲地喊冷,嚷得张春阳心烦。他粗暴地吼了一声:"别喊了,缩到你妈怀里去!"亮亮就一头钻进了妈妈的怀抱,可还是一个劲地说冷。张春阳正准备再骂他两句,他妻子突然说:"春阳,不对劲,亮亮的头怎么这么烫啊?别是冻感冒了吧?"

张春阳闻言一惊,伸出手一摸儿子的头,果然烫得厉害。他顿时着了急,这前不着村后不着店的,上哪给儿子看病去啊?他妻子也慌了神,在车上翻东翻西的。她突然记起自己的背包里还有几片"白加黑"感冒片,就催着张春阳去找水。

一听找水,张春阳的脑袋都大了,在这种恶劣的天气下,水可是比黄金还要金贵呀!

上哪去找水呢？虽然明知道这个任务很艰巨，可儿子的性命也不能不管，张春阳只好一咬牙钻出了车子。

他缩着身子来到后面的一辆货车前，用手敲了敲车玻璃，从里面钻出一个络腮胡子来。他皱着眉头问："啥事？"张春阳忙赔着笑脸递上一根中华烟说："师傅，车上有没有矿泉水什么的，卖给我一瓶，我孩子病了，要用水吃药。"络腮胡子用舌头舔了舔干裂的嘴唇说："水？我都两天没喝水了？要是有卖水的，再贵老子也要买一瓶。"说完，就把脑袋缩了回去。张春阳失望地说了声："对不起啊，打扰你了，我再到后面问问去。"

张春阳又往后走了几步，来到了一个红色的桑塔纳车前，这辆车上坐的是一对年轻的夫妻，那个少妇模样的女人怀里还抱着一个小孩子。张春阳又点头哈腰地问："请问你们有没有水啊？卖给我一瓶，我儿子病了，想喝点水。"那个年轻人苦笑着说："车上哪有水啊？我们都是喝的雪水。"那个女人也一脸同情地说："真对不起，我们也有一天没喝水了。你再到后面问问吧，孩子的病可不能耽搁。"张春阳点了点头，又往后面走去。

张春阳走到下一辆车前，得到的还是摇头与无奈的眼神。一连跑了好几里路，问了几十辆车，还是没能找到一滴水。张春阳失望地回到车上，夫妻俩的眼泪都快急出来了，怎么办？这荒山野岭的，上哪去找救命的水啊？到村里去吧，细一打听，从这里到有人烟的村庄，最少也得有几十里，只怕跑到天明也跑不到。

万般无奈之下，张春阳只得跟妻子商量："要不，咱也弄点雪水给儿子喝吧？"妻子却坚持反对："雪水可脏了，里面净是细菌，孩子本来就有病，再让他喝这种水，恐怕会加重病情的。"

那怎么办？张春阳急得直搓手。正在这时，外面有人敲他们的车窗。张春阳急忙打开车门一看，外面站着刚才那个少妇。她不好意思地说："对不起，我们车上真的没有水，可还有小半瓶营养快线呢，刚才我一时没想起来……"张春阳接过营养快线，从身上掏出一百块钱要给那个少妇，可那个少妇早就扭头跑远了。

张春阳就用那小半瓶营养快线让儿子把感冒药给吃了。吃完药，亮

亮突然说:"这瓶营养快线过期了吧? 一点也不甜。"张春阳一愣,过期的饮料可不能喝呀! 张春阳仔细一看商标,是今年十二月刚生产的,就狐疑地说:"不过期呀!"他妻子接过那瓶营养快线用舌头尝了尝,眼睛立刻湿润了,她哽咽着对张春阳说:"这哪里是营养快线啊? 这是女人的乳汁!"

张春阳的心猛地一抽,这个铁打的汉子也流泪了,他的嘴里不住地喃喃着说:"天下还是好人多啊!"

上台时,老太太激动地叫了起来:"快看,这是我儿子,我儿子也像大明星一样在台上表演了。"

倒 立 王 刘自忠

威龙马戏团来到西江市,立即引起了轰动,毕竟是小城里来的第一家马戏团,表演了几天,几乎场场爆满。

这一天,表演结束后,马戏团的老板张宏亮见人群散尽,忙交代队

员们整理场地,就在这时,只听到不远处有人叫道:"不好了,快来人啊,救救这个孩子!"

张宏亮一惊,和几个队员跑出棚外,只见不远处站着一个女子,正焦急地大声呼救。张宏亮问:"出了什么事?"女子指着面前一个洞说道:"有个孩子掉进去了。"

大家一看,果然地上有一个两尺多宽的洞,里面黑乎乎的,什么也看不到,只有孩子断断续续的哭声。洞旁还有一块大木板,估计原来是盖在洞口上的。

有人报了警,很快警察来到了现场。他们先将绳子放下去,可孩子太小,抓不牢绳子也不会将绳子绑在身上。又有警员下到洞里,可这洞太小,下去的人根本无法转身,也帮不了孩子。警察这下犯了难,周围一大群人都没有办法,孩子的哭声越来越弱,这可怎么办呢?张宏亮叹息一声说:"要是'倒立王'在,就好了。"

旁边人有问:"你说这个'倒立王'是谁?"

张宏亮解释道:"他是我队里的一个小伙子,练的就是倒立的功夫,让他倒立做什么都行。如果他在的话,可以头朝下钻进洞里,将绳子绑在小孩子身上,就可以慢慢将人拉出来了。可惜他正好家里有事,没有跟团里出来,所以我们这次表演也少了他的节目。"

大家一听,觉得让人倒着下去也是个办法,一个瘦高个的警察自告奋勇打算倒着下去试试。就在这时,就听有人说:"如果这个方法能行的话,还是让我来吧。"

大家寻声望去,只见一个瘦小的年轻人走了过来,戴着安全帽,衣服上还沾着泥浆。和他一起的几个年轻人也一样打扮,看样子像是刚从建筑工地过来的民工。年轻人说:"这样倒着下去,也不是一时半刻能弄好的,下去的人不一定承受得了。"

高个子警察迟疑地问:"你真的能行吗?"

男子笑道:"要说倒立,估计这里谁也不如我。"说罢双手撑地,身子就倒立了过来,他用手在地上走了一圈,这才翻身站起来,说:"我这手绝活平时只用来逗大家乐子,还真没救过人,让我试试吧。"

旁边的几个民工都附和道："是啊，他倒立能坚持很长时间，别人站着能做的，他全都能倒立着做。要说倒着身子进这个洞，也只有他能行了。"

看着年轻人挺有把握的样子，在场的警察同意了。大家先将他的一只腿绑好了，还在腰上也绑了一道绳子，脖子上还绑了一只手电筒，说："你下去时小心些，有什么不对，马上叫我们拉你上来，以免发生危险。"

年轻人点了点头，"吱溜"一下钻进了洞里，上面的人紧紧抓着绳子慢慢往下送。过了一会儿，绳子已经不再往下拉了，大家静静听着洞里的动静。又过了好一阵，只听洞里的年轻人喊："上！"于是人们慢慢地往回收，大约过了十来分钟，年轻人终于出来了。

洞里的孩子由于惊吓过度已经晕了过去，被人们送去了医院，警察向年轻人表示感激，并问他叫什么，住在哪里，要奖励他。年轻人只是说他叫赵江波，至于奖励却谢绝了。

张宏亮暗暗赞赏年轻人的绝技，看他刚才的身手远胜队里的"倒立王"。如果队里再有这么一个人，两个"倒立王"配合，一定可以设计出更多好看的节目。眼见男子就要跟伙伴一起走了，张宏亮追上赵江波说"你好，我叫张宏亮，刚才看你救人的全过程，想耽误你几分钟时间，请问你现在在哪工作？"

赵江波伸手指着不远的一栋正在施工的大楼，笑道："不是什么正式工作，只不过在建筑工地替人打工罢了。"

张宏亮急忙掏出名片，递过去说："是这样，我是威龙马戏团的老板，刚才看了你的倒立功夫，感觉非常不错，我们团里正需要你这样身手的人呢，不知你有没有兴趣加入我们的马戏团？"

旁边的几个伙伴一听，都高兴地说："哈哈，你小子运气来了，恭喜啊！"

但赵江波却似乎没这么兴奋，摇摇头将名片塞回张宏亮的手中，说："对不起，张老板，我只能谢谢你的好意，但却不能跟你走的。"

张宏亮吃了一惊，急忙说："要什么待遇你尽管说吧，只要差不多，我都答应你！"

　　赵江波摇摇头，说："我知道跟您干肯定比工地上赚钱多，但是我真的不能去。"说罢急匆匆地走了。

　　第二天，马戏表演仍继续，可张宏亮的心却不在表演上，依旧想着赵江波的事，觉得这样的人才实在难得，他决定到工地去再动员一次。张宏亮把团里的事情给队员交代了一下，就找到了工地。

　　可到工地一打听，人们说赵江波上午还在的，可这会儿碰巧家里有事，赶回去了。有两个工友认出张宏亮，就说："你是想请他吧，但他说不可能离开这里的。"张宏亮问："为什么？"

　　那人说："他在这里有老婆，上面还有一个老母，你总不能让他带着一起走吧。"

　　原来是怕家里人反对啊，其实团里的队员谁没有家属啊，只要安排好就没问题。张宏亮决定到他家去了解一下。

　　他一路打听，终于找到郊外的一所小房子。刚到门口，就听到里面传来一阵笑声，只听一个老太太说："儿子，你停下来吧，别玩得太久了，会伤身子的啊。"

　　张宏亮透过窗子往屋里看，只见一个人打了个后空翻转，倒立起来，再一细看，这不是赵江波吗？只见他倒立着挪到摆着饭菜的凳子前，一手撑地，另一只手拿起筷子，吃起饭来。一边吃，一边说："妈，您瞧我已经吃掉半碗了，您也快吃吧。"

　　再看他对面的一张沙发上，躺着一个老太太，旁边还有一个女子在给她喂饭。老人笑道："好，我也大口大口地吃，你也停下来吧。"

　　赵江波倒立着又玩了几个花样，他才笑着问："妈，你看我表演得好不好，是不是和电视上的马戏一样好看？"

　　老人笑着说："行了行了，真的和电视上的一样了。媳妇，你叫他停下来吧。"说着拉了拉身旁的妇女。

　　看到这，张宏亮忍不住拍手叫好。听到声音，赵江波放下腿，站起身来到了门外："原来是张老板，快请进。"

　　"不用了，我就不打扰老人家吃饭了。是这样，我早上去工地找你，

工友们说你回家了,我这才找到你家里。"

赵江波说:"我母亲上午身子有些不舒服,所以我急着赶回来了。"

张宏亮再次提到马戏团的事,赵江波说:"谢谢你看得起我,可是你也看到了,我的母亲瘫痪多年,我练这倒立,就是为了让她开心的,如果我走了,她肯定会吃不下睡不着的。对于我来说,赚再多的钱也比不上让她开心来得实在。"

赵江波说,母亲长期瘫痪在床。有一次,他无意中在母亲面前玩倒立,母亲竟然开心地笑了起来,从此为了让母亲能多笑一些,他练起了倒立。看母亲吃饭,他就倒立吃饭,母亲喝水,他也倒立着喝,10多年过去了,他已经能倒立着做任何事情了。

张宏亮拍了拍赵江波的肩,说:"怪不得你的倒立功夫这么厉害,你才是真正的'倒立王'啊……"

城里的马戏表演继续进行着,这天,人们看到马戏团大棚前打着一条横幅,上面写着:本城"倒立王"友情加入演出,更多精彩不容错过。

大棚内座无虚席,而观众席的最前面,摆着一张大沙发,上面躺着一个老太太。当赵江波走上台时,老太太激动地叫了起来:"快看,这是我儿子,我儿子也像大明星一样在台上表演了。"

看着老太太高兴的样子,张宏亮欣慰地笑了。虽然赵江波没有同意加入他的马戏团,但他也愿意为母亲在台上显露一手,让母亲看到,他不但能在家里玩,还能在这样的大场面表演。

人 生 悟 语

为了讨母亲开心,玩倒立竟然玩成了"倒立王"。救人是巧合,但是这份孝心,真的是应该请到大场合来表现一下,让更多的人都能看到。母亲是第一位的,赚钱是次要的,当赚钱和孝顺有冲突时,永远不用犹豫该选择什么,因为母亲只有一个,而一技在身,机会总会再次光临。

(朱晓华)

老师的道歉,让两个孩子受宠若惊,可一时又茫然起来:
这钥匙是干什么用的?

老师的礼物 杨启范

从师范大学毕业的张国栋被分配到市一中,接替即将退休的刘丽老师,当了初三(1)班的班主任。

刚一毕业就肩负重任,张国栋心里直敲小鼓,忍不住打电话向高他一届的师兄取经。师兄已经当了一年的班主任,多少有点经验可介绍。师兄说,初三年级的孩子正处于青春期,逆反心理很强,一定要先给他们个下马威,以后他们才会乖乖地听你的话。张国栋回想起自己十五六岁时的天不怕地不怕,觉得师兄的话真是对极了。他如获至宝,禁不住对着穿衣镜把脸一拉,装出一副严肃的模样,清清嗓子,庄严地训话:"我叫张国栋。从现在开始,我就是你们的班主任。你们都给我小心着,谁要调皮捣蛋,看我不把他整趴下!"说着说着,看到自己凶神恶煞的样子,忍不住哈哈大笑起来。

张国栋第一天走上讲台,班长喊一声"起立",同学们齐刷刷地站起来,齐声喊道:"老师好!"张国栋冷冰冰地说:"同学们好。坐下!"接着就开始背他早已烂熟于心的训词,教室里的温度好像骤然降低了好几度。同学们噤若寒蝉,你看看我,我看看你,心想:这个长着绒毛胡子的小老师怎么这么凶啊?以后肯定没有好日子过了。

这节课讲授朱自清的《春》,这篇散文张国栋早已背得滚瓜烂熟。他先朗诵课文,读得声情并茂,许多同学也陶醉在美文的意境之中。忽然,台下传来窸窸窣窣的声音,他用眼角的余光扫去,坐在最后一排的一个扎羊角辫的女生在给前面的女生递纸条。前面的女生看看纸条,扭过脖子摇摇头,"羊角辫"示意她继续向前传。

张国栋用课本挡住脸,一边背诵,一边看讲义夹里的花名册。"羊角辫"叫李晓玲,张国栋不动声色,想看看这小丫头到底在搞什么鬼,准备抓她个黑典型。班里的座次是按男女生搭配安排的,纸条又传到另一个女生手里,那女生低头一看,扭过脖子点点头。张国栋一看花名册,这女生叫张娜。

秘密行动还在继续,不知张娜把什么东西从桌子底下传给了李晓玲。张国栋走到李晓玲面前,厉声呵斥:"上课不专心听讲!手里拿的什么东西?"李晓玲将右手攥着的一个小塑料包塞进裤兜里,低头不语。张国栋火了:"你给我站起来,把东西交出来!"可是李晓玲纹丝不动,张国栋火冒三丈,本想拿李晓玲开刀,给学生们一个下马威,却让李晓玲反给了自己一个下马威!他怒气冲冲地说:"明天早晨让你家长来见我!"又走到张娜面前,气急败坏地问道:"你传的是什么东西?"

张娜乖乖地站起来,说:"老师!李晓玲纸条上说,早晨她忘记刷牙了,口臭得厉害,向我要口香糖。"学生们哄堂大笑。张娜以为坦白从宽就没事了,一屁股坐了下去。张国栋一肚子气没处撒,喝道:"就知道臭美!给我站起来!"张娜站着上完了这节课。

第二天早晨,张国栋坐在办公室里等李晓玲的家长,可到了上课时间,还不见家长的踪影。课间的时候,张国栋把李晓玲叫出教室,怒声问道:"你家长怎么没来?"

李晓玲低着头嗫嚅道:"我妈妈出差了。" 张国栋把眼一瞪:"叫你爸爸来!"李晓玲怯声说:"我爸爸……是男的……"张国栋又好气又好笑:"天大的笑话!难道你爸爸是女的?连个理由也不会编!"

李晓玲可怜巴巴地说:"老师!我错了,我不该违反课堂纪律,要不我给您写份检讨吧?"张国栋一看她那副可怜相,还是动了一丝恻隐之心,不置可否,气呼呼地走了。李晓玲对着张国栋的背影,伸长舌头做了个鬼脸。

下午上课前，李晓玲进了办公室。刘老师透过老花镜的镜框瞅瞅她，温和地问："晓玲怎么啦？以前你可是一只快乐的百灵鸟啊，今天怎么蔫蔫的？"李晓玲脸一红，说："犯错误了，给老师写检讨。"刘老师宽慰道："人总是要犯错误的，知错能改就是好孩子。"张国栋和刘老师的办公桌相对，他接过李晓玲递来的检讨一看，字体工整娟秀，认识倒也深刻，便点点头冷冷地说："希望你不要再犯类似的错误。回去吧！"李晓玲向两位老师鞠了躬，转身离去。

张国栋拿着检讨书，得意地对刘老师说："对这些逆反心理强的孩子，必须第一次就制服他们！"刘老师关切地问："李晓玲犯了什么错误？"张国栋忙把李晓玲课堂上传纸条，张娜给她传口香糖的事一五一十地告诉了刘老师。

刘老师很是惊讶："李晓玲一向遵守纪律，学习成绩也不错。这怎么可能啊？"她若有所思，从抽屉里拿出一个笔记本，翻开一看，哑然失笑："张老师，你冤枉她们了。这几天正是李晓玲、张娜的生理周期，她们传递的根本不是口香糖。"张国栋疑惑地问："什么生理周期？"刘老师说："你是真糊涂还是装糊涂啊？没学过生理卫生？班里每个女生的生理周期我都记在小本子上，那几天特殊的日子，上体育课和参加义务劳动，要对她们特殊照顾。"张国栋恍然大悟，知道她们传递的是什么东西了，怪不得李晓玲死活不肯交出那件东西，张娜也为她撒谎。

刘老师语重心长地说："当个好班主任不容易，要主动和学生交朋友，时时刻刻、点点滴滴地关心他们。我最近跟别人学习太极拳，教育孩子的诀窍和太极拳的奥秘有异曲同工之妙，要以柔克刚，顺势而发，充分挖掘他们的潜力。你要记住，作用力与反作用力的关系是大小相等，方向相反，作用力越大，反作用力也越大！"张国栋惭愧地低下了头……

这天，上完最后一节课，张国栋站在讲台上说："李晓玲、张娜同学留一下，其他同学可以放学了。"李晓玲和张娜惊恐不安，在座位上大眼瞪小眼。同学们都走了，张国栋诚恳地向她们道歉："老师太粗心、太粗暴了，对你们关心不够，错怪了你们，希望你们能原谅老师。我会用行动来证明，我不但是你们的好老师、好班主任，还是你们的好朋友！"

说着，他掏出两把钥匙，交给她们。

老师的道歉，让两个孩子受宠若惊，可一时又茫然起来：这钥匙是干什么用的？

张国栋朝教室后面的一排橱柜努努嘴，那是学生们放外套和杂物的橱柜。张国栋说："钥匙你们俩管着。北面下边的那格橱柜，是你们女生共用的，里面有我送给你们的礼物。天不早了，你们快回家吧！"说完，就往教室外走。

李晓玲和张娜见老师走了，好奇地打开那格橱柜，两个少女的脸齐刷刷地红了：橱柜里放着六大包卫生巾。

人 生 悟 语

　　如果说学生是花朵，老师是园丁，那么园丁的付出则更像是在给花朵分派礼物。园丁永远知道花朵最需要什么，就像老师最知道学生最想学到什么。于是，这礼物就是阳光、空气和水，这礼物就是爱——涤荡天空，净化空气，化作雨露。而送出礼物的老师，就是那和煦的春风……

(朱晓华)

"操场上站满了孩子，他们都提着一盏小橘灯——他们说，我就是老磨儿沟的一盏小橘灯。"

怎样把沈小默留下来 邵孤城

要想把沈小默留下来，一个字，难！两个字，太难！三个字，实在难！

秦少武这一整天在屋里算是白呆了,烟屁股倒是扔了一地,可主意却一个没想出来。沈小默从他房里进进出出,一会搬来一摞书,一会送他一个鞋架,一会又是一把雨伞,凡是带不走的,或是今后派不上用场的,沈小默就统统往他这屋搬。看着沈小默送来的"废物"——沈小默是这么说的,送给他是为了"废物利用",秦少武叹了口气,看来这次沈小默是铁了心要走了。

怪只怪老磨儿沟这地方穷,不是穷,是太穷!贫瘠的土地里长不出好庄稼,又怎能指望它留得住城里来的姑娘呢?何况,还是这么标致,这么优秀的姑娘。

秦少武想,沈小默把她一生中最美好的 5 年丢在了老磨儿沟!他怎么好意思让她继续留在这个要啥没啥的穷地方呢?

那盆吊兰是天快擦黑的时候沈小默送过来的,她嘟着个嘴直抱怨:"秦少武,你好意思看着我忙得上蹿下跳也不过来搭把手?"

秦少武拿鞋底把烟灭了,站起来说:"我帮你,好像是我巴不得要你快点走似的!"

"咋那么多心思!"沈小默拍了拍一手的灰,"不过现在也不劳你大驾了。这盆吊兰你给我好好养着,千万别给养坏了!"

这盆吊兰早已发育得没法在墙上吊了,伸出的虬须有十几个,像一个藏族姑娘捆满了小辫子一样,很是好看。

"等以后再来老磨儿沟,我头一个要见的就是它。要把它养没了,我唯你是问!"沈小默虽不得理,却也一副不饶人的架势。

"在你心里,难道我还比不上这盆吊兰?"秦少武耍了回贫嘴。

"要不是它,我去年就走了。"

"你去年突然说不走了,就因为这盆吊兰?"

沈小默点点头:"这是孙子平送的,他去年特意大老远从城里买来的。"

"孙子平?沟前那瘸腿的孩子?"

没等沈小默回答,秦少武就得了启发,"那我也去城里买一盆吊兰,你再留一年!好不好?"

"只要你肯留，老磨儿沟的人就是不喝水，也让你天天洗上澡。成不？"

沈小默别过头去，说："我知道你舍不得我，我也舍不得——可我妈……"

"我现在挺害怕你再让我把你也当'废物'利用一下。"沈小默说完，被自己的幽默感逗乐了，忍不住扑哧笑了起来，秦少武也尴尬地跟着笑。

这话是有来由的。秦少武娘听说沈小默要走，就冲秦少武发牢骚，她说："你和小默朝夕相处了 5 年，别说这么水灵的一个姑娘，就是喜马拉雅山上的千年积雪也给化了，可你连人家半颗心也留不住！你说你——你说你是不是个废物啊！"秦少武带上老娘的话去求沈小默："你看我娘都把我糟践成这样了，你还不行行好，把我给'废物'利用一下？"

那个晚上，秦少武翻来覆去在床上"烙烧饼"，迷迷糊糊着，听到隔壁屋沈小默起床的动静，"难道这丫头想不辞而别？"

隔壁传来开门的声音，接着是脚步声，越传越远。"这丫头真的要连夜赶路啊！"

秦少武一骨碌坐起来，黑暗中，秦少武长长叹了口气，沈小默用这种特殊的方式告别，也许有她特别的用意吧，等到天明，任何一道送行的目光，都会羁绊她离开的脚步啊！

秦少武不知道坐了多久，突然又有脚步声过来，越来越近。快靠近这屋的时候，又停了下来，也就片刻，那脚步声就急匆匆冲这屋奔过来，接着是紧锣密鼓的敲门声：秦少武，开门！是沈小默的声音。

秦少武又惊又喜，他赶紧拉亮灯，开了门让沈小默进来。

沈小默的头发给露珠打湿了，贴在脸上，她的脸，涨得通红：秦少武，白天我让你利用的'废物'——你还给我吧。

"还给你？什么意思？"

"什么意思，就是你这个'废物'我还得利用一年呗！"这话沈小默说得比蚊子叫还轻，可秦少武却听清楚了。他一把抱起沈小默，"你是说，你不走了吗？"

沈小默慌忙从秦少武怀里挣扎出来，"你先让操场上的孩子们回家吧！"

"操场上的孩子们？"

"操场上站满了孩子，他们都提着一盏小橘灯——他们说，我就是老磨儿沟的一盏小橘灯。"

秦少武明白过来了，他推开门冲出去，冲着操场喊："同学们，沈老师不走啦——"

马上就有孩子们兴奋的喧嚣声传过来，接着是此起彼伏的"沈老师留下来啦"的叫声，在老磨儿沟的星空下经久不息地回荡。

人生悟语

怎么把一位老师留在贫瘠的山沟？生活便利、衣食无忧、同事情谊，这些都不足以动摇老师的决定。能战胜老师的最有力的武器，是学生的爱。老师心底最柔软的地方，是永远留给她最爱的学生的。只要学生们点起橘灯，睁大眼睛，老师就会毫无保留地付出——老师怎么会辜负自己最爱的学生的期冀呢？　　　　　　（朱晓华）

有我在，以后谁也不许欺负你。以后我就是你的眼睛，你就是我的腿，咱们生死同命、永不分离。

你是我眼睛我是你腿 牟小玲

小军今年20岁，是个乞丐。刚生下来的时候他便双眼失明，父母为此花光了所有积蓄，后来不得已才狠心把小军遗弃到了这个城市，希望有好心人捡到后能把他的眼睛治好。可是像命中注定似的，小军从此便沦为了乞丐,在这座小城乞讨了17年。最近一段时间,小军惊奇地发现每天都会收到一位好心人丢来的硬币。听脚步声应该是个男人,不管有多忙,他每天都会将5枚硬币准时丢进小军的碗中。从那一轻一重的脚步声中,小军猜想他还是一名残疾人。这天,小军早晨起来隐隐觉得有些不舒服,浑身乏力。但他还是坚持着出了门来到大街上。快到中午时,那熟悉的脚步声蹒跚而来,他见小军满头虚汗不舒服的样子,犹豫片刻,终于关切地询问他:"你怎么了?脸色这么难看,是不是生病了?"说着用手轻轻探了探小军的额头,他大叫道:"你在发烧呀,你等着我去给你拿几片药去。"男人一瘸一拐地走了,不一会就拿来几片药和一杯热腾腾的开水。小军喝了几口开水吃了药,觉得稍稍好了些,这才问那男子是谁,为什么要坚持不懈地帮他?那男的说自己叫杨辛,他让小军先回家休息,病好了再出来。小军在他的搀扶下,摇摇晃晃地往住处走去。来到自己栖身的一个废弃工棚,小军突然挣脱杨辛的手,惊慌地说:"大哥,你是好人,谢谢你,我进去休息会儿就没事了,你回去吧。"杨辛还想再说什么,这时小军已推开他摸索着进了小屋。听着杨辛离去的脚步声,小军松了一口气,但是却感觉头越来越沉,终于支撑不住,"咚"的一声栽倒在地……等他醒来的时候,感觉舒服多了,随手摸了摸,自己竟然躺在舒适的床上。这时,一个甜甜的声音传入耳畔:"小兄弟,你醒了?都昏迷3天了。"小军问她自己在哪?"在医院啊,3天前你发烧烧成了急性肺炎,被你哥哥送到医院的,我是护士。"小军纳闷了,自己哪来的哥啊?难道是杨辛,他不是离开了吗?护士还告诉他3000多块钱的医药费也是他哥交的,每天中午他都会按时来看他,这些天见他一直昏迷,可把他哥急坏了。快到中午时,眼看事情就要弄清楚,这时,突然有人冲进病房:"3……3号病床的,快,你哥哥被车撞了。快去看看吧。"小军只感觉脑袋"轰"的一声,一定是杨辛出事了。他慌忙摸索着下床,让医生带他去看看。见到小军到来,杨辛先开了口:"你怎么下床了,我没事,你快回去休息吧!"小军焦急地询问医生杨辛的伤势。医生说只是被车擦了一下,并无大碍。他一听说你醒了,就急忙去医院门口买水果,告诉过他抽完血不能剧烈运动,可他偏不听,刚跑出医院就昏倒在一辆行驶的汽车旁,所幸人家刹车及时,不然再搭上那条腿都是轻的⋯⋯。听说杨辛没有大碍,小军悬着的心终于放了下来,小军再也忍不住了,一头扑到杨辛的怀里哭道:"大哥,你为什么要这样帮我啊?"杨辛抚着小军的肩头,"好好养身体,等你身体好了我就告诉你!"小军这才乖乖地回到了病床休息。

几天后,两人相互搀扶着出了院。小军迫不及待地追问:"大哥,你答应过我出院就告诉我实情的。"杨辛轻轻地敲了下他的脑袋,引着小军找了块空地坐下,说:"6个月前发生的一场车祸,改变了我的一生⋯⋯"

那时候的杨辛,是个身强力壮的健小伙,可他却从未想到要珍惜,还整天做着偷拿拐骗的勾当。

这天,杨辛在大街上晃悠,迎面过来一位打扮时髦的中年妇女。他顿时起了歹意,乘其不备,抢过她的包,落荒而逃,可是不幸却降临在了他头上,过马路时被一辆小轿车给撞倒。

小轿车师傅并无差错,而是杨辛误闯红灯。师傅怕承担责任,开上轿车溜走了。被抢的妇女气喘吁吁地赶到后,愤怒地抓过包,狠狠地往杨辛身上踹了几脚,还嘲笑说:"你跑啊! 有本事你就起来跑,你这种人撞死都活该。"这时,身旁已经有一大堆围观的群众,都纷纷指责说杨辛是罪有应得。

杨辛捂着腿伤,绝望地看着众人,恨不得找条地缝钻进去。就在这时,蒙眬中看见一位乞丐摸索着靠近自己,他恳求众人帮助杨辛,可大伙不但没有同情,反而耻笑说你一个乞丐就别瞎搅和了,而且还是个瞎子,实话告诉你吧,他好手好脚还抢人钱包,现在救了他将来只会危害社会。

乞丐说:"他虽是小偷,可也是一条命啊! 他现在是小偷,不代表他将来永远都是小偷! 大家救救他吧!"人们毫无反应,对他投来的依然是嘲笑的目光。只见瞎眼乞丐拄着拐杖来到了街边的报亭,那大婶双手护着电话不让打,百般无奈的他竟然"扑通"一声跪在了地上,泪眼婆娑道:"大婶,求求你救救他。"边说还边向大婶磕起了头。大婶看着他,感动得眼泪直掉,将他扶了起来,说:"小兄弟,你快起来。来,我帮

你拨电话！"后来，120赶到后才将杨辛送到了医院。由于中间的耽搁，杨辛危在旦夕，医生经过全力抢救，保住了他的性命，可是却必须锯掉那条被压坏的腿……

小军依稀记起好像有这么一回事，便问他后来呢？杨辛眼里已噙满了泪花，说后来出院后，耳边一直回想起他说的话，自己决定改过自新、重新做人。可是今非昔比，变成残疾后工作不好找，只能在一家工地上弄了个烧开水的活，每天也能挣几块钱的生活费。

小军感激涕零："大哥，你生活这么辛苦，每天还风雨无阻地给我送钱，叫我如何报答你啊？"杨辛笑了笑，说还提什么报答，只要他过得好就行了！何况自己的命都是他救的，相比那又算得了什么呢？"

杨辛替小军擦了擦眼角的泪水，说："一切都过去了，让我们重新开始吧！如果你不嫌弃我是个瘸子是个小工的话，我想让你做我的新娘，发誓一辈子好好照顾你。"小军听了一怔，大叫道："你怎么知道我是女的？"杨辛脸上泛起了红晕，说上次小军生病后，想替他换身干净的衣服再上医院，于是就……小军的脸儿也微微发红，幽怨地叹了口气，喃喃地说其实她叫小君，担心受男人欺负，才故意女扮男装。杨辛举起右手，对天发誓道："有我在，以后谁也不许欺负你。以后我就是你的眼睛，你就是我的腿，咱们生死同命、永不分离。"两个死里逃生的人幸福地拥抱在一起，脸上绽开了灿烂的笑容……

人 生 悟 语

两个卑微的生命，在大街上结下了一生一世的缘分，可见爱情是明媚的，即使生活灰暗拮据；爱情是高尚的，哪怕人生有缺陷；爱情是有力量的，能让犯错的浪子回头。当两个人因为爱情而相互依偎相互扶持时，生命的拥抱会带给我们更多的温暖。如此美好的爱情，应该得到加倍的祝福。

(朱晓华)

有时,善良就是需要通过智慧的乔装打扮,才能最"润物细无声"地温暖我们的心灵,鼓舞我们的希望。做好人吧,就让善意的表达如同他人所需的慰藉;做好事吧,就让温暖像一股春风吹过。

山中埋着一坛金

很多人我们素昧平生，很多人我们叫不出名字，但他们的故事，却同样能带给我们发自内心的感动。或许，这就是"人同此心，心同此理"的缘故吧！一张张生动的面孔，一段段动人的故事，让我们念念不忘，也让我们久久回想。

我和妻子都朝老家的方向远望，但钢筋水泥垒就的大厦一层层把我们的视线阻断，我们看到的只是狭小的一线天。

阿　翠　刘会然

我们全家外出旅游一回来，邻居就给了我一个沉甸甸的驼皮袋，说是一个中年农村妇女留下的，托我一定把它交给你们。

是她，一定是她回来过！

她是老乡阿翠。阿翠闯入我们的生活还是 6 年前。阿翠在我们这座城市一个建筑工地帮人看管杂物。由于老板拖欠了工人几个月的工资，她便和几个工友来我工作的报社反映情况。报社安排我接待他们。阿翠见到我就问，你是刘村的阿然吧，在家里的时候就听人说你在报社工作。阿翠说她是杨家村的。

阿翠的问题第二天以记者调查的形式见了报，很快阿翠就拿到了拖欠的工资。几天后，阿翠和几个同事买了一些苹果，找到我家里说是表示感谢。远在距家乡千里之外的城市工作，我数年没有听到过乡音了。阿翠用家乡话跟我聊起了家乡的情况，她的到来使我倍感亲切。离开的时候，我礼节性地说了一句：有时间过来玩。

于是，只要有时间，阿翠就来我家玩，有时纯属为了叙叙旧，因为在这座城市里，她和我一样很难找到能说家乡话的老乡。有时阿翠来为我家干一些体力活儿，那阵子老婆怀孕，家里正缺个帮手，阿翠为我们减轻了不少负担。

我从阿翠的言谈中得知了她的情况：阿翠嫁到邻村并生了两个孩

子,丈夫帮一家公司开货车,前些年日子过得还不错,后来丈夫由于车祸离她而去。为了供养孩子读书,阿翠不得不出来打工,两个孩子留给年迈的婆婆照顾。

我对阿翠充满同情。妻子也同情阿翠,但妻子从小生活在城市,体会不到阿翠的艰辛。我想请阿翠做我们孩子的保姆,但妻子嫌乡下人文化低,带不好孩子。

阿翠后来在一家餐馆找了一份洗碗的工作,可老板总是拖欠工资。由于需要日常开支,阿翠经常向我们借几块或几十块钱,最多的时候也不超过 100 块钱。我也乐意借给她,因为等发了工资阿翠就会立即把钱还给我们。

那次阿翠匆匆忙忙地跑到我家,说家里大孩子病了,住院动手术需要钱,她羞涩地要我借给她 800 元,说等发了工资就还给我们。我深表同情,当时 800 元钱是我一个月的工资,但我还是毫不犹豫地把钱借给了她。

钱借给她后,她就再也没有来过我家。妻子忍不住怪罪我:我早就怀疑她是骗子,她会这么热心给我们家做? 鬼才相信有这样的好人。

我对妻子说,以前人家借了不都还了吗?

妻子愤愤地说:她就是利用我们这种心理啊,这种骗钱的伎俩现实生活中太多了,亏你还是在报社工作的,哼!

从此我们真的没有见到过阿翠,有几次路过阿翠曾经工作过的地方,也没有见到过她。后来听店里一个伙计说,不知道什么原因,有一天阿翠跟谁也没打招呼就匆匆离开了……

打开蛇皮袋一看,在一些松果、薯条等农产品中夹着一封信,信封里装着 8 张崭新的百元钞票,信封的背面写着数行歪歪扭扭的字。原来 6 年前她的不辞而别是因为医院说孩子得了白血病。虽然她匆匆忙忙地赶回了家,但因为无钱救治,孩子已随丈夫而去。她说那时真的想再次向我借钱,但怕还不起就没有再开口。现在她和那个小的孩子相依为命,为了还这 800 元钱,她和孩子整整省吃俭用了 6 年,现在钱还了,她悬着的心也放下来了……

我和妻子都朝老家的方向远望，但钢筋水泥垒就的大厦一层层把我们的视线阻断，我们看到的只是狭小的一线天。

不知何时，我发现妻子眼里早已噙满了泪水。

人 生 悟 语

人的情感是丰富的，却唯独在对待陌生人时，吝惜而小气，谨慎而防备。故事中"我们"对阿翠的怀疑，就是这种不放心的表现。还回来的 800 元钱让我们都有些愕然，也让我们明白，人与人之间的情感是用善良和信任来维持的。阿翠让我们再一次相信善良，相信爱。

（罗 兵）

又走了一会，车快到终点了，但老人还没下车的意思。刘文刚回头望了一眼老人，惊讶地发现他已经收了 50 多元，难道他那张大额票子是 100 元的？

终点不下车 王英彪

刘文刚是一名公交车司机，这天他正上班，妻子打电话告诉他说乡下的父亲来了，让他下班后早点回家。刘文刚犹豫了一下说："今天刚好有几个哥们约我吃饭，你先把父亲安顿好，等吃完饭我就回家看父亲。"说完挂了电话。

合上电话后就轮到刘文刚发车了，乘客们陆续上了车。刘文刚看看人上得差不多了这才发动汽车，可不远处还有人向他招手。刘文刚急忙刹住车,等那人走近些才看清这是一位老人,和自己父亲的年龄差不多,也是一身乡下打扮。上车后,老人问刘文刚:"师傅,车票多少钱?"刘文刚一边开车,一边和气地回答:"一块钱,请投到投币箱里!"说完指了指身边的投币箱。

老人开始掏钱,可翻遍所有的衣兜也没找到一块钱,看样子他毫无准备。老人焦急地对刘文刚说:"师傅,我没有零钱咋办?"刘文刚手握方向盘,头也不回地说:"又是大票子! 这样吧,你坐在靠门的位置收钱,等收够了就把你的整钱投到箱子里。"平时,刘文刚常遇到没带零钱的乘客,每遇到这种情况他便让乘客自己去收钱,然后再把5元或10元的票子投进投币箱。

老人显然明白了他的意思,连声说好,就坐在车门旁收起钱来。那些后上来的乘客见老人手里捏着一叠零钱,都明白是啥意思,很配合地把钱放到了老人手里。

公交车一路前行,老人收钱很仔细,每次收完钱他都要报告一下钱数。看着老人认真的样子,刘文刚就不由心里暗笑,一看老人就不常坐公交车。常坐车的人都明白,根本不用这样详细地报告钱数,上车几个人司机心里最有数。

车一站一站地前进,老人一丝不苟地履行着他的"责任"。过了一半路程的时候,老人还在收钱。刘文刚想,看来老人这张钱的面额还真不小。用这么大额的钱坐公交车? 想到这他笑着摇了摇头。

又走了一会,车快到终点了,但老人还没下车的意思。刘文刚回头望了一眼老人,惊讶地发现他已经收了50多元,难道他那张大额票子是100元的?不可能,谁会用这么大的票子乘公交?忽然刘文刚又冒出了一个想法,也许……也许老人根本就没钱。这样一想刘文刚决定,要是老人真没钱那就算了。其实刘文刚的想法也不是没有根据的,现在有不少老人记性不好,常常出门忘了带钱,还有的错过下车的站点。刘文刚觉得有必要提醒一下老人,转过头来说:"老大爷,前方快到终点站了,您老在哪下车?"老人看了眼刘文刚说:"我知道,不急。"说完就专心数起钱来。

　　车终于到了站，刘文刚把车停稳，回头对老人说："谢谢你帮我收了一路的钱！您要是没钱就算了，我不收您的钱！"

　　谁知老人一听急了，红着脸说："谁说我没钱？这不是。"说完就从口袋里掏出一张百元大钞。刘文刚一看忙笑着说："我还是不能收您的钱，因为您的钱找不开。"谁知老人一听这话反而一屁股坐了下来，笑着对刘文刚说："我不下车了，我还要再坐回去，等钱收够了我就把车票一块付了！"

　　刘文刚一愣，心想老人头脑果然不太清醒！于是提醒他说："大爷，这里是终点站了，您不下车就跟我们往回走了。"老人慢慢收敛了笑容说："我不能下车，下车就找不到家了。"看着刘文刚疑惑的表情，老人解释道："我虽然来儿子家半个月了，可对这里的一切仍然还不熟悉，心里闷得慌，可一个人又不敢走太远，怕迷了路，所以才来坐公交车。公交车不是还能回到原来的站点吗？这样一路坐下来，既可以散散心又能熟悉一下地形。"老人为自己的点子兴奋不已。

　　"原来是这样，那您怎么不让儿子领着您呢！"刘文刚忍不住问。

　　老人叹了口去："他们都忙，根本没时间来陪我！今天早上，儿媳妇给了我 200 元钱，说他们这个礼拜又不能休息了，让我自己出来走走！我想我能去哪呢？走到哪都怕迷路，后来我想到只有坐公交车才不会走丢，于是就上了你的车。"

　　听了老人的话，刘文刚的心猛地一颤，他一下想到了父亲，父亲今天不是也进城了吗？自己刚刚还打电话说不回去陪父亲了。其实他参加工作这些年，父亲总共才来过两次，而且每次逗留时间都不长。去年母亲不幸去世，只剩下孤零零的父亲，他大概也是闷得慌才来城里看自己的。想到这刘文刚掏出手机，他要马上给哥们打个电话，告诉他们今晚有重要的事，不能去喝酒了。

　　十分钟后，刘文刚的公交车又上路了。乘客们看到，离司机坐的最近的是一位老人，老人一边望着窗外，一边听司机给他讲着这座城市的故事。

张二牛什么都明白了，他示意小荷不要再说了。他将小荷紧紧地抱着，轻轻地对小荷说，他一定要像亲儿子一样孝敬老人，他要替斗方山人赎罪。

山中埋着一坛金 夏艳平

张二牛是鄂东斗方山一带有名的篾匠，在他18岁那年的春天，斗方山一带的竹子都开了花，老人们说，今年年景不好。后来，果然遇上了一场罕见的大旱，竹子都干死了。没有了竹子，篾匠们就没活儿可干了，张二牛就跟几个同伴一起，到浙江一带找活儿干。

一天，张二牛他们在杭州城外，看到有一户人家周围长满了竹子，就问主人有没有篾活儿做。这户人家只有父女俩过日子，父亲50多岁，叫童忠贵，女儿十七八岁，叫小荷。童忠贵听说他们来自鄂东斗方山，二话没说就叫他们留下来。童忠贵说："你们大胆在我家做三年，到时我一次付清你们的工钱。"怕他们不相信，童忠贵接着告诉他们，前些年他在斗方山一带做生意，将一坛金子埋在了斗方山上的四望亭边，现在他人老了，懒得跑了，正好到时给他们做工钱。

见童忠贵慈眉善目的，不像个说谎的人，张二牛他们就留了下来。可刚做了两天，其他人不知何故，都不辞而别了。张二牛正疑惑，童忠贵却笑着对他说："恭喜你小伙子，那坛金子已经是你的了，到时我会告诉你取金子的方法。"

张二牛父母早亡，哥嫂已和他分家，他没什么牵挂了。听了童忠贵的话，他更放心了，每天起早贪黑地帮童忠贵家做事。

张二牛的手艺不错，刚开始时，他做出的篾器，童忠贵总要找人拿到集市上去卖，可没过多久，买主就自己找上门来了，童忠贵的家也慢慢变成了一个小小的篾器市场，每天前来买篾器的人络绎不绝。看到生意一天天兴旺起来，进账一天天多起来，童忠贵的一张老脸挂满了笑。

就在童家的篾器市场越来越红火的时候，童忠贵却因劳累过度，突然病倒了，而且病得不轻，躺在床上连屎尿都要人照料。小荷哪见过这阵势，急得直哭。张二牛说："哭有什么用，赶快请郎中吧。"在忙着做篾器活儿的同时，张二牛还抽空帮小荷照料她爹。因为小荷是女儿身，照料童忠贵屙屎拉尿的事，就全落在了张二牛身上。晚上，张二牛还像儿子一样睡在童忠贵的脚头。看到张二牛人熬瘦了，眼睛熬红了，小荷有些过意不去。

这天，张二牛照料完童忠贵，正准备干活儿，他哥哥张大牛突然找上了门。张大牛黑着脸将他拉到一旁，问他为什么不跟那几个人一起回家。张二牛说："我这里有事做，为什么要回家？"哥哥摇着头叹道："你真是一个木脑壳，人家把你卖了，你还要帮他数钱。"张二牛说："我倒要看看谁会卖我。"

张大牛知道弟弟的脾气，再说也没用，就告诉他，那几个人回家后，将斗方山四望亭周围挖了个底朝天，可连金子的毛都没看到一根。哥哥说："这不明摆着吗，那个童忠贵在骗你。"

张二牛这才知道，那几个人原来是跑回家挖金子去了。但他听了哥哥的话觉得有些好笑，他们没挖到金子就能说明童忠贵在骗人吗？俗话说得好，一人藏得巧，万人找不到，斗方山那么大，他们挖不到金子很正常啊。

兄弟俩为此事发生了争执，哥哥说："你马上和他把账结了，跟我一起回家。"弟弟说："家里竹子都干死了，我回家做什么？"哥哥气得脸发白："你怎么就一根筋，连弯也不晓得转，我看你到时后悔都来不及了。"张二牛也来了牛劲："我干活儿挣钱，有什么后悔的。何况眼下人家正在患病，需要人照料，我总不能丢下他不管吧。"张大牛说："人家患病与你何干，你是他什么人？"张二牛说："我赶巧碰上了，既然碰上了，我就不能不管。"张大牛气不过，上前给了他一个大耳光，并给他下了最后通牒，他要是不跟他一起回家，他就没有他这个弟弟。

可不管他怎样气怎样急，张二牛就是不和他一起回去。张大牛无奈，只得一个人气鼓鼓地走了。

张大牛走后，童忠贵颤巍巍地来了。童忠贵问张二牛："你哥哥来了？"张二牛点了点头，算是回答。童忠贵说："你怎么不和他一起回去？现在还来得及，你要是想回去，我马上给你结工钱。"张二牛摇摇头说："不，我们事先说好了的，我要做满三年。再说，你眼下正需要人照料，我不能丢下你不管。"童忠贵问："我俩非亲非故，你管我做什么？"张二牛反问道："要是我病了，你会不管吗？"童忠贵心里一动，但接着又问："你就不怕我骗你？"张二牛说："不怕。"童忠贵疑惑地看着他，问为什么？张二牛说："因为你不是那样的人。"

童忠贵的病终于痊愈了，张二牛又能全心投入干活儿了。张二牛是个快乐的小伙子，手里干着活儿，嘴里哼着小曲儿。他每次哼唱的时候，小荷总是坐在一旁，认真地听。小荷问："二牛哥，你唱的是什么歌儿呀，咋这样好听？"张二牛自豪地告诉她，他唱的是家乡的民歌。小荷听了，来了兴趣，吵着要他教她，时间长了，小荷也能哼唱几曲。

这天上午，张二牛为给一客户赶做一批竹篮，连毛厕都顾不得上。直到临近中午的时候，最后一个竹篮才编完。放下竹篮，他心里轻松了，嘴里又开始唱了起来。他这次唱的是鄂东传统民歌《竹子爷竹子娘》，正当他唱到忘情处，小荷来了。小荷说："还唱个么事，赶快吃饭去。"张二牛就停了唱，不好意思地看着小荷笑。

这顿饭很丰盛，菜摆满了桌子，而且都是他平时最爱吃的，还有一

壶酒。张二牛以为她家有什么事,就坐在桌旁等着。小荷说:"你等啥,我爹有事不回来。"说罢给他斟满了酒。待他酒足饭饱之后,小荷又将一个沉甸甸的口袋递给他。张二牛不知发生了什么事,只用眼睛看着小荷,并不伸手接那个口袋。小荷将眼睛移开:"二牛哥,拿着这钱回去吧,你就不要指望我爹那坛金子了。"张二牛傻眼了:"你能告诉我为什么吗?"小荷说:"二牛哥,我求你了,不要问为什么,趁我爹不在家,你还是早点走吧。"张二牛又犯了犟,他说:"你不跟我说清楚,我是不会要你的钱的,也不会走的。"

小荷急了,将钱袋塞到张二牛怀里,"二牛哥,我求你了。"小荷说完跪在了他的面前。张二牛一把扯起泪流满面的小荷:"好妹子,我向你保证,不再问为什么了,我也求你不要赶我走,你就让我在你家做满三年吧,到时就是你爹一分钱不给,我也认了。"

这回轮到小荷傻眼了,她抬头看着张二牛:"你真的相信我爹会给你一坛金子?"张二牛摇了摇头。小荷说:"那你为了什么?"张二牛说:"我也请你不要问为什么,好吗?"

小荷真的不再催张二牛走了。其实,经过几个月的接触,她早就爱上了张二牛,哪舍得张二牛离开。

在张二牛的打理下,童家的竹器市场规模扩大了,名气也更大了,生意好得没法说。靠这个竹器市场,童家赚了个钵满盆盈。但是,三年时间很快就到了。满期那天,童忠贵对张二牛说:"现在,我告诉你取到那坛金子的方法。"没等他说完,张二牛就开了腔,他说:"我不要金子。"童忠贵吃惊地问:"那你要什么?""我要……"张二牛双膝跪在了童忠贵面前。童忠贵不知所措,说:"有什么话你起来说吧。"张二牛说:"你不答应我我就不起来。"童忠贵笑了:"你还没说你要什么,我怎么答应你?"张二牛红着脸说:"我要你把小荷嫁给我!"张二牛说这话时,小荷也"扑通"一声,跪在了她爹面前。

童忠贵看看张二牛,又看看女儿,觉得他俩倒还般配。再说,他俩的心早就贴在一起了,他不答应恐怕也于事无补。于是,笑笑说:"都起来吧,我答应你们。但那坛金子总不能永远埋在斗方山上呀。"

按照童忠贵的吩咐，张二牛八月十五的晚上赶到了斗方山上。到了半夜子时，已经西斜的月亮，将四望亭的影子拉得老长老长，直接映在了斗方山脚下的一个烂石沟里。童忠贵告诉他，这时亭子顶端的影子投在哪里，金子就在哪里埋着。果然，他没费多大的力气，很快就挖出了那坛金子。张二牛想，难怪那几个先跑回家的人，把亭子周围的土挖遍了也没挖到金子。

张二牛满怀喜悦地赶回了杭州，将那坛金子交给童忠贵。童忠贵说，这坛金子是他的工钱，他想咋处理就咋处理。张二牛说："我说过，我不要金子，只要小荷。"童忠贵真的将小荷嫁给了他。

新婚之夜，两位新人好一番恩爱。恩爱过后，小荷问张二牛："你知道我当年为什么要你回家？"张二牛问："为什么？"小荷说："我怕我爹报复你。"张二牛笑了，"我跟他无冤无仇，他为什么要报复我？"小荷轻轻叹息一声，将事情的来龙去脉说了出来。

5 年前，童忠贵带着儿子童子儒到斗方山一带做生意。一天深夜，他们父子准备到斗方山斗方寺中投宿，可走到四望亭处，突遇几个拦路打劫的蒙面人，不仅抢走了他们身上所有的钱物，打斗中还将童子儒推下悬崖摔死了。童忠贵悲痛欲绝，最后，在斗方寺僧人的帮助下，将童子儒火化了。童忠贵没有勇气将儿子的骨灰带回杭州，只好就地掩埋了。

埋葬了儿子，他就发誓，一定要替儿子报仇。但冤有头、债有主，他找了好长时间，却没有找到那几个蒙面人。最后，他只得把这笔账记在了鄂东斗方山所有人的头上。正在他寻思怎样报这杀子之仇时，张二牛他们找上门来了。这就是童忠贵一听说他们来自鄂东斗方山，就答应留下他们的真正原因。他计划先让他们给他家做三年工，然后再找机会杀死他们。没想到那几个人偷偷跑了，这样，他别无选择，只有找张二牛出气。

张二牛一惊："那他怎么没对我下手？"小荷说："是你的诚实和善良让我爹不忍下手。"小荷还告诉他，一次，她听到她爹伏在她哥的坟上痛哭不止，他说："儿啊，我实在狠不下心来杀一个跟你一样诚实善良的孩子，你原谅爹吧。爹原先说要杀他替你报仇，爹那是说的糊涂话，爹真的是糊涂了,怎能杀一个无辜的孩子呢,相信你也不会同意爹这样做的。不知什么原因,爹一看到他,就像看到了你,我实在下不了手啊……"

听到这里,张二牛已是一脸的泪水。突然,他问小荷:"你不是说你爹把你哥埋在斗方山上了吗?怎么家里还有他的坟?"小荷也哭了:"原先是埋在斗方山上,前年,我爹偷偷去斗方山将我哥的骨灰取了回来,并在原先埋骨灰的地方埋下了一坛金子。我爹说,他不能失信于你。"

至此,张二牛什么都明白了,他示意小荷不要再说了。他将小荷紧紧地抱着,轻轻地对小荷说,他一定要像亲儿子一样孝敬老人,他要替斗方山人赎罪。

人 生 悟 语

中国有句古话,叫一诺千金。那么,有一个约定以一坛金子为筹码,算不算是一个重量级信用?但是,阴谋都是虚弱的,因为善良和诚实的能量是如此之大,她让阳光翻越众多曲折,并能照亮所有阴暗的角落。于是,爱情和成功,就是给那些信守诺言的人的最大奖赏。

(罗 兵)

翌日,村人发现憨子死在了村口的池塘里,好几天无人收尸,村人说:"英雄的父亲,英雄的母亲,咋出了软骨头的儿子呀!"

憨 子　葛取兵

憨子其实不憨,那一年高烧一场,只差半步见了阎王,命捡回来了,却烧坏脑子,人变得痴痴的,村人便叫他"憨子"。

憨子10岁那年,日本鬼子攻占了县城,隔三差五进村抢粮食抢鸡鸭,村人对他们恨之入骨。不久憨子他爸参加了八路军。那一次八路军打了一场漂亮的伏击战,日本鬼子死伤惨重。为了防止日军反扑,部队随即撤进大山里休整。憨子他爸因脚负伤行走不便,与几十个伤兵一同留在村里疗伤。

憨子他爸藏在村后一个废弃的窑洞,其他伤兵则隐藏在山后的一个大溶洞里,由游击队负责照料。村人知晓的不多,那是憨子他爸在一次狩猎时无意中发现的,洞口窄小,仅容得一个人进出,又长满了芭茅,很难发现。洞内却别有洞天,大得很。

这一天憨子给他爸送完饭后,刚刚踏进家门,就听见几声枪响,鬼子气势汹汹地冲进村来了,原来鬼子获悉,有八路军的伤兵留在村里。

憨子和他娘与村人一道被鬼子用明晃晃的刺刀逼到村口的大晒场。只见鬼子兵叽里咕嘟地叫嚷了一通,村人都沉默地望着鬼子兵黑洞洞的枪口。

汉奸一眼认出了憨子他娘,日本鬼子兵的刺刀抵住了她的胸膛,说:"八路藏在哪里?"

憨子他娘破口大骂,几把刺刀凶狠地刺进了她的身体,临死时,拉着憨子的手说:"一定要记住你爸的话。"

憨子的眼中充满了愤恨,紧咬的嘴唇竟然渗出了鲜血。

僵持了个把小时后,空气仿佛凝固了,似乎一触即发。日本鬼子兵显得不耐烦了,日本队长竟然下令将村人统统的杀死。

这时憨子怯生生地说:"我知道八路的伤兵在哪里?"

在憨子的带路下,日本鬼子杀进村后的窑洞,将憨子他爸抓走了。第二天,村人发现,憨子他爸被吊死在鬼子的炮楼。

村人气愤地将憨子痛打了一顿,有人说他是叛徒,要将他杀了。村里的老人说,他是傻子,他的父母亲都死了,还是让他家留一个根吧。

翌日,村人发现憨子死在了村口的池塘里,好几天无人收尸,村人说:"英雄的父亲,英雄的母亲,咋出了软骨头的儿子呀!"

后来伤兵病愈复归,当获知憨子一家的悲惨境地,都泪流满面,一位负伤的副连长说:"我们能够保住全靠憨子他爹,他不肯和伤兵在一起,他说弄不好全都保不住,我一个人待在村子里,鬼子来了我顶着。"连长还说:"憨子他爹交代憨子,如果鬼子要杀村民时,要憨子交出自己。"

村人获悉真相,个个痛哭流泪。他们在乱坟堆中找到憨子的残骸,将他们一家三口隆重地葬在村口的山坡上,还立了一块墓石——"英雄之家"。

人 生 悟 语

是憨子无知,还是憨子大义牺牲自己?故事已经告诉了我们。是村子无知,还是他们集体奉献保住了八路军?答案仍然是后者。所以,憨子不过是一个代表,他和村人一起,与八路军情同鱼水,正义也喜欢团聚。个人利益总是服从于集体利益,为集体利益奉献着,这正是我们能取得团队胜利的关键。

(罗　兵)

老张与张老 刘永飞

老张,人不老,面相老,56 岁年纪,看上去 65 岁还嫌多。

张老,有些岁数了,但面相不老,65 岁年纪,看上去 56 岁尚嫌不足。

老张是这个"豪庭华苑"的清洁工,农村来的。

张老曾是这座城市的一把手,退下来不久。

老张与张老的结识有些偶然。那是一次张老在小区花园里晨练,心脏病突发,正好老张更换附近垃圾筒的塑料袋,看见了,及时拨打了 120。

从此,张老再来晨练,遇见老张总是主动招呼,甚至招呼老张坐下来歇歇脚,聊聊天。开始,老张不敢,尽管几个小时下来衣服都累湿了。后来,张老说,别怕,他们不敢把你怎么样。看张老诚心相邀,再看看左右无人,老张才诚惶诚恐地"蹲"下来。

彼此谈的次数多了,谈得也就深了。老张本来就是个喜欢唠嗑的人,好不容易在城里遇到"知己",眉色更加飞舞起来。这时候,张老总是耐心做一个听者,不断地颔首。

老张说自己本不愿出来的,可是三个儿子都大了,小的上学需要钱,大的不上学了,给他们盖房、定亲、娶亲也需要钱。老张还给张老讲村里如何落后,如何跑到十几里外背水吃,等等。张老就问,你说你的

日子过得如此艰难,可你的脸上为什么一直挂着笑容呢,包括你工作的时候? 老张就说,开心也是过一天,不开心这一天也得过,何必给自己过不去呢? 再说啦,只要好好干,好日子总会来的。

看到张老频频点头,老张的话就刹不住了。他说我这人容易幸福,比如,能在垃圾箱里发现个易拉罐,我就觉得幸福,一个可以卖一毛五分钱呢! 比如,在大街上能听到一个陌生人讲自己的乡音,我就觉得幸福,我会把他当成自己村里的人! 再比如,现在和你坐一起,我也感到幸福,因为你不把我当成乡巴佬!

看着滔滔不绝的老张,张老有时会叹口气说:"真羡慕你啊! 老张你很了不起,世上的人都像你一样去思考和做事,也许就不会平添那么多的烦恼了。"老张说:"您别逗了,我一个乡巴佬有什么好羡慕的,难道您高楼大厦地住着会过得不幸福? "

张老没回答老张的问题,一个人径直离开了,老张目送张老离去,有点摸不着头脑,因为张老从不给他谈自己的事。

不过,关于张老的事情,老张知道一些。比如,张老家门口常停些高级轿车;比如张老出门,总有许多人前呼后拥等。

后来,老张发现,来看张老的"鳖盖车"少了,出门也没人跟随了,倒是和自己聊天的时间越来越长了。每次老张滔滔不绝,张老就默默倾听,但眼里有雾状的东西,仿佛思绪总在其他地方徘徊。渐渐,老张看出些异样来,比如张老的身体越来越差了,脸色越来越灰暗了。与其说张老每天下楼晨练,不如说每天下来枯坐。好几次,老张去干活了,张老还是一个人雕塑般面无表情、一动不动地杵在那里。有时候老张就琢磨,我说话时,张老是不是在听呢? 看着张老稍嫌凌乱的银发在寒风里抖动,老张会莫名其妙地辛酸,他觉得张老似乎过得并不幸福,尤其这段时间老得极快,像正害着大病似的。老张有心问个究竟,又觉得张老准会对他守口如瓶。老张蓦然觉得他们之间是有距离的,他在张老跟前什么也不是,张老身上有种莫名的东西在对抗他。想到此,老张有些失落。"下次得和他保持距离了。"他想。

大约有半个月时间,张老没出来晨练。这一天,张老来到劳作的老张身边,怀里抱着个紫杉木的盒子。

"老张,好像连你也在躲着我!"

"没、没有,咋可能呢?"

"老张,送你一样东西,答应我,今年回到老家后再打开看,这是钥匙。"

老张有点不知所措,还没想出该表达些什么,张老已经走了。步履蹒跚,银发窸窣。

老张最后一次见张老,已是半年后了。其实之前关于张老的"风风雨雨"早就刮遍这个城市的角角落落了。但老张始终不相信,他只相信自己的直觉。直到有一天,张老突然出现在电视新闻里,第二天,以及日后很长一段时间,张老的"事迹"充斥着大大小小的媒体,由不得他不信了。可是,老张还是抱有幻想,他总以为自己在做梦,可醒来看到自己从垃圾筒里捡回的载有张老的新闻时,仍不肯相信一切都是真的。"你说这是真的吗?"他一次次问自己。

又过了一个礼拜,老张抱着紫杉木盒子进了检察院。工作人员听完他的叙述不解地问:"你的家庭如此贫困,为什么不拿着钞票回老家呢,反正他又没供出你来?"

老张咽口口水说:"想过,可一想到这钱太脏了,心口总不得劲儿。"

工作人员们对老张的行为肃然起敬,一直把他送到大门外。正当他们转身离去时,老张忽然问:"我说,你们是不是搞错了,你说说一个慈眉善目的人,怎么可能会是你们说的那种人呢?"

人 生 悟 语

两颗心的交融是不需要身份、地位来支配的,就像真正的情谊从来不听从物质的指挥,只感应心灵的召唤。如果友谊带来的温度能温暖我们的生活和身心,那我们就是幸福的。只是这份情感上的幸福和欣慰得来是如此不易,所以我们须洁身自好,这样才能与真正的友谊亲密拥抱,坦诚一生。

(罗 兵)

他不信，一边飞快地配药，一边赔着笑脸说，大哥真会开玩笑，不是院长的亲戚谁敢对我大呼小叫的，刚才得罪了您，请您别介意，请您在院长面前替我代个错。

院长亲戚李小民 熊延玲

　　我叫李小民，是个地道的山民，乘几个小时的中巴车来县中医院门诊部看腿酸病。

　　第一天，我来到中医内科，一位女医生热情地接待了我，耐心地询问了病情后，给我开了一叠化验单。我攥着口袋中的几百元钱，问医生能不能不化验。她笑吟吟地说，最好检查一下病源。我咬牙交过钱，去化验室验血。化验员责任心强，问了一句，你吃早饭了吗？我说吃了。她沉下脸厉声说，吃过饭来验什么血！好了，这次验血作废！我一听，傻了眼，那怎么办？化验员没事人似的说，再去交钱，明早空腹来验！哦，真是的，我怎么就不知道问一声医生，吃饭了能不能验血呢？难怪城里人说咱农民无知。我跑去把情况向医生说明了，他不但没批评我，还仍然笑吟吟地为我重开了化验单。这医生对咱农民态度真好哩。

　　第二天上午，我按时等在化验室门口，左等右等，不见化验员的影子。肚里唱着空城计，我强忍着，心里有个坚定的念头支撑着：化验员就要来了，再坚持一会儿。9点钟，化验员终于姗姗而来。我像遇到了救星一样，赶紧走进去。那化验员动作真麻利，一进门就拿针头给我抽血，没有换衣服，也没有洗手。末了，她对我说，下午两点半来拿化验结果。我赶忙点头弯腰笑应着出了门，去亲戚家借下午的药费。

　　下午，我一直等到3点门还没开，我像热锅上的蚂蚁一样转来转去，腿更加酸痛无力。我来到中药房窗口，赔着小心问发药员，请问，化验员今天会不会来上班？他一边玩电脑一边随口答，会。千不该万不该，我又紧跟一句，那她一般什么时候来上班？她被我惹火了，眉一竖，她上班时来上班！我不敢再问，真是的，麻烦他干什么呢？化验员什么时候来跟他有什么关系呢？净没事找事！我自怨自艾，垂头丧气地继续等。

到4点钟，门还没开，我实在忍不住了，上楼去找院长，再晚了，我又得借钱在城里住一夜。院长真替咱农民着想呢，马上站起身来打电话给化验员，喂，你在家呀？能不能来上班？有个病人等急了……口气温和得像谈对象时我和媳妇说话一样，又像小时候欺负伙伴时奶奶袒护我一样。我心里不禁泛起一片温柔甜蜜的感觉，一时忘了腿酸和借钱的烦恼。

一会儿，化验员风尘仆仆地赶来了，她醉眼惺忪地向院长道歉，真是对不起，中午我喝多了……院长微笑着点点头，没说话，表示愿意亲自为我看病，真是平易近人的好院长。他看过化验单，懒洋洋的，边量血压边问我，你是不是血压有些偏高？我说不知道。他笑笑，不知道没关系，我慢慢给你量，噢，好像有些高，给你开两瓶降压片和几副中药好不好？我连声点头，好好好！我拿着处方去中药房取药，发药员正忙着理药，漫不经心地说，不要急，我等会儿就来。我看看快黑的天色，不知哪来的勇气，大声冲他一句，不急，都等了两天还不急！说完后，我被自己的声音吓了一大跳。没想到他不认识我似的从头到脚细细打量了我一番，停下手中的活，接过单子，瞄了一眼处方上院长的名字，脸一惊，噢，真对不起，您是院长的亲戚吧？我说不是，他不信，一边飞快地配药，一边赔着笑脸说，大哥真会开玩笑，不是院长的亲戚谁敢对我大呼小叫的，刚才得罪了您，请您别介意，请您在院长面前替我代个错。我一时受宠若惊，以为自己真是院长的亲戚，不禁有些飘飘然。

半个月后，我的病情有增无减，再次来到中医院门市部，所有人都笑容可掬地和我打招呼，院长的亲戚来了，院长的亲戚来了！我不禁飘飘欲仙，腿一软，跌坐在椅子上，一时又想不起来看什么病，只觉得中医院的人个个和蔼可亲。想想我李小民，窝囊了大半生，能做一回院长的亲戚，受到这么高的礼遇，也不枉来中医院一回。

乔老爷子把红本本放到孙长胜手上，嘱咐他道："你去医院找我女儿，她会帮你安排的。赶快治好你的病，咱工人阶级的日子还长着呢。"

乔老爷子的红本本 曾宪涛

　　乔老爷子是离休干部。离休干部的医疗证是红色的，一般人则是绿色的。用红色医疗证看病，费用是全免的，所以，医院里的人都说，谁家要是有个红本本，一家人的看病吃药都不用愁了。乔老爷子的女儿就是医生，每当有人对她说起这话时，她总是生气地说："甭提我爸了，他那红本本，我们见都难得见，更别说用了。"

　　乔老爷子认为用红本本看病免费，那是国家给他的待遇，他用是可以，儿女们要是也用，意义可就变了。儿女们说他脑筋僵化，跟不上形势。现在当官的，哪个不捞，用你的红本本看病又算啥？不管儿女们怎么说，他就是不同意。

　　乔老爷子八十多了，看上去还挺硬朗，但额上那块疤却很明显，仿佛向人们讲着乔老爷子当年的英勇故事，可每当有人问这疤是日本鬼子留下的,还是国民党留下的?他从来不回答。

前些年老干部体检时,乔老爷子被查出有糖尿病,需要住院,女儿给他办好了干部病房的住院手续,他听说干部病房花钱多,非要改住普通病房。女儿说:"又不花你的钱。"乔老爷子说:"矿上效益不好,能省就省点吧。"老爷子离休前是大青山煤矿的矿长。出院后,乔老爷子除按时服药外,每月定期查一回血糖。

查血糖的费用是一次10元,后来医院开展服务糖尿病人的优惠活动,每月最后一天,血糖检查费减半。乔老爷子知道后,也赶在每月的最后一天查血糖,享受优惠。

因为有优惠,月末这天查血糖的病人特别多,糖尿病门诊的屋里屋外挤满了人。女儿抽时间跑来看老爷子,糖尿病科的董医生对她说:"你家老爷子查血糖又不花一分钱,干吗非赶到这一天来?人家来的都是下岗的。你看看,满眼就他一个红本本,他受罪,我们也忙。你还是叫他平时来吧,平时没多少人,我仔细给他看。"

女儿说:"他不愿意。上回刘主任值班,一次给他开了10张化验单,叫他想什么时候来就什么时候来。谁知他大发脾气,非叫我给退了。"董医生听了这话,转过身对乔老爷子半开玩笑地说:"老爷子,你看看,今天来的就你一个红本本,人家都是自己掏钱看病的。你拿着红本本,干吗也赶在今天?"乔老爷子对董医生笑笑,说的还是那句话:"矿上效益不好,能省就省些吧。"

大青山煤矿由于计划经济年代过度开采,早已资源枯竭。听说工人们常常开不上工资,大青山煤矿早晚要破产,乔老爷子心里挺难受,总觉得自己有责任。

这时,旁边一个病号问乔老爷子:"你是大青山煤矿的老矿长吧?"乔老爷子见有人认得他,很高兴,忙说:"是、是,你是大青山煤矿的?叫什么?矿上现在咋样?"

那病人说:"我叫耿四,你没退的时候,我经常见你下井。"乔老爷子看看耿四,好像有几分面熟。耿四又道:"老矿长,你给矿上省啥钱?矿上效益再不好,也耽误不了那帮龟孙子花天酒地。整个矿都被他们掏空了,工人们怕是连饭都吃不上了。你再省,钱也到不了工人手里,还不是被他们挥霍了。"

耿四的这番话引起了周围的一片赞同声,大家也都七嘴八舌地说起来。有人告诉乔老爷子,现在的局级干部年薪都拿到七八十万,矿级也要拿到三四十万,到了工人这里,每月也就三四百块钱。有人又对乔老爷子说,现在工人看不起病,就硬挺着,有的根本不上医院,就是去了医院也不开药。你给矿上省再多的钱,工人们还是没钱看病。

董医生也在旁边说:"是的,我就碰到过一些矿工,病很重,既不住院,也不开药,我只好在病历里注明拒绝治疗。"

有个病号说:"听说有个南方老板,要在矿上的塌陷区建一座水上逍遥宫,专供那些头头们吃喝玩乐……""他妈的,我崩了他们!"乔老爷子突然大喝一声。

"我崩了你!"这是乔老爷子搞革命时的口头禅。当矿长时急了也说过,离休后多少年没说了,今天实在忍不住脱口而出。

乔老爷子气得满脸通红,突然把红本本往桌子上一摔,对董医生道:"来来来,今天他们的医疗费全记在我头上,不给他们省了。"

门诊室里突然一片寂静,病人们都被感动了,有人小声说:"瞧瞧,人家到底是老革命,老干部啊!"

董医生有些为难,平日用红本本给别人开药总是悄悄地,这么大张旗鼓的怕是不行吧?耿四道:"乔矿长,我们就不用你的红本本了。刚才董医生说的拒绝治疗,咱矿上就有一个,叫孙长胜。不知你认识不?他长年卧病在床,没钱开药,就硬挺着。大家看他可怜,想给他捐点钱,可又能捐多少呢?要不……""好好,你叫他来,就把我的红本本给他用。"乔老爷子知道耿四要说啥,忙打断他的话,"我现在手里一无权二无钱,只有这个红本本,就叫它为咱工人办点好事吧。"听了乔老爷子的话,大伙激动万分,都说像是见到了当年的八路军。

乔老爷子从医院回来,越想越气,干部腐败他平时听说过,也在电视里看到过,但总觉得那是极少数,没想到大青山煤矿的干部也敢搞

腐败，而且还这么猖獗。他气得想骂人，想崩人。他拿起电话打到矿办公室，接电话的是新来的办公室主任。乔老爷子单刀直入："你们矿长的年薪是不是三四十万？"办公室主任问："你是谁？"乔老爷子道："我姓乔，这个矿原来的矿长。"对方说："不认识，你打听别人的收入干吗？这是隐私。再说现在是市场经济，效率优先，领导责任重大，拿个三四十万也是应该的。"

乔老爷子没想到对方会说得这么理直气壮，不由怒从心起，喝道："听说你们要在塌陷区建水上逍遥宫，有没有这回事？""这你管不着！"对方啪一声挂断了电话。

乔老爷子火冒三丈，此刻他要是逮着那个办公室主任，非把他毙了不可。儿子回来了，他要儿子为他写举报信。儿子听了事情的前后经过，数落了他一番："你要举报谁？局里的头头拿得更多，公款吃喝也值得大惊小怪？你说人家建逍遥宫，有证据吗？人家说这是为了搞活经济，解决矿上的困难。爸，你不能再用老眼光看问题了，不然你会气死的。"

让儿子一顿抢白，乔老爷子信也不写了，他知道写了也没用。想想自己现在唯一与老百姓不同的地方，就是那红本本，如果能用红本本为那个拒绝治疗的老工人看好病，他心里或许会舒坦些。

乔老爷子这些天，天天在家里等那个叫孙长胜的人来找他。可是一等再等，就是不见有人来。乔老爷子心里焦躁，到了月末这一天，他早早赶到医院等候。终于看见耿四了，乔老爷子一把抓住他，问："你为啥没带他来找我？"

耿四说："孙师傅不愿来。"

"为啥？是不是怕我犯错误？你告诉他，就是犯了错也不怕，看他们能把我咋的？你叫他来，还是看病要紧。"

乔老爷子再三叮嘱耿四一定要说服孙长胜来看病，并要了他的联系电话。第二天，乔老爷子就打电话给耿四问情况。耿四说："我昨晚去了孙长胜家，把情况都跟他讲了，可他就是不愿见你。"

乔老爷子感到奇怪，于是给老干部处打电话，说要到矿上看看，叫他们帮忙找辆车。老干部处给矿上打电话，说了此事。现任矿长听办公室主任汇报过乔老爷子打电话的事，以为他要来闹事，就回话道："这几天矿上的小车都在外面，等以后再说。"乔老爷子一气之下自己雇车去了大青山煤矿。

车开到工人村外停下，乔老爷子下了车。矿山还是老样子，一点都没变，只是工人村的房屋比他在的时候更破旧了。看到自己二十多年前工作过的地方，看到这破旧衰败的景象，乔老爷子的感觉不知是亲切还是酸楚，泪水竟涌了出来。

因事先接到了乔老爷子的电话，耿四带着一帮老工人，早已等候在工人村的路口。大家见了老矿长，一拥而上，团团把他围住，问这问那。乔老爷子看看围着他的这帮人，都是些井下的煤黑子，忍不住又掉了泪。

矿工们簇拥着老矿长朝孙长胜家走去。孙长胜一家依然住在20世纪60年代建的平房里，进了房间，家徒四壁，没有一件像样的家具，一台电视机还是黑白的。孙长胜躺在床上，脸色苍白。他见到老矿长进来，想起床招呼，被乔老爷子摆手劝阻了。孙长胜的老婆搬把椅子让乔老爷子在床边坐下。乔老爷子看看孙家的情形，负疚地对大伙儿说："我对不起你们呀！"大家都说："老矿长，这咋能怪你呢？"乔老爷子又说："我现在没权也没枪，想要个车来看看大家，他们也不给。只有国家给我的这个红本本，看能不能为大家做点事？"说着，他从衣兜里掏出老干部的红色医疗证，问躺在床上的孙长胜，"你为啥就是不愿见我呢？"

这时，就见孙长胜一下从床上滚落下来，裹着被子跪在乔老爷子面前，哭道："老矿长，俺哪里是不愿见你，俺是对不起你，没脸见你呀！"说着，他趴在乔老爷子脚下，呜呜大哭起来。

乔老爷子连同一屋子的人都愣住了，大伙儿一起把孙长胜架到床上，听他流泪诉说了一段往事。

孙长胜是十年动荡前一年入的矿。那时他还是一个愣头小伙子，在井下负责瓦斯安全检查。有一回上班时，他躲在巷洞里睡着了，被下井来的乔矿长逮了个正着。乔矿长一把抓起他，劈头给了他一巴掌，骂道："要搁战争年代，我一枪崩了你！成百上千人的性命在你手里攥着，

你知道你的责任有多大吗？"后来,孙长胜受到了记过处分,被调离了瓦斯检查员的岗位。从此,他对乔矿长怀恨在心。

十年动荡开始了,乔矿长成了走资派,孙长胜当了造反派。每次批斗乔矿长,孙长胜都一马当先,说乔矿长对待工人阶级,比资本家还狠,比日本鬼子和国民党反动派还毒,一不高兴就拳打脚踢。有一回,孙长胜在批斗的时候将乔矿长砸得头破血流,昏死过去。至今,乔老爷子额头上还有一个疤,难怪人家问他那个疤到底是谁留下的,他从来不回答。

孙长胜流着泪说:"俺把好人当坏人,把真正关心咱工人的好干部当做资本家,俺还有什么脸去找你。"乔老爷子仔细辨认着孙长胜,这才依稀记起了他年轻时的模样。

乔老爷子安慰孙长胜:"过去的事我早都忘了,你还记着它干吗?看到你们现在的处境,我心里难受。当年打天下,不就是为了让老百姓都过上好日子。大青山煤矿是为国家做过贡献的老矿井,你们都是对国家有功的人。虽然现在矿产资源枯竭了,但国家是不会不管你们的,那些腐败分子早晚要受党纪国法的惩治。我是个老干部,国家给了我这个待遇,就让它为老矿工尽点力吧。"说着,乔老爷子把红本本放到孙长胜手上,嘱咐他道:"你去医院找我女儿,她会帮你安排的。赶快治好你的病,咱工人阶级的日子还长着呢。"

孙长胜望着乔老爷子额头上的疤痕,双手紧紧捧着老干部的红色医疗证,眼泪扑簌簌地滴在上面。

人 生 悟 语

我们希望善良、诚实、正义会无处不在,但是当例外发生时,我们不要动摇。暂时的不公就像阴雨的天气,它也许会笼罩我们一时,但阳光总是会出来的。我们可以等待,也可以寻找伞来遮挡,但是我们最该坚持住的,是对晴朗的期盼。今天没有等到晴空,明天就离阳光更近了……

(罗 兵)

画痴忽然清醒，猛坐起而云："倘我精神不失常能成奇才么？"话毕，爆笑而亡。

画　　痴 杨清舜

画痴自幼习画，画龄已逾四十，在这个世界上没有亲人。

画痴年轻时便嗜画成癖，终日以画为业，以画为伴，以画为理想的归结。画痴素不与人交往，好独来独往，时时长发如瀑，胡子拉碴，目光呆滞，举动缓慢，虽一事无成，却带有艺术家的癫狂。因此，无一女子能看中画痴，画痴终生未娶。

画痴参加过 99 次画展，99 次无一幅获奖；画痴上街卖过 99 次画，99 次无一幅卖出！

画痴仍在画！

当地一实力派画家数次言：画痴之画不名一钱！许多画家讥讽画痴：不是绘画的天才就别在画坛上混了，以免糟蹋了画家的形象和声誉！

画痴仍在画！

当地人提起不务正业者常以画痴为例。

画痴仍在画！

画痴在画画过程中画光了祖上留下的财产，画得衣服破烂，画得吃了上顿无下顿，画得满脸皱纹！

画痴仍在画！

最终画痴为买画画的颜料只得一次次去卖血！但画痴仍在不停地画……

忽一日，画痴疯狂，披头散发地抱一画四处狂奔大吼，乱跳乱笑乱

唱,并捡垃圾堆中的过期食品或剩饭菜吃。当地人对其摇头叹息不止,皆视其为怪物。

一贫寒之友闻画痴疯狂,不远千里赶来将其强送医院。画痴仍抱画不放,友人奇之。

待画痴睡熟,友人与医生将画痴怀中之画偷出展开,见一绝色女子醉人地笑于画中。仔细看时,忽觉那女子于画中轻轻走动,并发出银铃般的笑声。二人大惊,定神后复看,皆产生此幻觉,乃连声同叹:神画!神画!接着,经精神病专家研究结果表明,画痴疯因在于其爱上画中美女。

消息传出。世人大奇,争购其画。同时,国内外诸多画家联合研究其画,发现其画幅幅使人产生幻觉,乃同样惊呼:神画! 神画!

旋即,画痴之神震动画坛,其画价暴涨。

但画痴之病却一直未见起色。

一年后,画痴之病愈重,医院称其某日将离开人世。是日,各国画家和新闻记者挤满画痴病床前。见昏迷中的画痴骨瘦如柴,一世界著名画家长恸后说:"可惜一位空前绝后的画坛奇才, 竟因精神失常落到这种地步……"言毕,画痴忽然清醒,猛坐起而云:"倘我精神不失常能成奇才么?"话毕,爆笑而亡。

事后,人言画痴之疯为假,或有人言属真,但不管怎样,画痴之画已被各国收藏家收藏, 国际市场偶有交易, 价格高达成百上千万元。奇哉,奇哉!

人 生 悟 语

从一文不名的画呆到声名大振的画神,画痴教会了我们两个词:努力,等待。时光是流逝的,能留住的就是我们坚持不懈地努力付出。旁观者能说,但是我们只有做,因为做比说更有价值。无论何时,最后成功的都是行动者,因为旁观者的名字,是永远也上不了历史的领奖台的。

(罗 兵)

她目不转睛地看着少女，眼泪几乎夺眶而出。她紧盯住萨基娜的面庞，仿佛头一次见到她。萨基娜如此单薄消瘦，像一株独苗。

探 视 者 [埃及]尤素福·伊德里斯

当最后一个探视者走出病房，病房安静下来时，美西美西朝萨基娜严厉地瞥了一眼，高声说：

"你听着……"

她迟疑片刻，不知该称呼萨基娜姑娘，还是称呼萨基娜。这个名字也许像农村姑娘，但是她十足是个城里人。她既腼腆、温柔，又有教养。美西美西是她的邻床，是位体态丰满的棕肤妇人，常穿一件白色衬衣。

这两张床并排放在一个大病房中。这种病房通常有22张床位。它由一名言语刻薄、体态臃肿的女护士管理。

瘦弱的萨基娜长得楚楚可怜。她是一位慢性病患者，已住了3个月。她最大的愿望是出院。但是医生不让她走。至于她滞留的原因是说她的病情比较怪。教授乐于让学生和实习医生实习一下，让同事们见识见识，如同让他们观赏他收藏的珍奇贝壳或稀罕邮票一样……

萨基娜并不是独苗，她是有兄长的。事实上如常人一样，她有哥哥、两个姐姐，还有舅妈、姑妈和亲戚。尽管如此，她住院3个月期间，从未有人探视过她。自从她兄弟把她送进病房后就再未露面，这个事实她明白、大家明白，连长舌的女看护也明白。出院问题不可避免地常常困扰她，但更困扰她的问题是没有人探视。她多希望在闭上眼睛睡觉后，有人推醒她，对她说：

"萨基娜，起来，有人探视……"

每周都有几百人来医院探视，每个病人都有五人到十人探视，只有她无人探视。她的邻床美西美西的探视者一来，就把她的床当做沙发。而她出于羞怯，既不拒绝，甚至不做一个打扰别人的动作……最后她只得离开床铺，到走廊去踱步或到肮脏的阳台上去，那儿一到探视时，就变成垃圾堆，扔满橘子皮、香蕉皮。

踱步时萨基娜内心痛苦，深感委屈。世间定有错误，使她无人探视，多少次她探视过兄弟、表姐妹，这次他们也有义务探视她。出了什么事？难道他们的心都僵硬了，变得如此残酷？难道大家都忘了她，忘了她在医院！难道她与家庭、邻居，甚至朋友，整个世界的关系都中断了？既不发一信，也不问候一下。没有人体会她这种孤独感。她深感悲哀，却强颜欢笑。

在医院里，她已住了5个月。大多数病人都换了。老病人中，只剩下她的邻床美西美西。她情况照旧，内心却矛盾不已：对医院她已厌烦，一旦出院又不知自己归属谁，到哪儿去？去干什么？进院前，她与兄弟同住，照顾兄弟，等着他结婚或娶一个新娘回家。患病后，她整夜咳嗽哮喘，使她兄弟生厌，利用一个机会把她送进医院，也许希望她不要痊愈，借此摆脱她。住院后听说他已离家结婚……她的姐妹们也都成家。而她还没有美到让任何一个姐夫欢迎她住在家中。她已干瘦枯衰，连结婚都嫌年龄已过。她到哪儿去？又归属谁呢？

对医院生活她既嫌恶到无以复加，又习以为常，如同一个渴望出狱获得自由的犯人，一旦出狱，却又不知如何使用自由，这种矛盾心理使她几乎发疯。

问题不是突如其来的。直到现在，萨基娜对自己的行为还未认真考虑或预先筹划。但是此事确已发生。美西美西是一位大教授的妻子，其儿女、亲戚不下百人。每天至少有五人至六人来探视美西美西，假日甚至达到四五十人。看来美西美西对某太太探视已经厌烦，待她一走就累得直喘气，并嘟嘟哝哝发牢骚。萨基娜向美西美西打听来者是谁？什么亲戚关系？干什么工作？进而萨基娜一一打听探视者情况，询问他们姓名。直至某天待一名探视者走后，萨基娜露出笑容问美西美西：

"你表弟穆斯塔发是不是在铁路工作？"

美西美西惊问：

"天啊，你怎么知道？……"

此时，文静的萨基娜对自己正确的猜测感到欣喜。不仅如此，她开始为美西美西的客人提供服务，客人一来就端椅子。如果美西美西想用咖啡、茶或汽水招待客人，萨基娜主动到小卖部购买。她逗弄女客带来的小孩儿，或领他们上厕所，与大孩子玩耍，并对客人说：

"把孩子交给我吧。"

仿佛这是她的亲戚。美西美西起初以为这是出于萨基娜的好意，继而生疑，后来认为不可理解。探视时，萨基娜与美西美西的亲戚坐在一起，须臾不离，好像她是其中的一员。她们谈论家庭私事时，她既不害羞也不回避，却过分热情地参加讨论并参与意见。美西美西等着萨基娜有所"察觉"，自动站起来，离开床铺；起码把注意力转移一下。但事与愿违，萨基娜一直坐在那里。等探视完，她还与美西美西谈论探视的细枝末节，美西美西认为萨基娜已在对她进行干涉。当然萨基娜坐在自己床上并未离开，相反倒是客人们坐在她床上，给她机会参与干涉。

事情发展到萨基娜拦住一名男客或女客，让他（她）坐在床上，不停地和她谈话，直到探视结束。他们不搭理美西美西，仿佛他们是专来探视萨基娜的。

美西美西是个火暴性子，并不温和谦让。她忍无可忍，一天终于爆发。待最后一个探视者一走，病房如到达终点站的火车那样安静下来，美西美西朝萨基娜严厉地瞥一眼，高声说：

"听着！"

她迟疑了，不知该如何称呼，好以此来发泄胸中的怒火，仿佛盯着她看就会增加勇气。她要警告萨基娜，看她还敢与探视者交谈。并决定只要萨基娜的探视者一来就以牙还牙，以眼还眼，甚至更厉害。

美西美西盯住萨基娜，见她躺在床上，身上半盖着被褥，眼观前方，

像在回忆幸福的时刻。

突然，怒气冲冲的美西美西意识到快从她嘴中发出的威胁毫无意义。一闪念中，美西美西想到萨基娜是没有探视者的。但此时，她已转过身子，吐出这句话：

"听着！"

萨基娜朝美西美西惊讶地一瞥，问道：

"啥事？美西美西太太。"

美西美西太太没有改变睡姿，也未把目光移开，只是她的声音压低到变成耳语：

"没啥，只是叫你一声……"

她目不转睛地看着少女，眼泪几乎夺眶而出。她紧盯住萨基娜的面庞，仿佛头一次见到她。萨基娜如此单薄消瘦，像一株独苗。

如果你已经拥有了一个温暖的太阳，为什么不可以让一束光芒给更需要温暖的人呢？人间的真情，就是因为超越了个人的得失、悲喜，才能在一刹那间升华到永恒。

（罗　兵）

我的心房也随着烛光一亮一亮闪动。这座旅馆这座城市不再陌生和恐惧——一个人进入一个陌生地难免生出的感觉。

半支蜡烛
谢志强

那天出差,我来到北方一个陌生的小城市,投宿在一家普通的旅馆。进进出出的,都是陌生面孔。

房间内有3个床位。夜晚,仍是我一人;我担心着随时可能闯进一个陌生人来。我看着电视,荧屏一闪一闪换着人物,很频繁。我略为轻松了。蓦然,荧屏的热热闹闹的人群没了影儿,室内一片漆黑,像隆重的舞会一下断了电。楼外的灯光也消逝了。整幢楼传出惊愕和呼吁。

我摸近写字台,拉开抽屉,捏住了空荡荡的抽屉一隅的半截蜡烛。这是我进入这个房间时,无意中发现的。

半支蜡烛,躯干很细很圆,也很凉,它躺了不知多久,几乎被遗忘了,连服务员清理房间时也忽视了它的存在。我捏着它。我没有火柴,捏着蜡烛,走出房间,能看到长长的走廊尽头一扇窗口外边朦胧的夜色。走廊内一片紊乱,开门声、脚步声、呼唤声。显然,大家都没料到断电。

于是,我想,我手里的半截蜡烛已有些年月了——人们似乎已经忘记了它的存在。可现在我握着它,生怕它失落,我握着它,我的体温通过掌心温暖了它。

迎面闪过一个身影。我说:有没有火柴。她说没有。她一开口,我才知道是个女性,声音使我想到了山泉。她喊服务员,声音包含着恐慌。我说我有蜡烛。她便朝走廊内毫无目标地喊,谁有火柴打火机,点个亮。她仿佛向人间呼吁。

我继续试探着朝走廊尽头的窗口方向走。我的眼睛渐渐适应了突然降临的黑暗。我像持着旗帜招兵买马，我大声喊，我有蜡烛，谁有火柴。那个女性也尾随着我协同呐喊，我说：这么多旅客，肯定会有火柴的。似乎自言自语，似乎在安慰她。

数步远，猛然跳出一朵火苗，像茫茫戈壁的暗夜中遥远处闪现出一堆篝火。他说快点儿快点儿。一个中年男子粗犷的喉音。

我赶上前，蜡烛的顶端棉芯接触了打火机的火苗，像恋人美好深情的吻。蜡烛的火苗陶醉般地摇摇晃晃，渐渐明亮起来，欢跃起来。它的光亮映出其他两张绽开了微笑的脸。接着，又惊喜地围过来几张陌生的脸，都笑着。我看着他们并不陌生的陌生的脸，我也笑了。我没急于返回房间。这亮光属于众人，我不能独自享用。

她说：你倒有经验，出差还备着这玩意儿。

我说：我在抽屉里发现的，我可没先见之明，现在出差到哪里会没有电灯呢？在城市，蜡烛已成稀罕物了。

我托着蜡烛，缓缓地走过一张张敞开的门——迎接光明的门，我十分乐意地接受里边的旅客偶尔提出的借个光的要求。他们是在寻觅断电的瞬间失却或遗落的物件；找着了那物件，像重逢一样的欢欣，简直显出孩童的纯真。

我的心房也随着烛光一亮一亮闪动。这座旅馆这座城市不再陌生和恐惧——一个人进入一个陌生地难免生出的感觉。

经过一扇一扇敞开的门，我到达了房间。又是意外，豁然灯火通明，荧屏又出现一个彩色的世界。走廊传来惊喜的声音，接着，纷纷"砰砰"地关闭房门的响声。我也关上了房门。

人 生 悟 语

真情都隐匿在看似遥远而陌生的表情后面，其实这种遥远和陌生只是一层浅浅的雾气，你只要一个同样浅浅的微笑就可以驱散它，真情就在你的眼前。

（罗　兵）

在一个黑色的木框里镶嵌着一张 3 寸黑白照片。照片是新的。照片上的人的微笑很健康很慈祥。照片上的人，是一位白发苍苍的老爷爷。

杭州路10号 于德北

我讲一个我的故事。

今年的夏天对我来说很重要。

随着待业天数的不断增加，我愈发相信百无聊赖也是一种合理的生活方式。这当然是从前。很多故事都发生在从前，但未必从前的故事都可以改变一个人。我是人。我母亲给我讲的故事无法述诸数字，我依旧一天到晚吊儿郎当。

所以，我说改变一个人不容易。

夏初那个中午，我从一场棋战中挣脱出来，不免有些乏味。吃饭的时候，我忽然想出这样一种游戏：闭上眼睛在心里描绘自己所要寻找的女孩儿的模样，然后，把她当做自己的上帝，向她诉说自己的苦闷。这一定很有趣。

我激动。

名字怎么办？信怎么寄？

我潇洒地耸耸肩，洋腔洋味地说："都随便。"

乌——拉——！

万岁！这游戏。

我找了一张白纸，在上边一本正经地写了"雪雪，我的上帝"几个字。这是发向天国的一封信。我颇为动情地向她诉说我的一切，其中包括所谓的爱情经历(实际上是对邻家女儿的单相思),包括待业始末,包括失去双腿双手的痛苦(这是撒谎)。

杭州路 10 号袁小雪。

有没有杭州路我不知道,也不必知道。我说过,这是游戏,是一封类似乡下爷爷收的信。

信寄出去了。

我很快便把它忘却。

生活中竟有这么巧的事,巧得让人害怕。

几天之后,我正躺在床上看书,突然一阵急切的敲门声把我惊起。我打开门,邮递员的手正好触到我的鼻子上。

"信。"

"我的?"我不相信是因为从来没有人给我写信。

杭州路 10 号。

我惊坐在沙发上。仿佛有无数只小手在信封里捣鬼,我好半天才把它拆开,字很清丽,一看就是女孩子。信很短:谢谢您信任我,向我诉说您的痛苦。我不是上帝,但我理解您,别放弃信念,给生活以时间,您的朋友雪雪。

人都有良心。我也有良心。从这封信可以知道袁小雪是个善良的女孩子,欺骗善良无疑是犯罪。我不回信不能回信不敢回信。

这里边有一种崇敬。

我认为这件事会过去。只要我再闭口不言。

但是,从那封信开始,我每个月初都能收到一封袁小雪的信。信都很短, 执著、感人。她还寄两本书给我:《张海迪的故事》、《生命的诗篇》。

我渐渐自醒。

袁小雪,你这是为什么为什么为什么呀?!

我渐渐不安。

4 个月过去了,你知道我无法再忍受这种折磨。我决定去看看袁小雪,也算负荆请罪。告诉她我是个小浑蛋,不值她这样为我牵肠挂肚。

我想知道袁小雪是大姐姐小妹妹还是阿姨老大娘。我必须亲自去，不然的话我不可能再平静地生活。

秋天了。

窄窄的小街上黄叶飘零。

杭州路10号。

我轻轻地叩打这个小院的门，心中充满少有的神圣和庄严。门开了，老奶奶的一头花发映入我的眼帘。我想：如果可以确定她就是袁小雪，我一定会跪下去叫一声奶奶。

"您是？"

"我，我找袁小雪。"

"袁？……噢，您就是那个……写信的人？"

"是，是他的朋友。"

"噢，您，进来吧。"

我随着她走过红砖铺的小道，走进一间整洁明亮的屋子里，不难看出是书房。就在这间屋子里，我被杀死了。从那里出来，我就是另外一个人了。

"她不在么？"

"……"她转过身去，从书柜里拿出一沓信封款式相同的信，声音蓦然喃喃："人，死了，已经有两个多月了，这些信，让我每个月寄一封……"

我的血液开始变凉。这是死的征兆。

"她？"

"骨癌。"

她指了指桌子让我看。

在一个黑色的木框里镶嵌着一张3寸黑白照片。照片是新的。照片上的人的微笑很健康很慈祥。照片上的人，是一位白发苍苍的老爷爷。

他叫骆瀚沙。

他是著名的病残心理学教授。

　　杭州路 10 号其实有一个别称:天堂。那里有爱、希望和明天的憧憬。当坎坷和挫折带来的绝望弥漫我们的世界时,希望就是一盏明灯,是我们努力上路的起点,是我们启程的一声号角。而未来,是我们的目的地。这一路,有爱陪伴,有希望指引方向,我们无论走到哪里,那里就是天堂。

(罗　兵)

217

天地间什么样的物象，
是你欢歌的源泉？
是田野、山峦、波浪？
还是平畴，高天？
是你对同类的情爱，
还是对痛苦的漠然？

神奇的马

第八辑

看动物演绎类似于人类的故事时,我们可能常常会发出一声惊叹:这一切简直太神奇了。甚至,当我们掩卷深思时,可能还会感慨道:动物比人还要强。但仔细想想,就会得出结论:万物同理,殊途同归,不论是动物还是人类,都同样拥有一份对爱和感恩的渴望。

据史料记载，那场大地震，波及郯城周围300多公里，而距郯城只有不足200里的海州地区，倒塌房屋无数，死伤近千人。

老猴负罪救主人 相裕亭

清康熙年间，海州白虎山下出了个玩猴的秦二少爷。

秦二少爷的父亲秦老太爷，是海州最大的盐商，方圆百里，上千亩白花花的盐滩，都是他秦家的盐场。

秦老太爷过60岁寿辰的时候，把三个儿子叫到跟前，以抓阄的形式，把他苦苦经营了一辈子的盐场，一分为三，分给了三个儿子，从此不再问盐场上的事。

秦家大少爷、三少爷继承父业，且不断地开拓市场，把黄海的白盐一直卖到四川成都和广西南宁去。

唯有秦二少爷，不思盐事，一门心思地打猎、玩猴，三五年的工夫，秦老太爷分给他的家产，除了残存一点金银首饰，所有盐滩盐场，都被他转手卖给大哥和三弟了。他秦二少爷一门心思地玩猴。

当时，海州境内山多、林子多，离陆地30余里，有一座至今都远近闻名的猴山——花果山。

那时候的花果山，和陆地还没有像现在这样连为一体，但它距陆地很近，靠近山南面的一个大山湾里，四季花果不断，众多的猴子盘踞在那里，吃着四季的瓜果，逗留于来往的渔民之间。

当地的商贾大户，要么是斗鸡耍赌，要么就上山捉猴玩猴。秦二少爷就是其中典型的一个！

秦二少爷玩猴，但他不上山逮猴、捉猴。他坐在家里等人上门送猴、卖猴给他。

秦二少爷在他的后花园里专门建了一座猴园，四周虽布满了铁丝网，铁丝内修了假山、秋千和小桥流水什么的，专供猴子们嬉戏玩耍。

一般刚捉来的猴子都要被关在铁笼子里刹刹它的野性，等过上十天半月，跟秦二少爷混熟了，知道从秦二少爷手里要东西吃了，那就可发放出来在院子里跑跑了。

秦二少爷驯猴很有一套，一般新送来的猴子，他不当场定价儿，总是嘱咐送猴的人半月后来面议。

也就是说，你从山上逮来的野猴子，他秦二少爷不是马上给你钱。他要让你把猴子放在他那儿过上半个月再来议价！用他秦二少爷的话说，他要看看那猴子能不能调教过来。

其实不是那么回事，秦二少爷玩猴已经玩到一定的火候了，一般痴头瓜脑的猴子，到他手上过不了三天，他就心中有数了，那样的猴子他秦二少爷不要。秦二少爷玩的猴子个个都是精明的。这就看出秦二少爷的玩猴的精到来了！

秦二少爷玩猴要先驯猴。

秦二少爷驯猴，有他一套独到的办法，那就是一打、二喂、三吓唬。

一打好说，为给新来的猴子一个下马威，初与秦二少爷照面的猴子，不问它青红皂白先用皮鞭猛抽它们一顿，让它们从此见到秦二少爷都要乖乖地听话；其次是喂，刚捉来的猴子气性大，三两天都不吃东西，但真真精明的猴子，面对主人扔进的食物，它表面上装作不理不睬，可一旦主人走后，或是夜深人静了，它便偷偷摸摸找食物吃。这种时候，他秦二少爷就躲在一旁记好那猴子，并单独挑出来过最后一关——吓唬。

说到吓唬，这也是历朝历代玩猴的人惯用的手法——杀鸡给猴看。

但秦二少爷在使用这一传统方法时，与众不同的是多了心计！他在猴子跟前杀鸡时，若那猴子吓得四处乱跑，他认为那猴子是一般的猴子，没有什么培养的前途，最多是调教温顺后，卖给串江湖的唱戏耍艺的;若是那猴子双手捂住眼睛不敢看,这就有点意思了,起码它比那逃跑的猴子有点胆量,知道闭上眼睛,不去看那残忍的一幕;更老道的,是那种看到你杀鸡,而它又无动于衷的猴子,那才是真正老谋深算的家伙!那样的猴子,一旦驯出来,个个都是精明、有玩头的猴子。

而秦二少爷玩得就是那样的猴子。

在秦二少爷的家中,但凡是经过秦二少爷筛选被留下来的猴子,无论是散放在院子里看鸡、管鸭的,还是拴在大门前石柱上看门望哨的,或是蹲在秦二少爷肩上满街晃荡的,一个赛一个精明。其中,最精明的,还是那只红腚的老猴王,它跟随秦二少爷多年了,秦二少爷随便打个手势,它就能看出秦二少爷想干啥。比如,秦二少爷调戏家中的丫头时,那红腚的老猴王,不但是自己把脸别到一边,还让要其他猴子都要闭上眼睛!

这一年,昔月二十三,农历小年。

秦家大院里支开八仙桌,在当院里祭灶。桌上摆放着牌位和各种酒菜及瓜果杏桃,全家老少从秦老太爷,到大奶奶、二奶奶、三奶奶,以及大少爷、二少爷、三少爷、侍女丫头们,烧香磕头,以求列祖列宗,确保他们秦家子孙万代,前程似锦!

可偏在秦家老少跪倒一片的时刻,供桌上祖宗的牌位,忽而"呱嗒"一声,被掀翻在地。这可是秦家最不吉祥的预兆!

秦老太爷当场就愣在那儿了,他活了七十多岁,每年的这个时候,秦家老少几代人都跪在祖宗的牌位前,对天祈祷,以求来年有个好收成,二求祖宗保佑,让他们秦家老少平安!可今天,怎么把祖宗的牌位掀翻了呢?

就在秦家人目瞪口呆的时候,全家人几乎是人人都看到了,原来,是秦二少爷带来的那是红腚猴子在作怪!

那一年祭祀时,秦家老太爷托人从南方带来一筐香蕉摆在供桌上。岂不知,那东西是猴子们最爱吃的东西。当天,秦二少爷带着那红腚猴子来祭祖时,那只老猴王一见供桌上摆着黄黄的长香蕉,一下子就控制不住自己了,趁秦家人一片顶礼膜拜的时候,它灵巧地跳到供桌后

面,悄悄地伸爪去拿香蕉,那猴王原认为偷一个跑到一边解解馋,没想到那大扎的香蕉是连在一起的,它在抓到香蕉迅速往回缩爪时,一下子碰倒了桌上的牌位。

这还了得吗? 这是秦家的大耻大辱!

早就对秦二少爷养猴有成见的秦老太爷,当场指责秦二少爷,勒令秦家大少爷、三少爷现在就去老二家,把他所养的猴子统统杀掉,并拿来猴头,与跪在地上的秦二少爷一起,以求列祖列宗的宽恕!

大少爷、三少爷得到父亲的指令,明知秦二少爷对他饲养的猴子情有独钟,可父命难违,他们只好硬着头皮,对秦二少爷所养的猴子开了杀戒!

不能作美的是,那只真正偷嘴的老猴王,反而没被杀死,它惹下祸端后,看秦老太爷大发雷霆,先是躲到一旁的树上,后又跳上房顶,亲眼目睹了秦家人杀猴的血腥场面。后来,等秦家人找来火枪向它瞄准时,它已挥泪逃离秦家大院儿。

从此,秦家再不许秦二少爷养猴。

但,秦二少爷,对猴子确实怀有一定的感情,他得知老猴王逃到村前的锦屏山上时,隔三差五的总要到锦屏山去转转,原认为还能见到那只惹下祸端的老猴王。可秦二少爷一连去过多少回,始终没有见到那只猴子。

第二年,春暖花开的时候,秦二少爷听村里人说,确实在锦屏山上见到了那只老猴王,秦二少爷又专门去找到一趟,但,仍然没有找到那只猴子。

秦二少爷知道,那只老猴王已羞于见他们秦家人了。

可这一年夏天,一个电闪雷鸣的午夜,那只红腚的老猴王,又一次来到了秦家。

但,这一次,它是来报恩的。

当天夜里,秦家二少爷忽而听到"咣咣咣"的打门声,拉开房门一看,又没有人。正要关门上床时,就看到那只老猴王正蹲在院中的树上尖利利地叫开了,随后跳到隔壁秦老太爷的院子里去打门。

223

久违了的老猴王，一下子又来到了秦二少爷的眼前，使他感到很亲切，但他很担心它被秦老太爷发现，慌忙披上雨衣到隔壁院里找它。

哪知，等秦二少爷找到隔壁院里时，那只老猴王又跳到大少爷、三少爷的院里打门了！

秦二少爷和那只老猴子有过多年的交情，看它那打门的阵势，就猜到一定是不祥的预兆，于是呼喊秦家大院的人都起来。

果然，时候不大，开始地动山摇了，几乎是瞬间的工夫，大片的民房，倒成一片废墟——那就是历史上有名的郯城大地震。

据史料记载，那场大地震，波及郯城周围 300 多公里，而距郯城只有不足 200 里的海州地区，倒塌房屋无数，死伤近千人。而秦家大院，因为有了那只负罪的猴子来报信，无一人伤亡！

这以后，秦家老太爷，不再过问秦二少爷爱猴、养猴的事。时至今日，凡是到过连云港的人，都会知道，那里的人们，都很爱猴子。

人 生 悟 语

老猴犯了错，因为它天性顽皮。但是犯了错的老猴依然让我们肃然起敬，因为它用挽救大家的生命来弥补了过错。可见，犯错并不是无法挽救的，因为亡羊补牢都还为时未晚，只要我们肯回头，只要我们愿意补救，一切挽回都来得及。当然，挽回的最好的时机无法挑选，只有现在。

（三　蕴）

至于现时已极难见到的乌鸦、喜鹊从哪里能召来那么多，又是怎么弄的火种来烧掉歪嘴子的草屋，人们无从知道……

鸦　仇 顾文显

　　山洪肆虐，把蘑菇趟子通往外地唯一的一条山涧冲得七陡八斜，山民们没了路，孩子们上学太危险，于是，半年内全搬到沟外去了，这里只剩下个中年光棍许歪嘴。许歪嘴"一个人吃饱全家不饿，山沟里好混穷"的借口其实是骗人的，他数算，山里多的是树木，每天只需偷砍那么一两棵，不会被发现吧，而扛到沟外的小煤窑当坑木悄悄卖掉，他就可以吃香的喝辣的。

　　阳春四月，许歪嘴半夜偷偷卖了一棵坑木，得钱10元。回家美滋滋地正想睡一觉，猛然听得头顶上"哇——"的一声乌鸦叫，许歪嘴抬头，看他院前一棵杨树上歇着一只乌鸦，不知什么时候把窝都垒了一半啦。这些年鸟儿几乎找不见踪影，偏偏这关键时候，它跑到门前垒窝，坏了许歪嘴的好事！歪嘴子气不打一处来，找来根长杆，爬到树半截，三下五下，将垒了一半的窝给捅了。只吓得乌鸦边叫边在头上盘旋。老许恨恨地说："还是人有办法，滚你的吧。"

　　歪嘴子捅了乌鸦窝，就忘掉这茬了。可一个多月后，听得门前又有乌鸦叫，抬头一看，他妈的，那乌鸦又在另一棵更高的杨树上垒了一个新巢，并且孵出了一窝小崽儿，共有两只乌鸦轮换着觅食喂养，一大早就吵得好不热闹。

　　歪嘴子上次积的火又来了："怪不得我桃花运不济，都是你这丧门鸟给妨的。凭啥我光棍一身,你们儿女成群?我让你们穷欢乐。"他找来梯子搭在树上,把一根更长的木杆顶端绑上桦树皮点燃,举上去烧那鸟巢。这一举,小乌鸦惊得乱叫,两只老乌鸦没命地扑救,好几次把火扑灭,最后,到底让歪嘴子把窝点着,烧成一团灰烬!

烧完乌鸦窝,许歪嘴总算出了气,回屋躺在炕上想睡觉。可是,一只老乌鸦停在杨树最高的一棵树枝上,一长一短地叫,大约10多分钟一次,叫得凄凉,叫得揪心!许歪嘴打又够不着,吓又吓不走,见另一只乌鸦衔着食物来喂这只哀叫的乌鸦,许歪嘴干跺脚却治不了。

一直过了七八天,许歪嘴夜里一觉醒来,发现乌鸦不叫了,天亮出门一看,那只母乌鸦直挺挺地立在杨树顶端,已死去多时,却仍然昂着脖子,作出要鸣叫的姿势!另一只显然是公乌鸦,在头上盘旋哀叫了多时,最后不得不离去。许歪嘴得意地哈哈大笑:"我好歹是个人呢,斗不过你们扁毛畜生!"

这天下午,许歪嘴照例又挟着刀锯进了山,选定一棵树,刚要蹲下动手,就听头上噗愣一声,抬头看,一只乌鸦落在身边的树梢上,还冲着他"哇"了一声。许歪嘴知道必是那只公乌鸦,拿刀锯当枪瞄准,那乌鸦就吓得飞走了。歪嘴子又笑:"你去林业站举报吧,还有奖金呢。"

锯倒一棵树,歪嘴子扛起来趔趔趄趄地往前走,他得从半山腰钻树棵子溜到煤窑,才不至于被管林业的发现呀,这活儿其实也不轻松。刚走到一条小壕沟前, 需要慢慢地把木头放下, 小心地移过去再扛,这时,他觉得头上一黑,像是乌云遮住了太阳,紧接着,扑棱棱一阵乱响,他脸上、脖子上被什么狠狠地啄了十几口,疼得他脚下一滑,滚入那条沟里,木头随后落下来,把他的一条腿砸坏了,动弹不得。

许歪嘴躺在沟底下,疼得正骂娘,从头顶扎下几十只乌鸦,轮番向他冲击,专啄他的眼睛!许歪嘴只好拼命护住面部,而脖子及身上凡是露肉的地方,都被啄得血肉模糊,有些乌鸦索性站在他身上,开始啄吃他的肉,许歪嘴魂都吓飞了!幸亏这时候天黑了下来,乌鸦们夜间不能视物,才各自回到一些树上栖息。

许歪嘴木头也不顾了，侥幸逃得性命，拖着条瘸腿回到他的小草房，满身伤痛，想包扎都没法下手了！一个大男人，顶着小屋子哭了一夜……

知道是那次烧鸦窝的事做得太绝，但歪嘴子没想到那老公鸦用什么办法认得他，又怎么召得几十只同伙，并且会选择他肩扛木头面临深沟最无力反抗的时候发起攻击！他想，先安心养伤，这些畜生又不赚工钱，哪里会十天半月地给那公乌鸦打工……再偷木头，我夜里行动，它们看不见，如何治我！

歪嘴子躺了一星期，身体才恢复得差不多。他伸伸懒腰，出门喂鸡，还得把牛牵出去拴上，让它吃草。才解开牛缰绳，不好，头顶上又是一暗，还没等歪嘴子明白过来，就听扑棱棱一阵轰响，他头上早挨了几十啄，吓得他扔掉牛缰绳，赶紧抓起一把扫帚乱舞一气，好歹逃回屋里关上门。从窗玻璃往外看，好家伙，这次参战的鸟儿更多了，不仅有乌鸦，还夹杂着不少喜鹊，少说也有 500 只！

鸟儿们啄不着歪嘴子，他院子里可热闹了，十几只鸡惊得仿佛全下了蛋，"咯嗒"叫着狂飞乱窜，牛撞开篱笆跑了，狗钻进仓房里……从早晨直闹腾到黄昏，歪嘴子门前十几棵杨树上落满了鸟儿，就像结下了厚厚的黑色果实，看样子是专等明天早上歪嘴子露头！

做梦也没想到，这一把火激怒了乌鸦妈妈，惹下了天大的祸殃，许歪嘴躲在屋子里幻想，不过是群鸟儿，乌合之众嘛，这些没思想的畜生们过几天就把这茬儿忘记了，肯定会散伙。

可一连几天，只要他一开门，半空中就会"哇呀呀"扑下来一片鸟儿，敢情这些鸟儿并不远离这儿，就在附近觅食，专等着他露面呢。仗着屋里面有粮食，歪嘴子闭门不出，至于饲养的家畜，却顾不上了。

好歹熬过 6 天，缸里断了水。许歪嘴白天不敢出门，便借着星光，摸黑去他房上山坡的小水井里挑水。待趴下拿起水瓢舀水时，歪嘴子彻底绝望了：那口仅能容七八桶水的小浅井，井台上、井水里全被鸦粪便污染，臭气熏天，哪里还能饮用！

许歪嘴知道自己在这儿已经没有活下去的可能，他把水桶一扔，连

227

夜跌跌撞撞地跑到乡政府所在地榆木屯，投奔那里的一位远房表姑。

　　许歪嘴两眼发直，吃着表姑为他煮的面条，断断续续地讲述着他恐怖的遭遇……他平时为人不甚老实，乡亲们都说他一天不撒谎都能死掉，这样的神话，谁相信呀。姑妈说："他表哥，你有啥困难就吱声，咱不兴编没谱的瞎话骗人……"正说着，邻居有个小哑巴来借什么东西用，张着嘴"啊啊"地比画，乍听起来竟像乌鸦叫，许歪嘴正紧张着呢，一听那声音，以为是乌鸦们追了来，他大叫一声"别啄我，我不敢啦"就口吐白沫，昏死过去……

　　专靠偷伐林木为生的许歪嘴疯了。人们好奇地到蘑菇趟子查看，只见许歪嘴的草房烧得只剩下一片灰烬，那十几棵杨树底下，那小井台和井里，的确积了厚厚的鸟粪便……那棵最高的杨树顶端，立着两只乌鸦，一只都烂塌了架子，另一只才死去不久……肯定是惨遭焚烧的那窝小乌鸦的父母。都听说鸳鸯鸟忠于爱情，从来没见让人讨厌的乌鸦居然这么重情义！至于现时已极难见到的乌鸦、喜鹊从哪里能召来那么多，又是怎么弄的火种来烧掉歪嘴子的草屋，人们无从知道……

　　凡是看到两只乌鸦相偎死去情景的人，没有不落泪的。自此后，榆木乡的老百姓没有谁再偷伐林木，他们说，给那些有爱心的鸟儿留点栖息地吧，别把它们逼急了……

人 生 悟 语

　　要想人不知，除非己莫为。而本文更是让我们了解，即使人不知，但还有鸟知道，乌鸦和喜鹊知道。所以，如果犯了错，迟早是要还的。许歪嘴烧了乌鸦巢，偷砍树木，人不知道，于是乌鸦来惩罚他。因为天下，没有不透风的墙。我们付出了什么，就会收获什么。

（王　蕴）

神奇的马 谢丰荣

李强是个哑巴青年，但是哑巴咋啦？他还是跟着一群人到外省打工去了。一年下来，他的勤恳有了收获，4000 元钱装在包里，捂着抱着就要回家过年。只是他比其他人晚了几天动身，因为有些事包工头只放心他去做。哑巴有个老娘，他想着老娘就高兴异常。是啊，要见老娘了呀！

哑巴李强先赶车到另一个城市的火车站。进火车站时却出了大事！在拥挤的人群中，他的包被人抢了，抢匪一溜烟不见踪影。他追了一阵，到头来还是只能瘫坐在地上大哭一场。周围的人看着，不知发生了什么事，问呢，他只能呀呀的不知所云，然后就是哭。人们帮不了忙，只好散开走了。

哑巴哭罢，心想，还得回家呀。他摸摸衣兜，只有 100 元钱。可回家的路费就得 200 元。他心灰意冷地在大街上走着。

突然，他发现前面围了一大群的人。原来有个江湖棋手在摆残局赌钱，来者出 10 元，摊主就出两倍，即 20 元，谁赢了谁拿走。李强下意识捏了捏仅有的 100 元钱，然后挤了进去，他盯着棋局看了几分钟，摸出 100 放在棋桌上，对摊主比画，那意思是说："我出 100，你敢赌 200 吗？"摊主微微一笑，说声奉陪，就从包里取出两张鲜红的人民币来放在桌上。

229

李强其实不是急红了眼，你要知道，他可是村里第一高手，在学校的时候就连老师也经常找他切磋两招，老师们也只有败的份。李强经过几分钟的思考，已找到赢棋的招数。

本以为三张红票子已经十拿九稳了，却哪里知道人家敢出来摆摊混饭吃也不是草包。几招过后，他热汗涔涔。周围的人大摇其头，摊主抽着劣质香烟，得意洋洋地不拿正眼看他。

他想，完了，我算是身无分文了。现在是该他走棋，他捏着马，半天不敢落子。好不容易有了一招，心里也没底，只好一横心重重地敲下去。

唉——！人群里发出一阵叹息。李强定睛一看，原来这匹马并没落在自己想放的位置，是一招人人都能看出的臭棋。他赶忙拿起来要悔，摊主立即瞪他一眼，大声吼道："愿赌服输！"

他全身一震，侧眼看了看三张人民币。手开始剧烈抖动。人家很快应了一招，又该他走棋了。他决定还是跳马，可今天就是怪了，他举起那匹曾错走的马向下放时，偏偏又错了地方！这一招更显得臭不可闻！人群里有人说道："小伙子，认输了吧。这棋还有什么下头？"更有人质问他道："不就 100 块钱嘛！输了就输了，手有什么抖的？连位置都放不准了！"

他心里在哭，李强啊李强，手都不听自己的话了，这下好了，身无分文了！今天晚上在哪里过夜？自己是不是要成乞丐？

第三步还得走。也只有再跳马……他去拿那匹马，可这匹马却如钉在棋盘上一般，任他怎么用劲也拿不起来。他惊异不已，心想今天算是见鬼了，或者就是自己出现幻觉。真是输得神志不清了！他气极，不觉将棋桌重重一拍，奇迹出现了！他的另一匹马又弹跳起来，竟落在对方一个非常关键的点上。

好棋！好棋！这会儿全体都大叫起来。原来，这三次出马竟成绝杀，后面的棋连旁边最差劲的人也可以下了。李强赢了！他拿过 300 块钱，手直哆嗦。他看着那两匹不听指挥的马，恍惚中那马对他咧嘴一笑，好像还说了一句："你好，别气馁，我是来帮你的！"

他知道自己不用成乞丐了，尽管心情并没有好多少。他有钱买车票了，能回家就好，钱嘛，回去给老娘比画着解释一番算了，老娘一定能听懂他的比画，也一定能理解他的苦衷的，何况明年还可再挣。

就在他要上车的时候，突然听到远远有人在吼："抓住他！抓小偷！"就见身边有两个人呼地开始跑开，其中一人将一个包丢在地上，正落在李强的脚下。两个巡警冲过去，很快，两个撒腿开跑的人被他们制住，押了过来。其中一个警察奇怪地问他抓住的人："他是小偷，我们是要抓他的，你跑什么？你也跑，一定有鬼，所以我才先抓住再说！"

警察过来一看，李强抱着掉地上的包在哭。警察一把夺过包，李强发疯似的要夺回去，他吧吧吧地指着包又指着刚捉住的人对警察比画。警察不听他说，要带着小偷走了。李强撒腿就跑到旁边去，夺过一个市场调查员手里的纸笔，在上面飞快地写起来。

警察一看，上面写的是："警察同志，这包是我的！"

"你的？没有看见他抢你的呀！"警察不信。

李强又写道："我刚才在车站门口被那个人抢了的。"

"那你倒说说包里有些什么东西？说对了我才相信。"警察见是个哑巴，有点同情，语气缓和地说。

李强边流泪边激动地写下："里面有我的身份证，我叫李强，家住×省×市×镇×村，有现金 4000 元，里面还有一本书，叫《象棋基本招式分解》。"

警察打开一看，完全相符。于是将包交给李强。李强见警察押着小偷要走，马上在纸上写下一句话，交给他们看："请问你们贵姓？我好感谢两位救命恩人！"

警察回头对他笑笑说："这是我们的工作，不用谢！我们两个都姓马。"

李强一惊非同小可，他的头自然地望了望天。

　　原来,鸡王是这样产生的,怪不得一到城市里,连普通的鸡也斗不了。但奇怪的是,牛村长怎么没有想到其中的原因呢?

鸡　　　王 尹利华

　　凌晨 4 点,重大时事新闻部万主任一个电话把我从温暖的被窝拉到风力高达 10 级的海难现场。一艘失事船底朝天扎在海里,倒扣入海,底部仅余四分之一露出海面。四周散布着一些驻港海军和港务局的打捞船,市晚报的采访船也派上了用场,担负了部分救援工作,负责安顿从打捞船上转移过来的一些状态好些的遇难乘客。

　　在安顿这些遇难乘客的过程中,有一个人引起了我的好奇。这是一个四十多岁的男人,独自躲在角落里,凭职业敏感,我感觉他一定有一些出人意料的故事,仅仅因为他怀里抱着一只大公鸡。

　　要知道,在海难中,面临生死关头,人们总是会抛弃一些身外之物来保全自己的性命。在自身命运叵测的情况下,他居然还抱着一只鸡。

这种反常行为，大大吸引了我的注意力。

我有意地和他套近乎。在闲聊中，我渐渐了解到，他是牛角尖村的村长，姓牛，怀里抱着的这只鸡是一只鸡王，本来是打算来这座靠斗鸡闻名的海滨城市里卖个好价钱，没想到遇到了海难。"幸好，我的宝贝鸡王没事情。"他用手抚摸着怀里的大公鸡。

我仔细看了看他怀里的这只鸡，羽毛也不鲜艳，爪子也不很尖利，喙也不是很突出，分明就是一只在乡下随处可见的菜鸡嘛，实在让人难以相信这会是一只鸡王。

牛村长压低嗓门，眼里带有一些神秘的狂热："尹记者，你可不要小看了我这只鸡，它能斗得过全村的狗呢，全村的狗，没一个是它的对手，几下就啄的狗毛乱飞。我命可以不要，但这个宝贝可不能扔……"

虽然在海难现场，在四周沉重的压抑气氛下，谈斗鸡斗狗的话题并不合适。但作为一名记者，我知道，如果这真是一只可以斗得过狗的鸡王，那么这场海难将会在一些小市民中间增添一些它的传奇色彩。

因为要赶稿子，我给了牛村长一张名片后，告诉他有什么关于这只鸡王的情况，可随时跟我聊聊，然后也就匆匆回到报社写关于海难的最新稿件。在此后的几天里，我一直奔波于海难地点和报社之间，也就暂时忘记了牛村长和他的鸡王。

直到有一天，牛村长给我打了一个电话，电话里，他啰嗦了半天，我才听明白他说的还是关于他的鸡王的事情。他说不知道这只鸡怎么了，一到城里，连一只普通的鸡都斗不过，后来回到村子里，这鸡仍然可以斗过所有的狗，一啄一嘴狗毛，所有的狗见了它仍然望风而逃，这咋回事呢，还水土不服了？真他娘的邪门了。

我听后，感觉也很有趣。难道古人说的"橘生淮南则为橘，生于淮北则为枳"，也适用于那只鸡王？在乡下则称孤道寡，在城内就低"鸡"三分？

看看日程安排，恰好有几天休息时间。我决定出门远足散散心，顺便到牛角尖村"拜访"这只神奇的鸡王。

第二天，我从市港口乘船，3个小时后，顺利到达牛角尖村。

　　刚一进村,我就看到了让自己终生铭记的一幕:一条膘肥体壮的大黄狗忽地从一条小巷中逃窜出来,边跑边往身后瞧,仿佛后面跟着只洪荒猛兽。随后,一只气势汹汹的公鸡扑棱着翅膀,伸长脖子,往狗屁股上狠狠啄去,一啄一缕狗毛。大黄狗痛得哇啦哇啦的怪叫,更加不要命地逃窜而去,身后狗毛乱飞。公鸡得胜,双翅拍打着地面,神色倨傲地长啼一声。另一只黑狗夹着尾巴,灰溜溜地从它身旁溜过,看也不敢看那公鸡一眼。

　　这不是牛村长的宝贝鸡王吗?事实摆在眼前,这只公鸡的确是鸡族的一个异类。

　　在一堵墙下,旁边坐了一个邋遢的脏老头晒太阳,看那模样,应该是一个老光棍。消瘦的脸上皱纹横布,如同核桃纹路。苍白的头发,好像秋后的荒草丛,蓬乱不堪并且了无生机。已经是隆冬,他身上仅裹了件露棉絮的老灰色棉袄,用一根土黄色布条扎了腰。

　　我走过去,指着那鸡说:"大伯,晒暖呢。"

　　"晒暖呢,嘿嘿。"老光棍咧嘴一笑,慌忙站起身来,搓了搓手,显然是因为受到了我这个衣着鲜艳的城市人的尊称而不安。

　　"这是牛村长家的鸡王吗?"我指着那只公鸡问。

　　"可不是咋的,牛村长家的鸡。"

　　"看着鸡不起眼的样子,怎么这么厉害啊,连那么肥的狗都被它啄的满街跑。"我忍不住说。

　　"村长家的鸡,村长特意培训的,能不厉害吗?"老光棍也咂咂嘴说。

　　"特意培训?"想不到牛村长还有这本事,居然能培训出追着大黄狗满街跑的公鸡。

　　"可不是咋的。前几年村里狗多,村长家的鸡老是被狗追。村长恼火了,他规定了以后不论谁家的狗,要是咬掉他家的鸡身上一根鸡毛,一律打死吃狗肉,还要包赔100元。村长说打就打,打死了好几十条狗,罚了好多钱。"老光棍说。

　　"可现在,这鸡可是追着狗啄呢,怎么回事儿呢?"我纳闷了。

"嘿嘿。"老光棍一乐,说:"是这样的,以后大家都学乖了,再养狗的人家,就把村长家里的鸡也借来养着,同小狗娃放在一起养,小狗娃一追村长家的鸡,就往死里打,打几次后,聪明点的狗娃就知道那鸡碰不得了。至于傻的狗娃,根本长不成大狗就被打死了。这样狗娃长大后,也就不敢咬村长家的鸡了,村长家的鸡一追,就怕得满街疯跑。"

老光棍的话,让我恍然大悟。原来,鸡王是这样产生的,怪不得一到城市里,连普通的鸡也斗不了。但奇怪的是,牛村长怎么没有想到其中的原因呢?

狗一声比一声叫得惨烈，声音忽高忽低，三匹在对门听得热闹：哈哈，这下可能是狗的前腿断了，这下可能是狗的后腿断了，这下可能是它的肋骨断了……

三匹的狗头 苏发灯

十多年来，三匹一直把一只狗头挂在堂屋的墙壁上，三匹一直看着狗头逐渐从一顶漂亮的八角帽变成了一个瘦骨嶙峋的香案。三匹说是一只狗拯救了他。

那时候三匹还小，三匹喜欢打娘。

娘是后娘。三匹没有亲娘的，打从开始懂事起，三匹的印象里就只有后娘。只要看到别人的娘亲热地把孩子拉在手里，三匹就会把全部的怨恨和嫉妒撒到后娘身上。三匹想，谁叫你是后娘呢，没有了后娘，亲娘准会回来了。于是，三匹把娘往死里打，折磨得娘手腕都瘦成竹竿了。三匹看娘的泪水在眶子里转了不知多少个来回，三匹的冷笑把娘的抽噎声淹没了。

所以在邻居们的眼里，三匹成了个十恶不赦的不孝子。三匹甚至放出话来，谁要是说了公道话，就连他一起揍！谁愿意碰你这个钉子呢，只是私下里议论：这孩子这辈子恐怕是完了。唉，真是家门不幸呐！

腊月二十八的早上，三匹刚刚起床。快过年了，家家都在紧张地准备着年货。对门的三嫂家也不例外。三嫂正在东屋里做豆腐呢，忽然就听见西屋里孙女喊："奶奶，狗把猪蹄偷走了，奶奶！"

这可不得了啊，胖胖的三嫂就气咻咻地从东屋里出来，拣了根棍子就跑："狗呢狗呢？"可狗早已无影无踪了。

"我的猪蹄啊,我那大猪蹄啊! 你这死狗,只要你一回来,我一定把你打死,打死!"三嫂说得咬牙切齿,特别是把那"死"字说得格外的重。好像狗拖走的,根本就是她的蹄子。

找了好大一阵子,狗始终没有出现,猪蹄没找到。骂骂咧咧中,三嫂把5岁的小孙女打得哭兮兮的,在孙女的哭闹声中,三匹想这狗肯定是完了。三嫂的东西,绝对是动不得的。

狗果然就倒霉了。快到中午的时候,狗垂头丧气地偷偷回来了,三匹不知道它从哪里出来,猪蹄也不知道被弄到哪里去了。而狗,好像知道自己犯了错误一样,一直耷拉着脑袋,眼里噙着泪水。

不一会儿,就听到三嫂的屋里传来了惨烈的狗叫声和恶毒的咒骂声。狗一声比一声叫得惨烈,声音忽高忽低,三匹在对门听得热闹:哈哈,这下可能是狗的前腿断了,这下可能是狗的后腿断了,这下可能是它的肋骨断了——当狗的叫声渐渐微弱,而三嫂的骂声也渐渐隐去的时候,三匹觉得自己该出动了:哈哈,有狗肉吃喽!

但是当三匹赶到的时候,狗竟然还没死。狗只有一点气息了,但它的眼睛睁得大大的,看得出来它还很清醒。忽然,狗不知道哪里来的力量,竟然拖着血糊糊的身子爬了起来。狗爬起来了! 一步、两步、三步——看狗还没死,三嫂很不解气,又准备迎上去,却被三匹拦住了,瞧瞧热闹,瞧瞧热闹! 就这样,狗竟然爬到了一个不为人知的草垛边。三匹马上被里边的情景惊呆了:草垛里,几个刚刚睁开眼睛的小狗崽在呜呜哇哇地爬来爬去,而里边一个洗得干干净净的猪蹄,竟然一口也没动过!

这傻狗,傻狗! 你不知道你的孩子们都才睁开眼睛,它们哪里啃得了这样大一个猪蹄啊!

在我们这里,狗是贱东西,是很少有人留意它的。而我们竟然不知道它在什么时候生下了这么多的小狗! 只见小狗们陆陆续续地爬到母狗的身边,衔着母亲的奶头,使劲地吸着,使劲地咬着,看来它们是饿极了,狗奶被咬得血淋淋的,而母狗的身子则一点一点地硬了,渐渐地它耗尽了最后一点力气,但它把眼睛睁得大大的,它眼里溢出的泪水,打湿了狗窝。

三匹的泪水再也忍不住了。三嫂也泪流满面。

从那以后，三匹再不打娘。

人 生 悟 语

我们都有过做出荒唐事的时候，而意识到犯错时，总是在结果出现之后。所以，补救的方式就是立即改正。但是犯过的错误不会因为我们的改正就完全消失，我们也不能好了伤疤忘了疼。不如把犯过的错误收藏起来，在我们前行的路上，避免再犯同样的错误吧。

（王　蕴）

笼里的公鸡叫了。蛇醒了，伸开的身子有擀面杖那么长，小钢锯似的蛇信子举过头顶，警惕地四下侦探着，慢慢地游。

女人与蛇 张爱国

女人住在村子最西头，两间红砖青瓦屋，单门独户。屋子还是80年代村里养鱼时护鱼用的，后来男人用黄泥巴把内墙抹了遍，又用塑料编织袋帐了个顶，就很有点现代气息了。屋前是一口两亩大的水塘，水清，鱼虾不少，夏秋时节，青蛙的音乐会每夜都伴着小屋的主人入眠。屋后有一片平整的棉花田，这几天，棉花正开得急，一个个蕾儿正笑咧了嘴，像顽皮的孩子，头顶上都顶着一个毛茸茸的小雪球，好看得很。

这天，女人早早地就停下了摘棉花的活，喂猪，烧晚饭。简单地吃了晚饭，女人又麻利地给两个孩子洗脸，洗脚，然后关紧门，带着孩子们上了床。今天，这娘三个有一件重要的事——接电话。天气预报正在说东北那地方的雪下得老大老大，女人心里就咯咚咯咚响，埋怨男人死脑子，这么大的雪也不晓得提早一点儿打电话。

8点，电话准时响起来，6岁的女儿首先抢过电话喊爸爸爸爸爸，然后是不到2岁的儿子眼盯着电话认真地咿呀呀一通，最后才轮到女人。

下雪了吧。女人问，冷吗，雪那么大？

你和伢子们在家都没感冒吧。男人说，听到你们说话我就不冷了。

扯谎！女人说，我都听到你打哆嗦。

男人问，我不在家你娘几个夜晚间还怕不？

你当你谁呀，离了你我娘几个日子就不过了？女人说，我才不怕呢……

老鼠！男人突然说。

啊！女人大叫，在哪？在哪？

男人嘿嘿嘿笑，还嘴硬不？一个老鼠就能吓你钻人家胯裆……

女人知道上了当，咯咯咯笑，哼，当心我咬你！女人说放心，你走后我胆子就气球一样一下子大多了……

女人胆小是出了名的，天一黑门都不敢出，坐在家里都要让男人坐靠门的地方（男人刚才说钻胯裆的事，是一次一只老鼠把女人吓得扑到大伯子大腿上）。结婚7年来，女人一直不让男人外出打工。可自从女人去年做了手术，困难了，不得已，半个月前稻子收割后，女人叫男人去了东北。

外面刮风了，呼呼响。女人就骂那该死的青蛙和蛐蛐——不要你叫时你非叫，现在人家要你壮壮胆，你却比谁都胆小，不敢叫了，真没出息。女人起身，又把门窗检查一通，最后在已经抵了三根杠子的门上又加上一条大板凳，才安心地睡去。

不知什么时候，女儿喊撒尿，女人迷迷糊糊地拉亮电灯。

"蛇——"静夜里，女儿尖利的叫声叫得室温突然降了几十度。女人一纵身，女儿的叫声还继续时，女人已抱着两个孩子站在了床上。还没站稳，女人的右腿内侧就一阵热乎乎，女人"妈呀"一声尖叫，一个躲闪，再一个跳跃，抵靠到墙上。一看，是怀里的女儿吓出了尿流在腿上。女人吸了口凉气，浑身立即凸起一层鸡皮疙瘩。怀里的两个孩子哇哇哇大哭起来……

女人警惕地看着床上，还好，蛇不在床上。她慢慢探头向床下看，妈呀！一条蛇，有锅铲柄那样粗，盘在床下女人的鞋上，碗口大的那么一盘，头在里尾在外，女儿下午采的那几朵野菊正被它卷在盘中央，微微地颤动着。女人捂住嘴没叫出声。

终于，女人稍稍回过神，儿子又睡着了，女儿双手还紧紧搂着女人的脖子，先是说怕，再又说冷。女人心里骂该千刀的男人，你就腆着肚子躺在那儿吧，我娘几个今夜就是喂了蛇，你还躺着吧……委屈、害怕，热泪滴在女人的脚上，溅到被子上。

女人必须自己对付这条蛇。

女人轻轻地弯腰将孩子放床上，女儿却死搂着她脖子说怕，不丢手。女人想哄女儿不怕，不怕，有妈妈呢，但女人又怕说多了惊动了蛇。女人再放，女儿还是不丢，女人不知哪来的那么大火气，啪啪啪三下子落在女儿的小屁股上，女儿一声不吭地松手了。女人拉起被子将姐弟俩捂好。

女人轻轻地从床里头爬到靠门那头。鞋被蛇睡着了，女人只有赤脚下来。脚尖挨地的一刹那，女人又电击般地缩回来，揉了揉脚，侧眼看着蛇，蛇尾巴悠悠摆了几下，就好像又睡着了。女人拿过女儿的毛衣毛裤往脚上裹，要裹好了，她看了看被窝里的孩子，又解下毛衣毛裤，塞进孩子的脚下。女人又拿起枕巾往脚上裹，看看孩子，又取下，盖到孩子们的头部。女人搓了搓脚，咬着牙，拿起床头那根擀面杖，赤着脚，小心翼翼下了床。

女人猫着腰，双手抱紧擀面杖，双眼圆瞪，大气不敢出，蹑手蹑脚地向那条蛇靠近，俨然排雷兵接近雷区。她心里来回比画着擀面杖往蛇的什么部位打最好……可以下杖了，女人却想起俗话说"打蛇打七

寸"，可她不知道七寸在哪里。她又想起孩子奶奶说过的话：蛇要是一次打不死就会顺着打它的工具所产生的风蹿过来，咬打它的人……女人赶紧退回来。

女人举着擀面杖，圆瞪着眼睛寻找蛇的七寸……

蛇好像并没有意识到大祸临头，蜷在那只鞋上，安然地睡着。

人与蛇僵持着。

笼里的公鸡叫了。蛇醒了，伸开的身子有擀面杖那么长，小钢锯似的蛇信子举过头顶，警惕地四下侦探着，慢慢地游。女人还没有准确把握那条蛇的七寸，她又拿起铁锹，她想铁锹能一下子斩断蛇头。可她又想起听人说过蛇头被斩断后还能飞起来咬人。她又不敢了。

蛇在屋里游了几圈，又游回到床边。大概是还没有睡好，又游上那只鞋。不——它嫌那只鞋睡着不舒服，它竟然游到床腿边，昂起头，那架势，它分明要到床上去——妈呀！我的孩子在床上！女人的心猛得一阵痉挛，疯一般的扑过去，对准蛇头，铁锹就狠狠地斩了下去……

女人不敢看那翻滚的蛇，扑到床上，紧紧地抱住两个孩子……

女人终于哭出了声！

人 生 悟 语

女人和母亲不能简单地画等号，因为母亲是一个特别的称呼，她有无限的勇气、巨大的潜能和无畏的母爱。母亲对于孩子来说，是无比强大的保护伞，她能为孩子抵御一切恐惧、黑暗和危险。因为母亲有一个天下无敌的武器，这武器就是汹涌浩瀚的爱。

(王　蕴)

在这个世界上,最后的一片草地、最后的一只野兔和最后的一只狼静静地静静地等待着它们最后的时光。

最后的期望 侯建臣

那是最后一片绿地。

在这个世界上,树木一棵一棵地倒下去,草地一片一片地秃下去。

最后,就真的剩下那最后的一片绿地了。

绿地看了看左边,光秃秃的,是一望无际的荒漠;绿地看了看右边,是越来越厚的沙子。

绿地叹了一口气,重重地。

一只野兔,站在绿地的边上,思索着什么。

那是最后的一只野兔了。在草地一片一片地消失的时候,野兔也一批一批地消失了,网、子弹和越来越少的草地让野兔在绝望中死去了。最后的这只野兔已经好久没有吃东西了,在这个世界上的最后一片草地的边上,野兔守望了好长时间,它不是不想走进那片草地,它太想用那绿草来填充自己的肚子了,可是它却一直没有走进绿地去。

野兔想:那可是最后一片绿地了!我怎么能去吃掉呢?留下那一片绿地,也许慢慢地慢慢地就能繁衍出更大的一片绿地,也许慢慢地慢慢地,绿地就会蔓延出去……这个世界上不能没有草地啊。

想到这儿,野兔笑了。那是这个世界上最后一只野兔的好久以来的唯一一次笑啊。

野兔笑得比哭都难看。

一只狼，在离野兔不远的地方卧着。那也是世界上的最后一只狼了。狼的兄弟姐妹们一只一只地在这个世界上消失了，在某一天，这个世界上就只有这最后一只狼了。

狼在那儿卧着，卧了好长好长时间了，狼久久地看着野兔，然后抬起头来看天。狼好几次站起来，准备向野兔走去，但它最终停下来了。狼听到了自己的肚子咕咕咕咕地叫着的声音。

狼对自己说：我不能吃它啊。它可是这个世界上最后的一只野兔了。让它活下去吧，也许它是一只母兔，也许在它的肚子里还有小兔，就让它繁殖出一批一批的兔子吧。谁能想象到一个没有兔子的世界该是什么样子的。

于是草地在那儿静静地待着，野兔在那儿静静地站着，狼在那儿静静地卧着。

其实草地是在期待着什么啊！草地多么希望这个世界上的最后一只野兔朝着自己走过来，把自己吃掉。那样至少这个世界上还有野兔存在啊，也许，野兔在吃掉自己以后，会把自己的种子带到其他地方去，随着那些种子们被野兔带到各个地方，慢慢地会长出一片一片的绿草地来。

其实兔子真的希望这个世界上的最后一只狼朝着自己走过来，把自己吃掉。这个世界上叫做狮子的动物、叫做老虎的动物、叫做别的什么什么的动物都已经没有了，眼看着叫做兔子的动物也就剩下自己了，那么让狼吃掉自己吧，也许狼吃掉自己后，这种叫做狼的动物还不会消失呢。

卧在那儿的狼知道草地在想什么，也知道野兔在想什么。

但狼一直在那儿卧着，狼总会回到以前的时光，那是它经历过的。在以前的时光里，狼感觉多么幸福啊，可是那一切都不复存在了。狼也会回到以前的以前的时光去，当然以前的以前的时光它没有经历过，那是它的祖先们经历过的，在回忆往事的时候，狼会陶醉那么一会儿。

狼一直没有朝野兔走过去。卧在那儿，狼突然对死亡产生了强烈的憧憬，而在这以前，狼是多么的害怕死亡啊。狼对自己说，我快快地快快地死掉吧，在我死的时候我就走到那片草地的中央去，让我的尸体慢慢地腐烂，然后让世界上最后的那一片草地旺盛地生长，那可是世界上最后的一片草地了。想到这儿，狼笑了。

狼笑了那么一小会儿，就不笑了，狼知道，自己想的那只能是幻想了。狼摇了摇头。

于是在这个世界上，最后的一片草地、最后的一只野兔和最后的一只狼静静地静静地等待着它们最后的时光。

❧ 人 生 悟 语

这个世界上最后一片草地，最后一只兔子，最后一只狼，它们之间的故事，无论怎么发生、发展、高潮，我们也只能得到一个悲哀而无奈的结局。这是个悲伤的童话，但是如果我们继续用贪婪来肆虐地球，童话里的故事就不会再是骗人的了，而是会加一个角色：最后一个人。

（王　蕴）

一个人品质的优劣，将决定一个人志向的高远。一个品质恶劣的人，即使他(她)的外表再潇洒动人，他(她)的志向也摆脱不了肮脏的欲念！

理想的高度 矫友田

有一位勤劳的农夫，在房屋后面开垦了一块土地。然后，他在里面栽种上各种各样的花儿。不久之后，这一片曾经荒芜着的土地，变成了一个花的海洋。

于是，农人便邀请蜜蜂、瓢虫和螳螂等一些特殊的小客人，在花园里举办一个"百花盛会"。它们为了表达对农夫的感激，也都为农夫准备了精彩的节目。

唱完歌之后，蜜蜂真诚地对农夫说："以后，我就在这个美丽的大花园里采蜜，为百花传播花粉……"

在跳舞之前，螳螂和瓢虫对农夫说："以后，我们携起手来做百花的护卫，守卫在这里，专门捕捉那些害虫！"

这时候，一只打扮时髦的绿头苍蝇，嗡嗡嘤嘤地飞进花园里来。然后，它用高傲的口气问："你们都来参加'百花盛会'，为什么不邀请我呢?!"

蜜蜂听了，便问它："我们参加'百花盛会'，是帮助勤劳的主人将花园修饰得更加美丽，你能做什么呢?"

那只绿头苍蝇愠怒地说："难道你们没有听说，我刚刚在全球苍蝇模特大赛上获得冠军吗? 你们谁能够跟我这魅力十足的身材相比!"

瓢虫不屑地问道："尽管你的身材非常有魅力，但是你能为花园做什么奉献呢?"

思忖了一会儿，绿头苍蝇才狡黠地说："因为我是世界的明星苍蝇，所以我光临这个花园，是你们的骄傲。以后，你们还应该为此在花园里建造一座纪念碑。"

螳螂被苍蝇高傲的姿态给激怒了，便对它大声指责道："我们的'百花盛会'，不欢迎那些不懂奉献的家伙!"

因此，那只绿头苍蝇恼羞成怒地跟其他客人争吵起来。听到它们的争论，农夫微笑着朝它们摆了摆手说："既然苍蝇喜欢留下来，那也请它一起参加我们的午宴吧!"

听到农夫发话，它们才停止了争吵。那只绿头苍蝇得意洋洋地在花园上空飞舞了两圈，然后留下来，参加中午的宴会。

中午的宴会开始了，蜜蜂飞入花丛之中，采食甜蜜的花粉；瓢虫飞到花枝上，捕食上面的蚜虫；螳螂则挥舞着两把大砍刀，一会儿飞到东，一会儿飞到西，捕食花丛里的害虫……

只有那一只绿头苍蝇，它在花园里飞来飞去，从这一朵花飞到那一朵花，又从那一朵花飞到另一朵花，浓郁的花香丝毫撩不起它的食欲。绿头苍蝇感到非常失望，它懊恼地说："这是啥破烂宴会？早知道这样，就是八抬大轿抬我也不会来！"

说完，那只绿头苍蝇失望地从花园里飞走了。然后，它飞到一片垃圾场上，落在一泡狗粪上，贪婪地吸食起来。

在苍蝇的眼中，理想的"宴会"，应该是处处散发着恶臭的垃圾场，粪便和腐尸才是它们理想中最美的东西。一个人品质的优劣，将决定一个人志向的高远。一个品质恶劣的人，即使他（她）的外表再潇洒动人，他（她）的志向也摆脱不了肮脏的欲念！

人 生 悟 语

你能达到多高的程度，在于你站在什么样的高度。所以，理想的高度有时就取决于绝对的高度差。蜜蜂的高度是勤奋得到的，蝴蝶的美丽是飞翔取得的；而苍蝇，它没有高度。因为，它永远只是往下走，肮脏和病毒里的世界才是它的乐园，不值一提。　　　　（王　蕴）

有的人，原本并不坏，可是随着条件的好转，有了本领，就反而会干起坏事来，最后毁掉自己。我们每一个人都应该引以为戒啊！

蜗牛的下场 吕金华

有一只很温顺很勤劳的蜗牛，每天都早出晚归地寻找食物来填饱肚子。后来，它跟一只蜻蜓成了好朋友，天天在一起玩耍，一起谈自己的理想和抱负。

可是不幸的是，蜻蜓得了不治之症。蜻蜓在临终前，把它的翅膀送给了蜗牛。蜗牛有了翅膀，就可以到处飞来飞去，彻底摆脱慢吞吞的生活节奏了。

可是蜗牛这时候却动起了歪脑筋："我现在有了翅膀，速度很快了，难道还像过去一样吃那些难咽的树叶吗？不行，我得提高我的生活质量。"可是怎么提高生活质量，它却没有想出好办法来。

有一天，他看到小猫晒在太阳下的鱼片，就以惊人的速度俯冲下去，偷走了一块鱼片，那鱼片真香啊。有了第一次，它便成了惯偷，天天去偷别人的东西吃。有一回，它从蚂蚁博士那儿偷了一粒糖丸，谁知它吃了糖丸，竟然隐身了。"嘿嘿，太好了，别人看不见我，我就再用不着偷偷摸摸，完全可以明目张胆地拿了。"从此，它见了别人好吃的东西，顺手拿了就走，完全成了神偷影无踪。人们被偷怕了，就请来蜘蛛猎手，到处张起了蛛网。有一天，小蜗牛去偷东西时，一不小心撞在网上脱不了身了。一只大蜘蛛看见网在动，就爬过来用蛛丝把它那看不见的身体捆了个结结实实。小蜗牛死了，变成了一只空壳，被扔到了垃圾堆里。

有的人，原本并不坏，可是随着条件的好转，有了本领，就反而会干起坏事来，最后毁掉自己。我们每一个人都应该引以为戒啊！

人 生 悟 语

蜗牛因为意外的收获，激发了贪欲，最终毁掉了自己。在我们的生命里，随时都有可能收获诱人的机遇，如果我们合理地抓住机遇，就能使梦想实现，使生活更美好；可如果我们被这份幸运冲昏头脑，在机遇的海洋里贪婪的吸吮，终有一天，我们会因为自己的贪欲而丧失一切。

(王 蕴)

如果阿基米得还在世，他会把话说得更清楚和更明确些："给我一根足够长的杠杆和一个恰当的支点,我会把地球向善的方向移动！"

阿基米得的豪言壮语
赵鑫珊　周玉明

一

在非洲森林一块空地上，犀牛和鳄鱼在比试力气，看谁的力气更大。结果双方不分胜负,打了一个平局。

这是公正的，因为裁判是智力相当高的黑猩猩。

最后黑猩猩当着十分自豪的犀牛和鳄鱼的面，深深叹了一口气："在我们野兽王国，你们二位都是力大无比的盖世英雄,但我们毕竟不是人的对手！"

二

黑猩猩的这句话使犀牛不禁黯然神伤。他想起几年前他的母亲就是死在盗猎者的枪口之下！他说,他尝够了孤儿的苦日子。

"黑猩猩老大哥,你是我们野生动物王国最聪明的,据说你们和人有血缘关系,你们比较了解人类的秘诀。你说说,论个比个,一对一,赤手空拳,人根本不是我们的对手。为什么人成了地球上的超级霸主,他们到处为所欲为,没有任何力量能够制约人？"

犀牛这样请教黑猩猩。因为这个大困惑一直萦回在他心里,不能去

怀,且经常为此沮丧,情绪低落。他担心,过不了几十年,犀牛这个物种也会灭绝。近半个世纪,他亲眼见到遭灭绝的物种还少吗?

三

黑猩猩若有所思,然后开口对犀牛和鳄鱼说:

"人有发达的大脑和语言符号系统,当然还有一双非常非常灵巧的手(包括 10 个手指千变万化的动作)。他们的手脑并用拥有很大很大的力气,比我们的力气要大千倍、万倍! 我们森林里的所有动物统统加在一起也敌不过人类的力气!"

"听说好几百年前有位法国哲学家把人比作是一根会思考的芦苇。是这样吗?"鳄鱼问黑猩猩。"有这么回事。我也听说过。一根芦苇算什么? 我们一天要折断多少根芦苇啊! 但我们从未遇见过一根会思考、会说话、又会动手制造工具的芦苇! 这样的芦苇是很可怕的!"

"人的思考究竟是怎么一回事呢?"犀牛问。

"那可了不得! 比如古希腊有个叫阿基米得(约公元前 287～前 212年)的思想家(人类推崇他是力学这门学科的创始人)在谈到杠杆原理时便说出了一句惊天动地的豪言壮语:'给我一根足够长的杠杆和一个恰当的支点,我就能移动地球!'今天,地球真的被人移动了!"黑猩猩说。紧接着,黑猩猩又补充了一句:

"光有这句豪言壮语还不足以移动地球。经过差不多两千年的探索,人通过双手,通过实验加上数学这种定量的语言符号系统,才真正移动了地球。"

"上次你说起过力是有方向的。人的巨大无比、能移动地球的力也有善恶方向吗?"鳄鱼问黑猩猩。

"你的提问真好! 人用巧妙的方式,通过各种机器,的确移动了地球,但总是朝有利于人的方向移动,对我们所有野生动物都是极有害的。其实当我们一个个物种灭绝,人这个绝顶聪明的物种也就死到临头了!"

的确，阿基米得这句格言在整个人类思想史上都是很了不起的！它充分凸显了人类的胆识、眼界和气魄。它预示了后来西方机器工业文明的崛起，并改变了世界面貌。因为该文明是崇尚越来越大的"力和速度"——这是两千多年前这位古希腊力学家没有料及的！

他不可能料及今天人类所拥有的力不仅可以移动地球，而且能够炸毁地球三遍五次。——我指的是美俄双方的核弹头加在一起的毁灭性力量。

如果阿基米得还在世，他会把话说得更清楚和更明确些："给我一根足够长的杠杆和一个恰当的支点，我会把地球向善的方向移动！"

这样的世界才是一个好的、和谐的世界。

人 生 悟 语

人和动物的关系，开始其实是和谐的。不和谐的开端，是因为人的自以为是。直立行走和思维的发达，让人们很快就忘记了最初。当一个个物种逐渐灭绝时，是时候人类反省自己的所作所为了。珍爱自然，爱护动物，其实也是保护人类自己。 （王 蕴）

黑山老妖忽然把我拖到溪水旁："好好照照，你好看还是那只鸟好看？"

一条有远大理想的蛇 钱卓君

那日我饿得头晕眼花，好容易逮着一只傻鸟。刚打算享受这救命的午餐,忽然一阵剧痛从腹部传来。一个人类正拿着一根竹竿在使劲捅我。我心里迅速盘算了一下,饿死和被戳死,哪种死法比较体面? 不到1秒的时间,我做出正确选择,吐掉那只鸟,艰难地挪进了草丛里。

天无绝蛇之路,在那里我逮到只硕鼠。填饱肚子,缓过劲来后,我对那根竹竿越想越气,于是去找黑山老妖问个明白:"为什么人类不让我吃鸟? "

黑山老妖淡淡回答:"这个叫救命,是人类不多的美德之一。"

"但如果没那只老鼠,死的就是我了。鸟的命是命,蛇的命就不是命? "

"蛇可以危害到人的性命,鸟没有这个能力。救一只鸟,无伤大雅,放纵你这条蛇,日后被你反噬一口,这个损失就大了。"黑山老妖开始在他的书架上找书,"有本《伊索寓言》你可以拿去看看,里面有个《农夫与蛇》的故事,或许你看后会有所启发。"

"打住打住,我不过是条菜花蛇,又没毒,谈什么反噬一口? 闲下来我还常逮老鼠呢。再说,就是那些毒蛇兄弟,咬了人的毕竟是少数,更多反而被人剥了皮做菜,挤干了毒液当药……"

黑山老妖忽然把我拖到溪水旁:"好好照照, 你好看还是那只鸟好看? "

我看了一会儿,很不甘心地承认:"那只鸟花花绿绿的,好像比我好看点儿……"

"这就对了,长得不招人待见,被人嫌弃是活该。你要能像鸟那样,说的比唱的好听,外加一副好皮相,说不定命运就从此转变了。"

"你这不是存心气我吗,解释归解释,犯不着讽刺挖苦我啊。"

"不是讽刺挖苦。如果你有兴趣,可以加入我举办的'黑山妖怪精英培训所',等到修炼成人形后,再去人类社会用他们听得懂的语言和他们交谈,看看能否帮助他们建立起正确的动物观。过程异常艰苦,任务也极其艰巨,但必须一试,因为生态已经恶劣到了不得不拯救的地步。"

千年以后,我揣着"优秀毕业生"的招牌踏上了入世之路。半途碰到一个学妹，非要随我一起去，我只得允了。学妹兴高采烈地问："师姐，我叫小青，您怎么称呼？"

"白素贞。"

人 生 悟 语

　　如果不是结尾借用民间故事传说的人物，我们很可能连嫣然一笑的冲动都没有。动物之间拟人的对话幽默中透着几许凄苦。人类不能再那么永远自大，永远看不到自己的错误。如果我们真的沦落到需要动物帮助建立正确的价值观，那只能说人类自己聪明过头了。

（王　蕴）

维斯瓦河的琴声

第九辑

历史的印迹在时光的河水之中抹去,但那些曾经生动的故事,曾经灿烂的面孔,却依然令人久久难以忘怀。因为时光虽然会走远,但他们展示出来的那份美好,却永远留在了人间。感动没有时限,它会穿越时光,历久弥新。

他一边抚一边说，这药泡米真灵，鬼子一个都没漏！只是可惜了这半袋大米，整整 8 斤呢！

救命半袋米 美人锥

风高水冷，寒气逼人。1940 年的初春来得有些迟。

"鬼子的部队过河了"，这消息像长了翅膀，传遍了县城。那时 20 岁的爷爷是花家药铺的伙计，花掌柜闻风逃命去了。药铺一关张，爷爷只得背上铺盖卷回家。

爷爷到家的第三天，鬼子的部队耀武扬威地扑进了村。全村男女老幼 80 来口人都被明晃晃的刺刀逼到村东头的破庙里关了起来，鬼子说，只有说出八路军在山里的藏身之处，才能放人回家。然后，鬼子大部队抢光村里所有能吃的东西，带上继续扫荡去了，只留下几个荷枪实弹的鬼子继续留守。

3 天时间，乡亲们没有东西吃，肚子饿得咕咕作响，撑不住的孩子们开始嘤嘤地哭。

爷爷坐在地上，也觉得饿，他皱着眉头，从腰间解下一个口袋，那里面装的是大米，由于长时间的抚摸，那纯布口袋变得油光光的，像屠夫揩过手多年未洗的围裙。

爷爷鼻子贴着口袋，贪婪地嗅着米香，旁边的胖婶发现了，像看见了救命稻草，兴奋得两眼放光，他叔，袋子里是米不？俺的娃饿坏了，给点熬粥中不？爷爷知道，因为饥饿和恐慌胖婶没有奶水喂娃儿——按辈分我应该叫胖婶奶奶，叫她的娃儿伯父才对。

听胖婶说要米，爷爷慌了，抓紧了口袋说，是米，是米，这可是救命米，不可以吃的。

胖婶急了，跪着爬过来，抓着爷爷的胳膊，带着哭腔说，他叔，俺娃快不行了，现在正是救命的时候，给一点儿吧！

爷爷仍旧摇头，固执地把口袋死死地搂在怀里，任凭太爷太奶生拉硬拽要拿走米，他就是不肯，拼命地反抗。胖婶痛苦地哭出声来，乡亲们也都投过来鄙视的眼光，像仇恨一头糟蹋庄稼的野猪。

门开了，争吵声惊动了外面的鬼子，他们举着刺刀走进来，乡亲们迅速地搂紧了孩子，胖婶猩红的眼睛进射出如炬的愤怒，盯着爷爷那张因害怕而苍白的脸——这个自私的家伙要倒霉了。

果然，瘦高个儿鬼子看见爷爷怀里的口袋，就把刺刀顶在了他的鼻尖上，爷爷颤抖着把口袋往身后藏。瘦高个儿不容分说，劈手将口袋夺过去。解开袋嘴儿，他看见了白花花的大米，忙抓出一把，在鼻子上嗅了嗅，又狐疑地望着爷爷，叽里呱啦的不知道在说什么。这时，爷爷突然双膝跪倒，抱着瘦高个儿的胳膊去抢米，口中叫着这是半袋救命米，你还我。

瘦高个儿笑了，满意地把口袋给肩上一搭，同时把刺刀横着一挥，刀尖划出一道闪亮的弧线，只听刷的一下，爷爷右手手指被齐刷刷削掉一截，鲜血一下子涌出来。几个鬼子狂笑着转身咕咚咕咚地走了，爷爷疼得呜咽着哭出声来，痛苦地捂着伤口，脸色惨白，可没有人理会他，更没人可怜他，包括太爷太奶——一个给鬼子下跪的人，不值得大家去怜悯。

一会儿工夫，鬼子们支在外面的铁锅飘出了浓浓的饭香。爷爷将身子挪到墙角缩成一团——那时的他孤立无援，一定很痛苦。他抓着疼痛不止的残指，努力吸着缕缕饭香，嘴里絮絮叨叨地说："可惜了这半袋米，求求老天爷保佑他们都多多吃饭吧！"——乡亲们叹气，乡亲们摇头，乡亲们扼腕：这家伙被吓疯了。

天黑下来了，空中飘起了小雨，吵吵闹闹划拳喝酒鬼子们吃完了饭，渐渐没了声息，好像全都醉倒了一般。

倚在墙角的爷爷突然吹了一声响亮的口哨，隔了一会儿，他从地上一跃而起，拉着几个年轻人说，走，给鬼子收尸去。

8 个鬼子，龇牙咧嘴，尸体直挺挺的，一个不漏地被拖到一口枯井里埋了……

满脸皱纹的爷爷给我讲这段故事时，总是用少了一截的右手耐心地抚平那个叠得四四方方仍旧油光光的布袋子，他一边抚一边说，这药泡米真灵，鬼子一个都没漏！只是可惜了这半袋大米，整整 8 斤呢！如果你胖奶奶家的大伯活着，该有八、九十岁了。

言罢，爷爷老泪纵横。

人 生 悟 语

　　半袋米是用来救活一个人，还是用来杀死一群鬼子？爷爷选择了后者。是的，无论是历史上还是生活中，我们都不缺少以小搏大的智慧。而当邪恶和正义交锋时，我们必须要知道孰轻孰重，而且我们更应该坚信，正义会是最终的胜利者。无论是一个人，还是一个国家，智慧而正义的选择，从来不会出错。

(巩高峰)

老人哽咽地说："我早就想对你下手了。但是，我要等到父亲的祭日，然后将你推下悬崖，用鲜血祭奠我父亲的亡灵。"

维斯瓦河的琴声 张春风

这天，芭芭拉偶然看到一条报纸广告：享誉世界的波兰小提琴家多

曼斯基,在汉堡寻找一名弟子。芭芭拉不禁怦然心动。

第二天清早,多曼斯基下榻的宾馆门前,应征的小提琴手早就排起了长队,芭芭拉背着小提琴排到了最后。

3个小时后,终于轮到了芭芭拉。

金色大厅里,一个白发苍苍的老人背对着她,说:"你可以拉琴了!"

芭芭拉紧张地点了点头。很快,老人被悠扬的琴声吸引住了。他回过头,惊喜地说:"孩子,你被录取了!"

芭芭拉有点惊讶:"先生,这是真的吗?可是,您还没听完整首曲子。"

老人笑了:"孩子,请相信我的耳朵!"

第二天,老人邀请芭芭拉去花园做客。整个上午,老人只是跟芭芭拉漫无边际地聊天。聊完天,老人从黑皮箱里翻出一张琴谱,说:"一个月后,波兰将举行青年小提琴大赛。我已经替你选好了曲子。如果你夺得冠军,我就正式收你为徒!"芭芭拉郑重地接在手里,这是一张破旧的手写琴谱,曲名《维斯瓦河》,看样子,年代十分久远。

然后,老人闭上眼睛,亲自示范了一遍。芭芭拉不禁暗暗赞叹。多曼斯基果然名不虚传,那琴声,让人如临其境。

一曲终了,芭芭拉尴尬地说:"这曲子挺难。"

老人笑了:"所以,只有你才有资格拉!"

芭芭拉鼓足勇气,说:"好,我一定竭尽全力!"

从此,芭芭拉每天勤奋地练琴。一开始,她总是错误百出,但后来越拉越好。那天,芭芭拉演奏完,老人终于露出了微笑。

终于,两人抵达了华沙。

小提琴大赛后天举行,老人决定让芭芭拉最后练一次琴。两人一路攀上了维斯瓦河畔最高的悬崖。脚下是万丈深渊,芭芭拉吓出了一身冷汗。

老人平静地说:"开始吧!"

芭芭拉说:"我怕!"

老人愤怒了:"这是最好的练琴地方。瞧,波兰的维斯瓦河就在你脚

下。它是雄伟的,哀伤的。只有在这里,你才能真正领悟曲子的精髓!"

芭芭拉深深吸了口气,终于拉响了琴弦。一开始,琴声低沉哀婉,百转千回;接着,琴声如暴风骤雨,充斥着歇斯底里的绝望;最后,琴声又回到了平和坦然……

芭芭拉的演奏让老人大为惊叹,他呆呆地站在那里,眼中噙满了泪水。芭芭拉拉完最后一个音符,突然心力交瘁,瘫软在地。

在医院,芭芭拉终于苏醒了:"先生,我有话跟你说。"

老人摇摇头:"什么都别说,你先调养好身体,准备参加比赛!"

芭芭拉点了点头。

小提琴比赛如期举行。可惜,芭芭拉名落孙山。

赛后,芭芭拉蹲在走廊里掩面而泣。这时,多曼斯基走了过来:"芭芭拉,从今天起,我正式收你为弟子!"

芭芭拉惊呆了:"可是,我并没有夺得冠军。"

老人的眼中噙着泪:"那都不重要!"

芭芭拉低下了头:"原来,你早就知道真相。"

老人点了点头:"是的,我早就知道!"

故事发生在二战期间。

当时,德军攻占了波兰。芭芭拉的祖父是一名纳粹军官。那天,他带领士兵冲进了一个犹太人的住所。当时,多曼斯基才7岁。老多曼斯基知道大难临头,想用一盒珠宝换回两条性命。但芭芭拉的祖父只要墙上的一把小提琴。原来,他痴迷于乐器收藏,早就看出那把小提琴价值连城。老多曼斯基无奈,只好忍痛割爱。

回去后,芭芭拉的祖父忍不住拉响了小提琴。可是,听到的却只是呜咽,仿佛它的主人痛苦的叹息声。那一刻,他恍然大悟。原来,他永远都不可能真正拥有这把小提琴。

第二天,芭芭拉的祖父决定亲自送还小提琴。谁知,老多曼斯基已经服毒自杀。因为,对于一个小提琴家来说,失去了乐器,也便失去了生命的意义。

后来,多曼斯基被孤儿院收养。长大后,他子承父业,成了世界闻名的小提琴家。可是,他始终无法忘记仇恨。为了完成父亲的遗愿,他以收徒为名四处寻找那把小提琴。直到,芭芭拉的意外出现。

其实,芭芭拉的琴艺并不突出。但是,多曼斯基认出了那把小提琴。在聊天中,又确认了芭芭拉的身世。

芭芭拉的祖父是一个善良的军官。在二战中,他从没亲手杀过一个犹太人。但是,老多曼斯基的死让他惶恐不安。他焚毁了所有珍藏的乐器,然后,将这把小提琴深锁在阁楼上,几十年不曾触摸。直到临死前,他才将秘密告诉了芭芭拉。

芭芭拉说:"其实,当我看到报纸广告时,就已经认出了你!我知道,你在寻找这把小提琴,也知道,你在寻找我的祖父!"

老人叹了口气,说:"是的,当年波兰沦陷。我父亲悲愤交加,在维斯瓦河畔的悬崖上谱写了这首曲子。我将你引到华沙,就是为了亲手杀死你。你既然知道,为什么还跟我来?"

芭芭拉平静地说:"因为,我是祖父唯一的孙女,我要替祖父赎罪。可是,你当时为什么不下手?"

老人哽咽地说:"我早就想对你下手了。但是,我要等到父亲的祭日,然后将你推下悬崖,用鲜血祭奠我父亲的亡灵。你知道,以我的威望,绝对没有人怀疑!可是,你的琴声唤醒了我的良知。那一瞬间,我仿佛听到了父亲在拉琴。那种绝望中的无奈,让我心生愧疚。纵然是我,也拉不出那种境界。因为,我的心中只有仇恨……如今,一切都过去了。我终于明白,只有彼此宽容,才能拥有美丽的人生!"

人 生 悟 语

愿意宽恕别人,其实是解开自己心结的办法。否则,仇恨就会变成侵略者,盘绕在我们的心里,和我们斗争,纠缠,时间拖得越久,我们就越受伤。能解除我们仇恨这把心锁的钥匙,就是善良。所以,让我们用宽恕替代报复,用善良战胜仇恨,用美丽战胜丑陋,用温暖战胜寒冷……

(巩高峰)

老铁匠一巴掌扇过去："没良心的畜生，是解放军把你流浪的爹从国民党的刺刀下救了回来，他们看我可怜，借钱给我开了铁匠铺，这是当年我给解放军打的借条！"

借　条 邵孤城

吃晚饭的时候，儿子问："爹，听说了没？"

老铁匠一愣："听说啥了？"

儿子吞吞吐吐地说："东沟的老曹，从政府拿了5万块。"

老铁匠的脸一板，顿时板得像一块生铁。

儿子兀自喃喃说道："老曹的先人给解放军借过钱，老曹拿着解放军打的借条，从政府那里连本带息拿回了5万。"

老铁匠瞄了一眼："人家的先人是提着脑袋支持了革命，现在拿回5万，也没有啥好稀罕的！"

儿子不顾老子黑黑的脸，继续说："爹啊，小喜子考上大学，还差1万的学费呢！"

老铁匠一拍桌子："吃饭！"

儿子继续往下："能想到的办法我都想过了，可是让我到哪里去筹1万啊？我快要给憋死了！"

老铁匠叹了口气："你愁什么，难道一个大活人还能给一口唾沫噎死？"

儿子也叹了口气。

"爹，你不也藏着一张借条吗？我们也去要个5万，不，要1万就够小喜子的学费了！"

老铁匠放下碗筷不说话。

儿子又催道："爹,你倒是说个话啊。"

老铁匠好久才从嘴缝里挤出仨字:"我没有!"

"你有!我见过!藏在柜子里,还盖着政府的大红印章呢!"

老铁匠狠狠地擂了桌子,碗筷跳了起来:"我说没有就是没有!"

儿子吓了一跳,说:"爹,那,可是小喜子的前程啊!"

老铁匠软了下来,又叹了口气:"你放心吧,就算把我这把老骨头拆了,我也想办法把钱给筹上!"

开学前两天,老铁匠给儿子送钱去。儿子并不在,只有孙子在。老铁匠一见孙子,板着的黑脸就笑开了花,他问:"你爹呢?"

孙子笑着说:"他找政府要钱去了!"

老铁匠的心"咯噔"一下,他赶忙回到自己房里,柜子的锁果然被撬开了,那张借条早已不翼而飞。老铁匠一边骂着这该死的畜生一边飞快地跑着,他要把儿子揪回来。快到政府大院时,老铁匠就看见儿子蹲在大门口,看来是警卫没有放他进去。远远地,他就骂道:"畜生,你给我回去!"

儿子站起来:"我不回去!"

老铁匠骂道:"你不回去,老子就打断你的狗腿!"

儿子倔强地说:"你就是要打断我的腿,我也不回去!"

老铁匠一把揪住儿子的衣领,父子俩纠缠着,正在气喘吁吁,难分难解之际,走出来一个领导模样的人,很有威严地喊了一句:"你们这是在干啥呢?"

父子俩住了手,儿子赶紧上前把口袋里的那张借条递给那人,老铁匠伸手去抢但是没有抢到。

"我们是来要钱的,新中国成立前政府向我家借过钱,这个是借条。"

领导看过后,问:"你有没有拿错?"

儿子说:"没有,那上面还有政府的大印呢!"

领导把借据还回来:"你仔细看看,是政府向你们借了钱还是你们

向政府借了钱？"

儿子一听，慌了，拿过来一看傻了眼。

老铁匠一巴掌扇过去："没良心的畜生，是解放军把你流浪的爹从国民党的刺刀下救了回来，他们看我可怜，借钱给我开了铁匠铺，这是当年我给解放军打的借条！"他抖索地从口袋里掏出个手绢包，一把握住领导的手说："同志啊，那会没有等到我还钱，队伍就开拔到前线去了；他们把我写的借条悄悄塞进我家门缝里，还加了个大印，说我欠的钱一笔勾销了！——同志啊，这是我卖了铁匠铺给孙子筹办的大学学费，我现在把它还给政府！这笔钱，我欠了几十年了，我有愧啊！"

"老哥哥，把这张借条捐给革命历史纪念馆吧！"领导把钱推回去，他握紧老铁匠的手说，"老哥哥啊，你怎么能拿孩子的前程赌气啊？孩子的前程，不就是我们的未来吗？"

人 生 悟 语

其实借条不是真正的问题，真正的难题是我们的心。责任和良知，损失和赔偿，它们像两派对手，一直在两代人心中斗争。当然，善良是最好的调解员，因为它能说服所有人。如果我们不能在纷乱中拿定主意，那就抽身事外，让我们的良心来帮我们做出选择，这个选择的结果，无论我们还是别人，都不会失望的。　　　（巩高峰）

最后一个太监 刘万里

太监阿三回到苦瓜村时，就像一颗炸弹在村里爆炸了。村民纷纷涌向阿三的家，阿三给家里带来了钱财布匹以及各种稀罕的东西。村民们好羡慕，恨不得也能让自己的孩子去皇宫当太监。

忠君的父亲也有这种念头，他想让儿子去当太监。忠君的父亲是个老实人，在村里经常被人欺负，如果儿子成了皇帝身边的人，谁还敢欺负他呢？他就给儿子做思想工作，说当太监如何如何好，年幼的忠君心动了。为了怕忠君痛苦挣扎，他就用绳子捆住了忠君的手脚，忠君就在痛苦号叫中被父亲用腌猪刀腌了。

几个月后，忠君的伤好后，他就在父亲的陪同下去京城找阿三，想让阿三推荐他也能当一名太监。当他们来到一峡谷时，清军正在和革命军交火，忠君的父亲拖着儿子的手就朝另一条路逃跑，在混乱中，忠君的父亲被革命军乱枪打死了。忠君趴下装死，他心里发誓一定要为父亲复仇，心里从此就埋下了对革命军的仇恨。后来，忠君经多方面的打听，才知道这支革命军的头领叫孙军。

忠君终于来到了京城，来到了皇宫门前，他对看门的人说："我要找阿三。"那人说："我们这里没有阿三。"忠君急了，说："我要当太监。"那人哈哈大笑起来，"清帝和太监都被赶走了，现在已是'中华民国了'。"忠君的腿有点发软，他咬着牙不让自己倒下，当太监是他的梦想和希望,如今皇帝都被人赶走了,他的太监梦也将破灭,准确地说是革命军打碎了他的梦,他咬牙切齿地用乡下最脏的话骂了革命军一句。

忠君开始流浪社会,后来他看见一个戏班,就跪下求人留下他,当时戏班缺一个跑腿的,就收留了他。忠君在戏班支戏台、搬工具……什么活他都干,深受老板喜爱。

一天,戏班来了一位浓眉大眼的小伙子,小伙子把忠君上下打量一番道,"你是刚来的?"忠君点了点头。小伙子说:"你们老板在吗?"忠君说:"在。"他领着小伙子去找老板。老板一见他,握着他的手说:"孙军,你好,你好!"忠君心一颤,孙军不就是杀他父亲的仇人,也是打碎他梦想的人吗?忠君退在门外,躲在窗下偷听他们在谈什么。孙军说:"日本向袁世凯提出灭亡中国的《二十一条》,作为支持他做皇帝的条件。袁世凯为了做皇帝,他把中国置入水深火热之中,为了击碎他当皇帝的梦,在他上任的第一天搞庆祝时,你们戏班趁演出之时刺杀袁世凯……"忠君吓得连大气都不敢出,但他转念一想,如果袁世凯当了皇帝,那么他就还有机会当太监。忠君偷偷溜了出去,他向袁世凯告了密。

孙军和戏班老板被抓了起来,他们被押上刑场时,忠君内心里开心极了,他终于为父亲报了仇,同时他的太监梦也有机会了。

忠君做梦都没想到的是,袁世凯的皇帝梦仅仅做了 83 天就被人赶下台了。无奈之下,忠君就靠告密的赏钱组建了一个戏班。当不成太监就当皇帝,忠君以演皇帝而闻名,戏班也迅速走红。

且说京城大军阀冯瑞,他最憎恨清军和皇帝,皇帝都被赶下台了,还没完没了地演皇帝,这不是对清朝还抱着幻想吗?

冯瑞派人把忠君抓了起来。

冯瑞说:"你从今以后再也不准演跟皇帝有关的戏了,否则我砸了你们戏班,杀了你的头。"忠君抬起头长叹一声,说,"我有一个请求,如果你答应了,我自然就会离开京城,并且解散戏班。"

冯瑞说:"说来我听听。"

忠君说:"让我在京城演最后一场戏。"

冯瑞想了想,"我答应你的要求。"

这天,看戏的人,人山人海,水泄不通。这曲戏叫《皇帝出宫》,这次忠君来了一个角色转换,他演太监,而以前演太监的这次演皇帝。忠君把太监演得惟妙惟肖,获得了观众的阵阵掌声。突然一声枪响,忠君道,"陛下,八国联军攻进京城了,快走吧。"皇帝说,"我不能走。"忠君跪下道,"留得青山在,不怕没柴烧。"忠君用头把戏台撞得咚咚响,鲜血染红了地面……台下响起了雷鸣般的掌声和叫好声。

随着掌声慢慢地平息,人们发现太监忠君还跪在地上,长久不起。

皇帝就去扶太监,太监咚地滚在台下,人们发现忠君已死了……

人 生 悟 语

一个毕生只为做太监的梦想,即使他为之付出了多少汗水、泪水、鲜血和生命,也只能让我们嘲笑。因为错误让一个生命都扭曲而消失了,还有什么比这更荒诞和可怜的吗?所以在确定我们的目标和方向之前,我们一定要花时间来审视,因为如果走在错误的道路上,停止,就是进步。

(巩高峰)

罐子旦的清水只剩下半升了。杰克决定,事不宜迟,马上就动手。他不能再等了,等的时间越长,自己生存的机会就越小。

孤岛上的暗战 张春风

杰克和约翰,是深交多年的探险爱好者。在一次意外的漂流途中,两人被冲到了一座荒岛。在此之前,他俩的皮划艇不慎触礁,整个船体被撞得粉碎,唯一幸存的,是一罐不足一升的清水。

　　小岛气候恶劣,白天炎热难当,到了晚上,又有无数的黑蚂蚁吞噬着他们的鲜血。杰克望着那片广阔的海面发呆。这座小岛,离最近的陆地也有 15 英里远。倘若体力充沛,他们还可能游过去。可是,在这片深邃的海洋里,隐藏着无数凶恶的鲨鱼。到时,还未游出多远,便成了鲨鱼嘴里的美餐。

　　约翰年长几岁,经验颇丰。他一遍遍地叮嘱杰克,要珍惜那罐清水。不到万不得已,绝对不能喝海水。因为,那会让他们的肾脏衰竭。小岛寸草不生,唯一的食物,是逃到沙滩上的海蟹。可是,那样的机会少之又少。整整三天,两人才用石头捕获一只海蟹。狼吞虎咽之后,仍是饥饿。所幸还有清水,有了这罐清水,生命便有了希望。

　　一开始,两人觉得那只是一场考验。他们举着破烂的衣衫,朝着大海的远方不停地挥舞,闲暇开些幽默的玩笑。这的确能扫除内心的阴霾,可是,也只是一瞬间。很快,两人被无尽的绝望包围。曾经一次,一架喷气式飞机在 3 万英尺的高空飞翔。它看起来离小岛那么近,两人爬到岩石高处,撕心裂肺地呐喊,可是,毫不奏效。飞机远去了,两人这才真正害怕起来。

　　杰克已经在打那罐清水的主意了:倘若没有约翰,他起码还能生存十来天。杰克的腰间藏着把匕首,自打滋生了那个念头,杰克便一次次握紧了匕首。杰克曾想,也许,趁晚上约翰睡着的时候可以动手。可是,杰克失算了。他无意中瞥见,约翰的腰间,也藏着一把匕首。看刀鞘的长度,似乎比自己的还锋利。在睡觉的时候,约翰十分警觉,一旦杰克有什么动静,约翰便翻过身来,询问他有什么事。杰克的心中满是绝望,他依稀觉得,约翰也已经采取了同样的防备。

　　罐子里的清水只剩下半升了。杰克决定,事不宜迟,马上就动手。他不能再等了,等的时间越长,自己生存的机会就越小。

　　那晚,杰克将匕首藏在身下。他强迫自己冷静,焦急地等待良机。不曾想,约翰仿佛完全洞悉他的想法。他躺下来的同时,便明目张胆地将匕首握在了手里。杰克的额头开始出汗,半夜,他三次回头,每次都与

约翰警惕的眼神尴尬地对视。那一晚，两人彻夜无眠。

令人振奋的是，朝阳升起的时候，远处出现了一只皮划艇。那真的是一只皮划艇，与之前他们所认为的鹈鹕（tí hú）不同。10分钟后，他俩得救了。在船上，杰克与约翰尽情分享了那半升清水。

末了，约翰从腰间解下那把匕首，扬手抛向了大海："嗯，现在用不着它了！"杰克阴着脸问："难道，之前你想到过用它吗？"约翰拍了拍他的肩膀："我知道，你的想法跟我一样，可是，我比你年长，所以要做在你前面。我们是心意相通的伙伴，我不能让你去死。倘若今天再没有船来，我会横刀自尽。那样你便有足够的肉，还有那半升清水……"杰克深情地与约翰拥抱，他的眼中噙着泪。

❧ 人 生 悟 语 ❧

这场关于生命和良心的暗战，最终真相大白。所幸，最终悲剧没有发生，因为奇迹出现了。面对那罐清水，我们能看出人性之恶和善的斗争的结果。赢得最后胜利的是善良。

(巩高峰)

　　愿意宽恕别人,其实是解开自己心结的办法。否则,仇恨就会变成侵略者,盘绕在我们的心里,和我们斗争。能解除我们仇恨这把心锁的钥匙,就是善良。所以,让我们用宽恕替代报复,用善良战胜仇恨,用美丽战胜丑陋,用温暖战胜寒冷……

多亏了你这颗心

第十辑

在真正的大侠身上，不仅有我们无法想象的传奇遭遇，还有一颗我们非常熟悉的心。侠骨柔情，剑胆琴心，说的正是这种与常人相同的情感，那份你我都同样拥有的爱。传奇历险令人难忘，但故事里包含的真情，更加引人入胜，令人难忘。

最后道士说："我现在真正要走了。有一句话必须说给你听！书生啊，你真的看不出女鬼早就爱上你了吗？她做的一切，完全是由于爱你呀！我想，今后的故事，就由你们两人去接续吧。"

多亏了你这颗心 谢丰荣

书生大胆，在村外一间独屋里日夜读书，别人劝他说，那里紧靠坟场，邪气重。他答，正因为此，才显得清静。

一天晚上，一个漂亮至极的年轻女子从坟场方向走来，趴在窗台上对着书生直笑。书生与她只隔有一米远，漫不经心抬起头问："你是女鬼吗？"

女子笑嘻嘻地点头。

书生来了兴趣，说："那你做个鬼脸给我看看，证明你的确是女鬼。"

女子摇摇头，说："我这么美，才不愿意做那种又恐怖又破坏形象的样子呢！"

书生哈哈大笑，连说："言之成理！言之成理！"

这就是书生与女鬼的相识过程。后来女鬼夜夜必到，书生干脆把她当丫环使唤，女鬼很能干，把书生的家务全部包干。她什么都好，就是有一点，爱缠着书生，要他陪她玩。

"你就别看书了吗，一个人看书多没意思！"女鬼撒娇，去抱着书生，想把她从椅子上拉下来。

书生脸一沉，说："半年之后就要乡试了，我可没闲工夫陪你玩！"

女鬼不快，起初就在旁边看着书生，觉得书生看书时眉毛一动一动

的样子很滑稽，自己偷偷地取乐。可后来发现书生确实将心思全用在读书上了，很生气，就把他的书抢了，或者不停地摇桌子，要不然就悄悄从后边大叫一声吓书生。总之，她不打算让书生安宁了。书生忍无可忍，终于有一天他暴怒了，一巴掌打在女鬼脸上，吼道："哪里来的女鬼！不害臊！这是谁的家呀？哪儿来就回哪儿去！"

女鬼一听，身子一晃人就不见了。

书生暗自庆幸，心想她大概不会再来了，我终于摆脱麻烦，可以清静地读书了！

可没过多久，他的书桌上突然掉下一把沙子，弄得砚台和书都脏兮兮的。书生冲出房门，对着夜色大骂："你这个不要脸的东西！我招你惹你啦？"骂了一听，只有人窃笑的声音，不见女子人影。

书生继续看书。一会儿他的烛火又无风自灭，房间里又有人偷偷地嬉笑，只是弄不清在哪个地方。书生无法，把门一关，躺到床上想早些睡觉，可被子又被掀到地上，直把书生气得捶胸顿足，暴跳如雷。

"等着瞧！"书生恨恨地骂道。

第二天，书生请来了一个和尚。和尚在屋里念了好一会儿咒，然后又在门上贴了一道符。晚上，不想女鬼找了一根两丈长的竹竿，远远地将符挑了下来，扔水沟里去了。然后她走进屋，什么事也没有。她又在书生旁边坐下，得胜似的看着书生，满脸俏皮劲。书生不看她，她又把脸凑到他鼻子跟前，书生无可奈何，只是强迫自己要静心要静心，坚决不受她的影响。

女鬼失望了，花容大怒，一屁股坐到桌子上，将圣贤书当了坐垫。书生阴沉着脸，猛地将房门打开，冲到村子里去了。女鬼不解，后来一看，书生带了个道士来，吓得赶忙逃跑。道士用剑在屋子里比划了一番走了。

书生以为这下好了，不想道士的法力太差，女鬼还是进了房间，安然无事。

就这样，女鬼将书生搅得永无宁日，眼看乡试时间就要到了，书生暗暗着急。

一天，一个云游的道士经过这里，书生专门去请他到小屋里来，他向道士说了前因后果。这位道士具有仙风道骨，一听很诧异，就说今晚要留宿这里，看看女鬼是何模样。

入夜，书生安坐桌前，道士暗藏帘后。一声嘻嘻的笑声过后，门里闪出女鬼身影。她问："吃饭了吗？没吃，那我给你做去！"而且马上就要动手做饭。

书生爱理不理，继续看书。女鬼一掀帘子，猛见一个道士怒目而对，她呀的一声叫了起来，对书生说："你还想害我，你这个没心肝的臭书生！"

道士右手二指一并，口里念诀，一道蓝光冲向女鬼。女鬼猝不及防，被击倒在地，痛楚不堪。道士对书生说："你看如何处置这个女鬼？"

"弄死算了！"书生咬牙回答。

道士微笑不语，看着书生，又看看女鬼。良久，他说："这么办吧，她折磨你很久时间，你不想也折磨她一段日子吗？"

书生一喜，连连称是，但又害怕这会影响自己进修学业，道士却说："完全不会！只需用一个钵状容器将女鬼装在里面，在三天之内，女鬼会一点一点地化去。你每天看着她一点一点没了，不是可以报她搅扰之仇吗？"

书生拍手称快。道士说："得向你借一物作装鬼之用。"

书生赶忙去拿瓶子罐子什么的，但道士连连摇头，说这些东西太俗，是装不下女鬼的。书生正在困惑，道士往他身上一抓，手中竟然得来一个透明的瓶子，说："这不是有了吗？"

于是女鬼在一道咒语中越变越小，轻轻地飘进瓶里，只有一根香蕉大小。书生看见她在瓶子里挣扎，双手扑在壁上，绝望地看着他，嘴巴一张一翕，像在哀求于他。

书生说："活该！"

道士告辞，临末，说了一句话："要是你有什么再求于我的事，那就出门向东追我，机缘凑巧的话，是能够追上我的。切记！"

书生终于可以安静地看书了，他好高兴。他把装着女鬼的瓶子放

在案头,时而观赏,就像现在人们养金鱼一样,看一会儿书又看一会儿瓶子。整个夜晚静悄悄的,连一点声音也没有,太舒服了!这夜,他的看书效率确实很高,不知不觉天就亮了。这时,他抬头看看瓶子,发现女鬼两腿齐膝盖以下,全是血糊糊的,女鬼似乎在痛苦哀号。

书生不解,后来明白了,看来道士说的话应验了,女鬼已经化去了双脚。

书生幸灾乐祸地冲女鬼笑起来。女鬼看着书生,在瓶子里痛不欲生。

书生睡了大半天,觉得饿了。决定自己做一顿简单的饭菜吃,这时,他又想到女鬼,不觉跑到瓶子边上,又观察女鬼化了身体的哪些部位。这一看,女鬼的双手只剩下一半长短。书生说,你这鬼东西!化完了才好呢!

但是说也奇怪,这天的饭菜吃得一点也不香。

晚上,书生可就没心思去读书了,他无论如何定不下心来,心里老想着瓶子里的女鬼,那血糊糊的场面也真有点可怕!尽管她本来就是鬼,可她从来不给自己丑恶的面貌看,我却一定要这么看着她死,而且死得这样凄惨,我还是人吗?

书生有些不安,觉得自己心肠太狠了。

女鬼不就是调皮了点吗?罪不至此吧,我一心要考取功名,这样做是不是有些过分?

书生一边想,女鬼一边在慢慢化去。

书生这一夜没有睡着,第二天,他早早起来,往瓶子里一看,女鬼只剩下半个身子了。突然,他用双手捶打自己的头部,他觉得自己缺乏人性!不应该这么做的,要置人于死地也不是至于这么折磨人吧!

女鬼依然嘴一张一翕地看着书生。

书生心一痛,全身剧烈一震。他想,我天天读圣贤书,可圣贤书里这样杀生是天理不容的!

他赶忙去找东西,要撬开瓶盖,无奈道士的法力太高,女鬼都奈何不了,他凡人一个更是奈何不了!

273

这时，他想到了道士走时留下的一句话："要是你还有什么有求于我的事，那就出门向东追我，机缘凑巧的话，是能够追上我的。切记！"

书生转身就跑，向东追去，一个时辰过去，两个时辰过去……后来他跑得精疲力竭，倒在地上，两眼金星直冒。这时，有个人的长衫拂到他的脸上，他挣扎着抬头一看，竟是道士。这下可好，他爬起来，连连请求道士快跟他回去，说不忍心看着女鬼那么受尽折磨死去。

道士笑着问书生："你决定了？"

书生回答："决定了！"

"不悔改了？"

"不悔改了！"

道士往前一指，书生跟着往前一看，奇怪，两个人竟然无知无觉到了家门口，他们进了屋，瓶子里的女鬼只剩下一颗头了，只是那颗头上原本美丽的脸现在却是极度痛苦的样子。

书生大喊："马上救你，你坚持住！"

道士用手一指瓶子，啪的一声，瓶子应声裂成几块。女鬼的头却不落到地上，只在空中悬着，但痛苦全消。道士用手掌在女鬼头下一拂，她的身子、手脚全都闪亮亮地显现出来。然后，她慢慢变大，终于复原。

书生上去握住她的两手，突然发现是热乎乎的。

书生心痛地说："我不该这样对你，其实你是个很好的女……孩子，为我做饭，帮我洗衣服，打扫房间，什么都做。你只不过想要我陪陪你，我竟然不答应，我这是以怨报德！"书生边说边流出泪水。

女鬼幸福地低下头。

哈哈哈哈！道士看到这一幕，放声大笑起来。

"其实，人鬼之间，本无区别，鬼是人变的，人是鬼投胎而生的，人何必难为鬼，鬼何必伤害人呢？人因一念之差，有时候做起事来比鬼不如！唉，你们两个站在一起，还真般配！"

书生不好意思地看了看女鬼，女鬼也是一样。

道士将地上的瓶子碎片拾起来，放在手心，喃喃地说："这人心真是好东西！竟然能让一个女鬼还阳成人！"

书生不解地问:"你说什么? 人心……还阳……"

"傻小子,站在你面前的,已经不再是女鬼了,她现在是个真真正正的人! 一个美丽的女孩子! 不信你抱抱她,她全身温暖如春呢!"

书生一试,果然如此,女孩子顺势倒在他的怀里。

"这是怎么回事?"书生大喜,不禁问道。

"多亏你这颗心哪! 拿去,你的心已经碎了! 哈哈,不过,心为保护女孩子而碎,碎得值呀!"道士说。

书生瞪眼看着瓶子碎片,心想,它怎么会是自己的心呢?

只见道士挥手一撒,瓶子碎片突然没了,倒是自己心窝里像进了什么东西,有点胀的感觉。

道士解释:"我不是向你借一样东西来装女鬼吗? 其实,我是掏了你的心,只不过你浑然不觉罢了。而且,我故意用障眼法,将女鬼真实的情况遮住,让你看了一出女鬼慢慢化去的戏,目的是让你产生恻隐之心,化解你们之间的恩怨。你不忍看着女鬼受折磨而死,说明你的心是真正肉长的人心! 而这种心装上女鬼,就能让她还阳,变成活人!"

"是吗?"书生庆幸自己没有看着女鬼最后死去,自己能在关键时刻保持一颗善心。

最后道士说:"我现在真正要走了。有一句话必须说给你听! 书生啊,你真的看不出女鬼早就爱上你了吗? 她做的一切,完全是由于爱你呀! 我想,今后的故事,就由你们两人去接续吧!"

人 生 悟 语

　　书生是善良的,女鬼是善良的,道士也是善良的。当善良弥漫我们的世界时,我们不会感觉到寒冷。因为善良会带来温暖,还会创造奇迹。善良由心而生时,它的温度足以改善整个世界的天气。所以,我们在善良的世界里,即使在最寒冷的地方,也能由心栽培出温暖所有人的美丽之花。

(巩高峰)

一天，松井石根无意间拿过放大镜来观赏，这一看却使松井石根满脸羞怒，暴跳如雷，把那奇雕嘭地摔在地上。

奇　雕 陈国炯

奚老板是一位根雕艺人，没有多少家业，但他人缘好，有能耐，因此新昌人都称他奚老板。

明代的能工巧匠王叔远雕刻的核舟长有八分，高有二粒米，而奚老板能在绿豆般大小的木屑上雕刻出字或图案，仔细辨识，山水草木、白云蓝天、飞禽走兽，男女老少惟妙惟肖，情态万千。因此，他的精湛技艺声名远播，并被誉为人间绝技。

那天，奚老板把家里唯一的那只根坯置于雕桌上，用雕刀细心地剔刮着根丫间的泥土。忽然，翻译带着日本兵闯进来了，翻译说是宫泽羽西大佐要见他。

奚老板到日本队部时，宫泽羽西正在逗狼狗。只见宫泽羽西把掰碎的食品抛向空中，狼狗就腾起两条前爪，直起身子，蹿到空中去接抓食品，逗得宫泽羽西"咿呀咿呀"地发乐。

翻译凑上前"叽里咕噜"几句后，宫泽羽西把手中的食品交给一个日本兵，挥挥手示意日本兵把狼狗带走，转过身对奚老板微微一笑，"听说你的根雕大大的绝，你给我的雕一尊可好？"宫泽羽西居然会说汉语。奚老板听了宫泽羽西的话，略思片刻后回答道：现在没有根坯，有根坯时雕一尊送给你。奚老板的话音一落，宫泽羽西怒气冲冲地骂道：你的大大的刁民，家中藏有根坯却说没有。奚老板愤懑地瞪一眼翻

译，冷冷地对宫泽羽西说：家里的那只根坯，根丫太细难以雕刻，还是待我去山上挖一只根坯吧。宫泽羽西说：不用挖了，就用你的家中的根坯雕一尊微雕。

这只根坯，根丫繁多杂乱，粗细多似筷子。奚老板本想用它来雕刻一尊"清明上河图"的，没想到这根坯居然会落入日本人的手里。奚老板既懊悔又恼恨。

奚老板久久地凝视着根坯。心想：我绝不能给日本人雕刻"清明上河图"。蓦然间他想到把这些繁多的根丫雕成一条条毒蛇该多么形象。日本人烧杀抢掠无恶不作，不正是一条条毒蛇吗？

宫泽羽西似幽灵般出现在奚老板的面前，和声细气地问：你的把它雕成什么？奚老板故作轻松状说：这些根丫细长繁多，最宜雕成"群蛇共舞"。宫泽羽西听了，摇摇肥硕的头，露出莫测高深的阴笑道：不雕群蛇共舞，我要你的雕一尊中国将士跪地向大日本皇军投降求饶的微雕！奚老板听了宫泽羽西的话，脑袋轰的一声似炸了个响雷。奚老板醒悟过来，毅然拒绝：不能雕！宫泽羽西凶蛮地说：不雕的可以，你的活活的喂狼狗吃。说完扬长而去。

面对宫泽羽西刿（guì）心鉥（shù）目的无耻要求，奚老板愤愤地把根坯推落于地，他想以死明志，突然，他的眸子闪烁了一下。他想，我不能死。

奚老板重新置放好根坯，嚓嚓嚓开始雕刻起来。奚老板的雕技一旦发挥，得心应手，淋漓尽致，快疾似行云流水。

数日后，一尊绝代奇雕告罄。奚老板检查再三，才把根雕送给宫泽羽西。

宫泽羽西接过微雕，细细地注视着。微雕中那些英姿勃勃，昂然挺立接受跪降者，是日本皇军；匍匐伏地，磕头求饶显得十分窝囊者乃是中国将士。无论跪的中国将士，还是站的日本兵，全是根据根丫的长短大小雕成或高或矮或胖或瘦，有鼻子有眼睛。个个头上戴帽，肩上挎枪，清晰可辨。更绝的是在一个站立的日本兵身边镌有"日本皇军"四字，对威武挺立的"日本皇军"作注脚；跪着的中国将士旁也镌有"中国将士"四字,字的排列自上而下,字迹由大而小,宫泽羽西越看越满意,情不自禁地跷起大拇指啧啧赞叹:奇雕! 奇雕!

宫泽羽西自得到这尊微雕,日夜观赏,爱不释手。宫泽羽西认为这尊微雕称得上地上绝无,天上少有。霎时间,一个计划在宫泽羽西的脑海中形成了。宫泽羽西知道侵华日军总司令松井石根大将是位搜集古董奇品的行家,如把这尊奇雕献给松井石根,他一定会看重这尊对日本国有特殊意义的奇雕的,到时宫泽羽西的前程也就不可限量了。宫泽羽西为此想尽办法,一级一级地托人呈送了上去。

新昌人知道了奚老板为日本人雕刻了侮辱中华民族志气,长日本强盗威风的微雕后,恨不得将他啖而食之。因此,新昌人再也不理睬奚老板了,唯有一双双仇恨的目光鄙夷地射向他,使奚老板有种过街老鼠的滋味。奚老板知道新昌人错怪他了,但他无法解释,只能把自己关进家门。

时过月余,一件骇人听闻的事发生了。侵华日军中五名军官剖腹自刎。军衔最高的是少将,最低的是驻扎新昌的宫泽羽西。接着,一队日本兵气势汹汹地踢开奚老板家的台门,却找不到奚老板,日本兵只好放了一把火,把奚老板的房屋烧成了一堆废墟。

新昌人后来才知道事情的原委。松井石根自得到这尊奇雕,兴奋不已,喜爱至极,每天都要观赏数十次,又一次次地啧啧赞叹奚老板的高超技艺。

一天,松井石根无意间拿过放大镜来观赏,这一看却使松井石根满脸羞怒,暴跳如雷,把那奇雕嘭地摔在地上。

原来,那微雕中,威武挺立的"日本皇军"全是头戴八角帽,帽徽上有金光闪闪的五角星,身旁的"日本皇军"四字下还有"的主人"三字,不用放大镜断然识不出。而跪地的投降者,头上也有一帽,帽徽是"狗皮膏药",而"中国将士"四字下还有"的俘虏"三字,意思刚好与宫泽羽西的初衷相反。

新昌人对奚老板的技艺和人品更加钦佩了,并一次次地互相自责和忏悔当初不该错怪奚老板,同时又深深地惦念着奚老板,关心起奚老板的下落来。

抗日战争其实有许多战场,枪炮交锋的、刺刀拼杀的、斗智斗勇的,当然,也就有用雕刻来起到奇异而意外的效果的。由此看来,所有人类的战争,最高的战斗等级不是陆军、海军和空军,而是智慧的斗争。只要能有杀敌取胜的效果,那我们都希望能用智慧打赢所有的战争。

(巩高峰)

蛇头的另一面有点儿浪漫,让她选择死的地点是一座山,山势陡峭,山石犬牙交错。

绝　　旅 _{陈力娇}

男孩起价 5000,女孩起价 3000,再有一个孩子就到第 50 个了,50 个一到,她立即收手不干了,她要用卖得的钱买一幢小楼,和老伴一起回江西老家共享天伦之乐。

她躲在一棵树后,看一个小保姆和一个小男孩前来公园玩。小保姆年轻,把孩子放在木马前就到长凳上打瞌睡,她的毛衣针落在地上她都没察觉,鹅黄色的毛线团滚在了小男孩的脚下。

小男孩看样儿也不过 5 岁,他的小手抓线团抓了几次都没有成功,线团向足球一样在向着她的方向一点点移动。

她走过去,帮小男孩拾线团,她的大手一下就把线团捉住,然后送礼物一样送到小男孩的怀里。小男孩笑了,有点儿羞涩。这是个漂亮又聪明的孩子,这样的孩子卖好了 6000 元也不止。

她趁着小男孩高兴,就快速塞到小男孩嘴里一块糖,这是她自制的特殊的奶糖,吃上没一秒钟就昏昏欲睡。小男孩的小舌头起初是拒绝她的,但那只是下意识的一点反应,接下来他就很安然地把它快意地含在嘴里。

下面的事情就很顺理成章了,小男孩成了她换取钱财的囊中之物。

这一次和她交涉的人是个老奸巨猾的蛇头。他们称自己为蛇帮。蛇头从来都是以盘剥他们的劳动为手段,搞二手批发却比他们第一线的还要挣钱。她看不惯,不想让他坐收渔翁之利,就想以次充好,把一个智力有点差的孩子顶替她这一次截获的聪明的孩子。老伴是反对她的,老伴说她惹不起蛇头。她不信,她这一次专门想和蛇头斗一斗。不管是哪一个蛇头,她都想让自己5年的生涯画上个辉煌的句号。

蛇头居无定所,约会的地点是在七顶山旁。七顶山是风景区,这里人来人往。这是她这一次得手后的第十二天,她还是头一次和一个截获的孩子共度12天。她没生过孩子,不太懂父母和孩子之间的骨肉亲情,所以她每次都得手利落,出手狠心。

只是这个小男孩和别的孩子不同,他来到她家后不哭不闹,很是懂事,他总是在她洗脚的时候给她拿脚巾,总是在她头疼脑热的时候给她拿药片,有一天他还把她特制的奶糖拿给了她。那是她不小心遗落在地的,等她发觉回来取时,小男孩从怀里掏出用纸精心包裹的糖,递到她的手里。那天她感动极了,也就是从那天起她想留下这个孩子。

蛇头是狡诈的人,她注定斗不过蛇头。蛇头在她以5000的价格付给他一个弱智男孩时和她翻脸了。蛇头的办法是扣押了她,蛇头说他要杀一儆百,不然他的队伍会全军覆没。

蛇头说一不二,她知道这无挽回余地。老伴看她时,她和老伴交代了自己的事,一是把小男孩养大,二是养大后交给他的父母。老伴流下了眼泪,说,那是何苦呢,交出欢欢满天的云雨就都散了。她说不行,你若交出欢欢,我立马撞死在你面前。老伴知道她说话算数,心事重重地走了。

蛇头的另一面有点儿浪漫,让她选择死的地点是一座山,山势陡

峭,山石犬牙交错。

这天早晨,蛇帮的各路人马从四面八方汇入七顶山,他们夹在来游玩的人流中,没有人发现他们的队伍有什么特别,蛇头像陪老朋友一样陪着她一步步向山上走,蛇头为保险起见,用她的老伴做了人质,她若有一点儿企图,他一个电话过去,她的老伴就会命归九泉。

好在她也不想那么做,有老伴欢欢才能活,有老伴欢欢才能回到她妈妈的怀抱,现在她只剩下一个信念,回归欢欢。

到了七顶山的山顶,面临万丈悬崖,蛇头坐在凉亭中喝茶,眼望着她一步步靠近悬崖护栏。她走近栏杆那一刻心有点儿抖,但是她马上脱下自己的白色上衣。蛇头明白她是想用它蒙住自己的头,蛇头看破她的举动心中一喜,禁不住把手中的水杯悠然地放在茶桌上。

这当儿,她已经飘然落下。蛇头再回头时,只看到她的身体像一只老鹰一样笔直地插入崖底⋯⋯

半个月以后,欢欢回到了妈妈的怀中。是公安人员在七顶山崖壁的一棵树上发现一件女式上衣,衣服的内襟上写着欢欢家的住址和事情的经过,那上衣是白色的,雪白雪白,银光一样耀眼,像一面旗帜宣告着一桩耻辱的结束。

人 生 悟 语

人之将死,其言也衰。由此可以看出,人性的本色是善良的。而孩子的纯净和单纯,更可以照亮人性的善良,提醒人荒唐的犯错。人有误入歧途,但人也有父性母性,当后悔和愧疚终于战胜了邪恶之心,我们应该接受他们的浪子回头。因为没有一种景色,比人性的温暖复苏更让我们动容。

(巩高峰)

蒙面男人刀尖顶破了蓉儿的皮肉,有血丝渗了出来,男人色厉内荏地大吼一声,你再动一步试试?

输给你儿子 刘正权

矿老板巫大山丧妻不到一年,就把他的小老婆明目张胆迎进了门,他的小老婆叫孙小倩,自打男人 13 年前失手杀人负案在逃后就跟了巫大山。巫大山的腰包鼓,孙小倩的脸蛋靓,典型的"郎财女貌"。巫大山曾对外戏称,他有两个煤窑,大煤窑在山里,二煤窑在城里,眼下,他把心思都花在了二煤窑孙小倩身上。

先前做小老婆时,孙小倩还怕见到巫大山的儿子巫刚。眼下,转了正,孙小倩就冲巫大山撒娇说,大山啊,人家有句话想说给你听呢? 巫大山刚在孙小倩身上折腾下来,有气无力地,什么话? 你说啊! 孙小倩就趴在他胸脯说了,这女儿是娘的心头肉,我又是你的宝贝疙瘩,你说是不是该把我女儿接进城一块住啊。

巫大山这才想起来,孙小倩有个闺女叫蓉儿,还在乡下外婆家读书呢。行啊,反正我这房子大,多一人,热闹! 巫大山说,你跟巫刚招呼一声,下午让老李跟他一起去接蓉儿,多个妹妹也好,上学下学是个伴,反正他俩差不多大,有共同语言不是。

蓉儿倒是被巫刚接来了,可惜,巫刚跟她一句共同语言也没有。巫刚不喜欢孙小倩,天底下的后娘,毒着呢,后娘的女儿,能好到哪儿去? 巫刚看过《还珠格格》这部电视连续剧,那个皇后,不是想方设法要置五阿哥永祺于死地吗? 能死当官的爹,不死叫花子娘! 这话,巫刚可早

就听说过，听说过也没办法，他才 14 岁，如今 14 岁的孩子，脑海里还没形成"独立"这两个字，巫刚能想到的，是委曲求全四个字。

蓉儿嘴甜，一口一个巫刚哥哥，巫刚不理不要紧，有个哥哥比没个哥哥强。蓉儿打小跟外婆一起长大，受尽了村里孩子的欺负，这下好了，有个城里哥哥，他们不吓得屁滚尿流才怪，想想巫刚跟老李把车开到外婆家门口时，那帮欺负过她的孩子哪个不是眼睛瞪得快叭嗒一声掉下来。

孙小倩为了欢迎女儿到来，出门大采购去了，乡下的那些衣服还怎么穿得上身呢，再说女孩子的房间也得装饰不是？剩下巫大山一人待在家里看电视。老李把车泊在了楼下，巫刚领了蓉儿一言不发进了小区，蓉儿第一次坐电梯，门一关，像进了铁笼子，吓得直往巫刚身上靠，嘴里连连喊，哥啊，你快放我出去，我怕！巫刚冷冷看了一眼蓉儿，坐个电梯也怕，真是乡下的丫头，以后带着这么个妹妹上学，只怕有出不完的丑。

出了电梯门，蓉儿还吓得紧紧挽住巫刚的胳膊，她怕自己给走丢了，巫刚甩不掉她，气哼哼地给了一句，你爹好歹也是个杀人犯，怎么生下你这么个胆小鬼？蓉儿脸一白，眼泪就哗哗地流，蓉儿说我爹又不是故意杀人，是失手，失手你懂吗？完了气鼓鼓地推了巫刚一把，由于用劲过猛，蓉儿往后退了一步，一脚踏在身后一个男人的脚上。巫刚开了门，一回头，傻了，一个蒙面男人正抓了蓉儿的衣服站在自己身后，一把尖刀闪着寒光抵在自己后颈上。进去！那男人的眼光比刀子还冷，巫刚情不自禁打了个寒战。

巫大山听见门响，兴奋地张开双臂迎到客厅，他要给蓉儿一个和蔼可亲的后父形象，看见这一情形，他张开的嘴和张开的手臂一下子定格在那儿，有，有话好说，千万别，别伤着孩子！巫大山那张一向在生意场上能言善辩的嘴笨拙起来，他知道，一定是碰上打劫的了。

想不伤着孩子也行，一个孩子 10 万！蒙面男人伸出手来，口气一点也不松软。20 万，数目不小呢？巫大山擦了把汗，能不能通融一下，我这会手上只有 10 万！巫大山这 10 万还是为了讨好孙小倩，昨天从银行提出来，准备给蓉儿的见面礼。10 万，可以啊，我先放一个，等你拿出 10 万我再放一个，记住，不要报警！蒙面男人刀子一紧，你自己说，先放哪一个？巫大山一指巫刚，先放他！巫大山是爱子心切呢，蒙面男人一看，心里有数了，偏不放他，我放她！完了，把蓉儿往外一推。

巫刚满以为蓉儿会撒腿就跑的，就她那点胆，好不容易捞根救命稻草，不跑才怪呢！可蓉儿却没动脚步，一昂头冲蒙面男人说，你放他走吧，那钱是他爹的，他爹够可怜的，妻子死了才一年，我不想他失去儿子。蒙面男人叹了口气，天下竟有你这样的傻子！完了把刀尖一转抵到蓉儿颈上，跟着一脚踢在巫刚屁股上，算你小子命大，滚吧！巫刚回过头对蓉儿说，别怕，我让爹给你打电话弄钱！

巫大山却不打电话，他一把拉住儿子躲在自己身后，顺手操起一根拖把，哈哈，告诉你，那丫头可不是我的，这钱你一分也拿不走！说完虎视眈眈往蒙面男人逼过去，巫大山虎背熊腰，那矿就是靠一身蛮力打出来的江山。

蒙面男人刀尖顶破了蓉儿的皮肉，有血丝渗了出来，男人色厉内荏地大吼一声，你再动一步试试？巫大山脚步缓了一下，看蓉儿，蓉儿已吓得脸上没了颜色。巫刚忽然冲上来拉住巫大山的手，爸，你等着我！人一闪身钻进了卫生间。巫大山一怔，想起卫生间还有一个拖把，看不出儿子挺有心计的，两根拖把对付一把尖刀，胜算可大多了。

巫刚出来时，巫大山却傻了眼，巫刚两手空空的，那把拖把明明就在卫生间门后啊！更让巫大山傻眼的是，巫刚居然径直走到蒙面男人面前说，你放了她吧，用女人做人质，不像个男人呢！

蒙面男人正担心他拿了武器出来腹背受敌呢，没想到有这等好事，他一把攥住巫刚衣领，哈哈狂笑道，这下，我一个也不放了！

蓉儿睁了眼说，你真傻，自己送上门找死，巫刚看了一眼蓉儿，我傻？我只是不想被你看轻，我刚才还骂你胆小鬼的。蓉儿哭哭啼啼的，就为这充英雄啊！巫刚笑了笑，也不全是，你刚才喊了我哥哥的，哥哥总不能丢下妹妹吧，我不能白看了还珠格格吧。

可我们，不是亲兄妹啊？蓉儿说。巫刚替蓉儿擦了把泪，还珠格格上说了的，落地为兄妹，何必骨肉亲，怎么着我也不能输给古人啊！

蒙面男人懵了，那你刚才上卫生间干啥？巫刚不好意思低了头，人有三急，我憋不住尿了，才去了一趟卫生间，完了巫刚又仰起头，我可

不想给妹妹留个被人吓得尿了裤子的印象。

男人忽然不说话了，丢下尖刀，冲跃跃欲试的巫大山一摊手说，你报警吧，不过你给我听清楚，我输给的不是你，是输给你儿子。

警察抓了男人走出小区时，正好孙小倩买了大包小包的东西回来，孙小倩一下子白了脸，男人冲孙小倩说了一句，别告诉蓉儿我是她爸爸！原来蒙面男人正是孙小倩的前夫，潜逃多年准备回来找巫大山报复的，巫刚对蓉儿的一句"落地为兄妹，何必骨肉亲"无巧不巧地打动了他。

警察说："你放心，你的钱，我们一定会为你找回来。你不用怕……"

抢劫我吧 凤 凰

这天一早，一个老人从银行出去，一边走一边数钱，一个在银行门外的年轻人见了，一把抓过老人手里的钱，撒腿就跑。老人连忙跟着年轻人追。银行的保安吓了一跳，这年轻人也太凶了，光天化日之下竟然在银行门口抢劫。这里已经不是第一次发生抢劫了。前几天,也有一个年轻人在这里被抢了。

几天过去了。这天一早,保安刚喝了杯水,一转身,就看到了几天前被抢的那个老人,保安赶紧过去问老人:"老人家,你被抢的钱找回来了吗?"老人笑着说:"找回来了!"保安说:"那就好!那就好!太凶了,你小心点!记着,以后千万不要边走边数钱,你一个老人,那样就太危险了!"老人说:"我知道,谢谢你!"

然后,老人去取了钱,出了银行。谁知,这老人又是边走边数钱,就在银行门外,老人又被人抢了。抢钱的人,又是一个年轻人。保安发现这次抢劫的年轻人跟上次那个年轻人很相似。保安想跟老人说什么,但老人却追着年轻人跑了。保安叹口气,说:"这次,还能追回来吗?"保安替老人担心着。

又是几天过去了。这天一早,保安又看到了两次被抢劫的那个老人。保安赶紧过去问老人:"老人家,你上次被抢的钱又找回来了吗?"老人笑着说:"找回来了!"保安说:"那就好!以后,你千万得记着,千万不能再出银行数钱,要数,就在柜台边数吧!外面数钱危险,你都已经被抢了两次了!"老人说:"我知道,谢谢你!"

然后,老人去取了钱,拿在手里,没有数就要走。保安知道老人会数钱,保安想老人习惯了边走边数钱,赶紧把老人拦住了,说:"你要数钱,就在这里面数吧!"老人说:"我喜欢边走边数……"保安说:"这我知道,你就在这里面走着数吧,我不为难你!"老人说:"你还是让我出去数吧……"保安说:"在这里面数钱,安全,外面什么人都有,你要清楚,你已经被抢了两次了……"老人说:"这我知道,你还是让我出去数钱吧,要不可能就会出事了……"保安却不放老人走,说:"老人家,我是为了你好,我不忍心你再被人抢劫……"老人却说:"你为了我好,就让我走,我就喜欢让人抢劫!"保安一下子呆了,这老人莫不是疯子,隔几天就来取钱,然后再让人抢劫。

就在这时,银行门外有人叫起来:"抓住他!抓住他!他抢了我的钱!"老人跺了一下脚,叹息道:"唉,真出事了!"老人一把推开保安,赶

紧冲出了银行。

　　抢钱的人被人抓住了，居然就是抢了老人两次钱的那个年轻人。被抢的胖子一把从年轻人手里夺过钱，对年轻人拳打脚踢。旁边围观的人说："打死他，打死他！"老人拼命地挤了进去，挡在了年轻人的面前，对胖子说："求你别打啦！他抢了你多少钱，我给你！"老人说着就从口袋里掏出了钱，谁知老人身后的年轻人见了钱，一把夺了，转身就钻出了人群。

　　胖子对老人说："他抢我的钱，已经拿了回来。你看看你，帮他说话，这不，他连你也抢了。"老人说："真对不起，给你添麻烦了！"这时，警察来了。胖子对警察说了一大通，说："人跑了，不过又抢走了老人的钱！"老人赶紧对警察说："这事，你们就别管了，我是甘愿让他抢的……"警察说："你放心，你的钱，我们一定会为你找回来。你不用怕……"老人说："你们别抓他，抢的钱，我自己能拿回来……""你自己能拿回去？你认识那个抢匪？"警察盯着老人。老人说："认识！"警察说："认识就好，请你告诉我们他家的地址！"老人说："你们不用去找他，那样会吓着他的，他是我儿子！"

　　老人这话让人大吃一惊。"他是你儿子？你儿子是抢匪？"所有的人都盯着老人。老人说："他不是抢匪，他病了。半个多月前，他从银行取钱出来，边走边数，结果让人给抢了，为此，他就疯了，每天夜里，他总是叫着'钱，钱，钱'。只要看到钱，他就特别兴奋。他总是到银行门口转，我不知道他到底想干什么。于是有一天我就去银行取了钱出来，边走边数，结果他就抢了我。于是我决定让他抢几回我，我想他把被抢的钱弄回来也许就不会再抢了。所以今天又去取钱，由于保安拦住我耽误了时间，结果就出了这事。这事，你们都别管了，抢的钱，他都会拿给我。以后，我还会让他抢劫我，他的病哪一天不好，我哪一天都不会放弃自己的决定。如果他要永远抢劫下去，我就要永远配合他抢劫！我是他的母亲，我不能让他失望！"

　　所有的人眼里都含着泪水，看着这位老人，无语，大家都觉得老人很辛苦。老人显然读懂了大家的表情，她说："我不苦，真的。这次总算抢劫成功了，下次，下次决不能再出这样的意外了！这次，还不知道他被吓着了没有？请你们让开，我要回去看看他！"人们听话地闪开一条路来。然后，老人跑了起来，她的两条腿翻得飞快，向箭一样往前冲。

人 生 悟 语

　　如果不是母亲，我们实在找不到还有谁会如此奋不顾身，不怜惜身体，不顾及伤害，甚至愿意付出自己鲜活的生命。在危险来临时，第一个挺身而出保护孩子的，永远会是母亲，因为这是母亲的本性。面对一个善良正直的母亲，邪恶也会被浓浓的母爱所打败。

(巩高峰)

　　当人们再称赵仲景配的药为"神药"时，孙善化全家皆不以为然，总是撇嘴："他——那是狗屁'神药'！"

神　　药 高军

　　阳都名人赵仲景，系祖传中医。他的绝招主要是配药。只要他说能治好的病，往往用一服药就能治好，所以他配的药被称为"神药"。

　　有一次，村人孙善化早晨刚起床就发现了可怕的事，遂大叫一声，昏倒在地上。原来床头上有3条长虫——阳都人管蛇叫长虫——在蠕动！家人慌慌张张，掐人中，浇凉水，忙了半天，孙善化才醒了过来。

　　这天晚上临睡前，他让家人一次又一次看床，确认没有长虫后才躺下。可一合眼，3条长虫又在眼前蠕动起来，他又"啊"的一声，吓黄了脸。从此,他只要一闭眼就看见3条长虫,竟成了重病。

第二天一早,孙善化在家人的陪同下,到阳都城西南角的诊所找到了赵仲景。

听孙家人叙过病情后,赵仲景一边给孙善化号脉,一边从掉到鼻尖上的眼镜后翻起眼皮,盯着他,过了半天,眼珠一转,慢声细语道:"此病好治。"

孙善化脸上开朗了一些,家人也高兴起来。

"嗯——不过,今天拿不到药,我得专门配,明天来拿吧。"他又平缓地说。

"行,行,行。"他们答应着但又不放心,"赵大夫,这病真能治好?"

"哼,不信就快走!"赵仲景生气了。

"信!信!"

"那好,明天让病人自己来!"

尽管又是一夜未合眼,孙善化还是拖着疲惫不堪的身子,在天刚蒙蒙亮的时就来到了赵仲景的诊所。

"我给你配了两丸药,回去吃了,病就好了。"赵仲景一边说,一边拿出两个比拳头还大点的外边像打了一层蜡的黄药丸,递过来。

孙善化接到手里,感到沉甸甸、硬邦邦的。

"这药,必须囫囵着把它吃下去,不然的话,你这病就没治了!"赵仲景冷冰冰地说。

"啊,这么大,囫囵、囫囵着怎么吃?"孙善化很是疑惑。

"你的病是从眼入的,回去后,你必须整天瞅着这药丸,一边瞅一边想,到底怎么才能吃下去,瞅出吃法来以后,包你一吃就好。"

听了这话,孙善化笃信不移,回去后果真按照赵仲景说的做了起来。

可他怎么瞅,也瞅不出该怎样才能把这两个丸药囫囵吃下去。一整天过去,到晚上,瞅累了,他竟趴在桌子上睡着了。

早晨一醒来,就觉着饿了,向家人要饭吃。

几天过后,他还是没瞅出吃下这两个丸药的办法来。

这天,他又来到了赵仲景的诊所,愁眉苦脸地说:"赵大夫,我瞅不出来。"

赵仲景意味深长地看着他,问:"这几天吃饭了吗?"

"吃了。"

"睡觉了吗?"

"睡了。"

"不见3根长虫了吗?"

"不见了。"

"我配的这药是神药,不吃也能治病。你是病从眼入,药力已通过你的眼起了作用。你的病不是已经好了吗?"

有一次,家里人不小心,将两丸"神药"碰落在地上,摔碎了,仔细一看,竟是两摊黄土。

后来,当人们再称赵仲景配的药为"神药"时,孙善化全家皆不以为然,总是撇嘴:"他——那是狗屁'神药'!"

人 生 悟 语

病从眼入,确是心病。心病是没有药能治的,解铃还需系铃人。我们也一样,如果给自己打个死结,是没有人能帮我们的。所以,神医才开出一个奇特的大药丸,而所谓的"神药"不过是黄泥做的。可这病却好了,是医生治好的还是药治好的?都不是,是自己给自己治好的。

(巩高峰)

红衣女侠 陈勇

南拳北腿帮帮主临终前留下遗嘱：新帮主选举取消世袭制，公开摆擂七天七夜。胜者，成为新帮主。

言毕，老帮主命归西天。

当下，南拳北腿帮分成两班人马，一拨料理帮主后事，另一拨则在闹市中心摆开擂台。

依照惯例，由大师兄担任擂主。

帮内一群小师弟，自知武功人品皆不如大师兄武剑，遂死了打擂之心。

谁知，半路杀出程咬金，八师弟鲁夫年轻气盛，艺高人胆大，摩拳擦掌，飞身跃上擂台，双手抱拳：大师兄，得罪了！

武剑亦双手抱拳回敬道：八师弟，请！

霎时，擂鼓停，双方摆开架式，兵刃相见，大战五十回合。鲁夫武功已尽，无还手之力，只有招架之功，遂抱拳认输，灰溜溜走下擂台。

一连6天，再无武林高手敢上擂台。

擂台最后一天，奇迹还是没有出现。武剑好不懊恼，只好靠鼾声消磨时光。

突然，一位红衣女侠一个鹞子翻身从台下跃到台上，站到武剑面前，红衣女侠双脚轻轻一跺，武剑感到地动山摇，马上醒过来。

武剑用鹰一样的双目刺向女侠，不觉倒吸一口凉气：女侠体态臃肿,似身怀六甲之妇。

武剑觉得受了戏弄,勃然大怒:此乃擂台也,并非儿戏场!

红衣女侠脸不改色心不跳:我夫君和孩子全在台下,他们等着喝我的庆功酒呢! 闲话少说,快快开战。

武剑牢记男不同女斗之古训,执意不从,双方僵持不下,台下欷歔不已。

忽然一声响,红衣女侠撕下衣服上雪白的一块布,咬破手指,书写生死状,交与武剑。

事已至此,武剑无话可说,被迫应战。

起先,武剑有意让之,可是,女侠并不领情,反而咄咄逼人,出手凶狠,招招致命,步步有杀,把武剑逼上绝路。武剑大吼一声,使出看家本领,与红衣女侠过招。双方从台上打到台下,又从台下打到台上,一百回合下来,不分胜负。

喘息片刻,继续较量,武剑渐感力不从心。红衣女侠却愈战愈勇,如有神助。

武剑暗叫不好,破釜沉舟,准备使用最后绝招,企图力挽狂澜。武剑且战且退,积聚力量,猛地发功。霎时,口中喷出一团火焰,射向红衣女侠,红衣女侠似乎早就胸有成竹。口中凉水宛如一条白龙淋向武剑。

只听得一声惨叫,武剑倒在擂台上,口吐鲜血而亡。

红衣女侠成为首任女帮主。

细心之人很快发现,红衣女侠酷似老帮主,众人这才恍然大悟。

人 生 悟 语

若要服人,须得服人心,红衣女侠的胜利遵循了这个规则,而老帮主的智慧安排更是指明了这最正确的方向。其实我们的生活又何尝不是在验证着这个道理,我们的心,处在最重要的位置,守位是我们的最后一道关卡。心为王,身体是军队。所以,攻心为上,这永远是最高级、最有效的战术。

(巩高峰)

他当时也不知怎么了，做了点手脚，把手机藏到了自己的衣兜里。母亲见了那手机，高兴得好几个晚上也没睡好觉。

手机惊魂 尤秀玲

　　李伟 65 岁的母亲病故了。李伟是个孝子，在母亲的葬礼上，她哭得昏天暗地，愁肠百结。想起父亲很早就去世了，母亲怕后爹给他气受，竟一直守寡多年，一个人含辛茹苦地把他拉扯大，他的眼泪就止不住了。

　　这几年，李伟从半死不活的原单位辞职开了家广告公司，和母亲待在一起的时间就少了。可不管多忙，他每天都和母亲通一个电话，他还给母亲买了一部 5000 元钱的高档手机，他的照片和说话声音都存在了手机里。母亲没事的时候就拿出手机看个半天一晌的。母亲曾不止一次的和他说："这玩意可真好，等将来我死了，你啥都不用给我买。什么金银首饰啥的，我都不喜欢。你就让这个手机陪我就行了。"听得李伟心里酸涩得要命。

　　如今，母亲过世了。想起母亲生前常说的那句话，李伟准备把母亲的手机葬到墓地里。在安葬的那一刻，李伟由于伤心过度，竟然晕过去了。在场的人都慌了，七手八脚地把李伟抬到一个安静的地方并拨打了 120 救护中心的电话。

　　范凯是李伟公司的一名优秀员工，他也来参加葬礼，他的伤感丝毫不逊色于李伟。因为他也是一个有名的孝子，他的家庭条件不是很好。有时一个月也难得吃上一回焖肉，但他总能从自己的生活费中挤出些钱来,给母亲买几根她爱吃的肉肠。

看到李伟因母亲病逝伤心得不成样子。他心情特郁闷,不由得想到等自己的母亲百年过后,自己又能给母亲安排一个怎样的葬礼呢。昂贵的墓地,精美的寿衣都是他能力所不能及的。

见李伟晕倒了,他连忙同他的亲友一起把李伟的母亲安葬了。等李伟清醒过来时,墓碑都立上了。

"节哀吧,人死不能复生!"范凯拍了拍李伟的肩膀,紧紧地握住了他的双手,李伟感觉有一股暖流流经到他心里。

一转眼,李伟的母亲死了半年了。这半年里,李伟公司的订单一个接着一个,公司里的员工工作态度特投入。特别是范凯,整天忙得脚打后脑勺。公司的效益上去了,员工的腰包也鼓起来了,就说范凯吧。他这几个月,除了正常工资外,每月都能多拿到将近一千元的奖金。

那天,李伟回到母亲家。看到空落落的屋子,不觉一阵伤感。他像往常一样,拨了母亲手机的号码。他想尝试一下死去的母亲是否还能和他说几句话。他知道自己的举动特幼稚。半年了,手机早没电了,被烧成一把灰的母亲也不可能再对他说话了,他们已经是阴阳相隔两个世界里的人了。

李伟正伤感的想着,手机竟然打通了,里面居然还传出了一个老女人的说话声,"儿呀,你这些天工作顺心吗?"

李伟禁不住一阵恐惧,一哆嗦,手机滑到地上去了。一连几天,他都为此事心神不宁。他打电话到移动营业厅,查询母亲的手机通话情况。原来这半年来,母亲的手机一直都处于使用状态。这下,李伟更糊涂了,死人是不能使用手机的,这一点千真万确。那么,只有一点可能,那就是母亲的手机被盗了。想到这,李伟匆忙赶到墓地。墓地的管理人得知李伟的来意后,笑了。墓地全天 24 小时都有人看护,别说贼来盗墓了,就是一只狗都进不来,还有先进的监控系统。你说的那种情况根本就不存在,李伟仔细地观看了监控屏幕上的画面,根本就没有可疑人员靠近过母亲的墓地。

李伟从墓地返回时,路过移动营业厅,去交手机费。一进门,他就

看见了范凯。范凯这时也看见了他,看见他,范凯的脸一下变了颜色。连个招呼都没打,就跑出去了。

李伟好像明白什么了。回到公司,他就面色铁青的告诉秘书把范凯找来。秘书刚要打电话,范凯就推门进来了,他扑通一声跪在李伟面前,并把一叠钱交给李伟,这些钱差不多够买你母亲的手机了,要是不够,就把我这个月的工资也赔上吧。

原来,范凯的母亲也特别喜欢手机。每当看电视时,看到五花八门的手机广告,母亲的脸上都直放光。嘴里叨咕着,"儿呀,那手机得好几百元钱才能买下来吧。"

"妈,好几百算啥,等将来我有了钱一定给您买一个用。"范凯嬉笑着对母亲说。他当然没敢说实话,他要是告诉母亲那种手机要好几千元钱才买得下来,母亲一定会被吓着的。可范凯根本就买不起那么奢侈的贵重手机,就连他自己用的还是一部价值两百元的二手小灵通呢。他曾发誓,要在母亲的有生之年让她用上手机,把自己的照片和声音存在手机里。这样,当他不在母亲身边时,母亲就可以看见他了,还能听到他的声音。

参加李伟母亲的葬礼时,看到李伟居然要把几千元钱的手机和母亲的骨灰一起葬到墓里。他心疼得不得了。

他当时也不知怎么了,做了点手脚,把手机藏到了自己的衣兜里。母亲见了那手机,高兴得好几个晚上也没睡好觉。范凯却从那天开始寝食不安,有好几次他都想当着李伟的面把事情说清楚,要杀要剐随他处置,这样他才会安心。

可随着公司的业绩突飞猛进。他挣到手的钱越来越多,他就改变主意了,他想等攒够了钱,就买一个新手机归还给李伟,再向他负荆请罪。

李伟在了解了事情经过后,把钱退给了范凯。范凯孝顺母亲的一片诚心深深地感动了他,他说我代表我故去的母亲把那个手机送给你母亲了。这些钱你给他老人家买点营养品,她能健康地活着就是我们最大的幸福。

范凯激动了好一阵子。他一把抱住了李伟，你不但是我的好老板还是我最好的哥们，一阵爽朗的笑声传了出来。

> **人 生 悟 语**
>
> 因为是孝敬母亲，所以范凯偷手机的行为最后得到了老板的谅解。这让我们看到了一份特别的孝心，这个错得可爱、错得让我们掉眼泪、错得让我们愿意谅解的孝心。只是，如果是要用违反法规的方式来表达爱，那么这种爱就被蒙上了一层灰尘。所以，爱，需要合理、清醒地来表达。
>
> （巩高峰）

"你……是 3 年前定下的到这儿的吧？"那老残废慢吞吞地问。邹太龙低头看了一眼自己的西装革履，点点头，又摇摇头。

感谢真残废 顾文显

邹太龙在家乡做生意，赚了几万元钱，有个在南方闯世界的同学见了，笑笑说："这点钱，什么年月能跨入小康行列呀。你若是有胆略，投资跟我干。"说完，老同学留下个手机号码，回南方去了。邹太龙让这话说得心里痒得睡不成觉，就一咬牙去了南方，把钱全部投入到老同学口袋里，当起了副总。哪想不到半月，房东催要房租，老同学没了影儿，才知道自己被人骗了！受骗后的邹太龙身无分文，连换几个地方打工，不是被炒就是被骗。小邹恨死了这个世界上所有的人，他想，既然有人骗我，我也骗别人，大家谁也别指望好了。

邹太龙在一家穷人的院子里捡到一根旧拐，把自己的右腿用绳子按跪式绑住，把左胳膊背到身后，也用布条儿紧紧绑牢，然后，套上外衣，拄着拐苦练。这正常人假扮残疾人可不容易，胳膊、腿绑上一半，动弹不得，动不动就摔得鼻青脸肿，邹太龙抱定"不受苦中苦，难为人上人"的信念，练了半个多月，到底让他装成了残了右腿，缺了左胳膊的残废！"开业"第一天，下着蒙蒙小雨，邹太龙拄着破拐在这个城市选择了一个热闹的地方，当街一跪，什么也不用说，只等着人们往他面前扔钱……可是，刚刚跪下，屁股后就挨了重重的一脚，好半天挣扎着坐起来，一看，哎呀，身后站着好几个横眉立目的壮实乞丐！原来，他当乞丐还得经过这伙人批准！邹太龙没钱孝敬人家，被打得满地乱滚。

邹太龙滚在泥水里，伤痛加上湿衣服，那滋味要多难受就有多难受。他伤心地哭了：这世界为什么单单跟他过不去，好不容易练得像个残废，一分钱没讨着，倒被"同行"暴揍一顿！他艰难地爬起来，挪到一个地铁站口，打算避避雨再说。刚躲到没雨的地方，就听一个苍老的声音说："爷儿们，这地方不久雨水就会流过来，也待不得了，咱们往下走吧。"邹太龙一听口音，是家乡人呀，低头看，脚下伏着一个白发苍苍的老汉，这老汉两条腿萎缩得像小孩的腿，就那么跪着绑在两片破轮胎上，靠双手爬着前行。原来这是个真残废，是靠讨饭为生的老乡！

邹太龙心里一哆嗦，老人比自己更可怜。他边拄着拐下移，边遮护着老人，俩人移到一个比较安全的地方，可是，上、下车的人多，雨伞、雨衣上的水到处乱甩，很快把他们俩弄成了一对落汤鸡……老人问邹太龙："年轻人，瞧你这样子，是不是刚刚干这个？"邹太龙点点头。老人又说："走，到我家歇一会儿，我请你。"

他还有家？邹太龙好奇地跟着老人，很艰难地在雨中行进，好不容易才到了老人的"家"，嘿，这只是个被废弃的破旧水泥涵洞，老人铺上点废纸箱什么的，便絮成了一个"窝"。

"您就住这样的地方？"邹太龙奇怪地问。

"多好啊，雨淋不着，空气又流通，而且不怕地震。"老人倒是自我感觉良好。他边请邹太龙坐，边从那堆破纸箱中扒拉出一个脏兮兮的塑料包,摊开,里面是几样零碎的熟食,又抠索出一个瓶子,里面是半瓶白酒。"'老乡见老乡,两眼泪汪汪',这是我一点点捡的盘子底儿,换别人,是舍不得拿出来的,今天,见了老乡,咱们一醉方休!"说着,嘴对嘴喝了一口酒:"哈,神仙的日子……"

神仙就这样生活?他呆呆地瞅着老乞丐"吱"地一口酒,"叭"地一口菜,那个快活劲儿,不由感到很压抑:"爷儿们,您整天就这样生活?"

"嘿,小老弟,怎么说话呢?像我们这样的残废,不劳而获,能过成这样,再不知足,天理难容。唉,我真羡慕老弟你呀,不管怎么着,你还能站起来,那就比我高出一半来,对不对?哪像我,一辈子仰脸看人……"

"站起来顶啥用?我还不照样是要饭花子?"邹太龙无限感慨。

"那不一样。人不求人一般高哪,年轻人。说不定有朝一日你站起来,并不比别人差;而我,完了,再有钱也永远地完了,我宁愿把所有的钱给你,换一个站起来,哪怕只站1小时,我也不枉到这世间走一回呀……"

听着老人的话,邹太龙仿佛一盆清凉的水从头泼下去,浇得他大脑一片透明。是啊,老人家甘愿付出靠他一生的屈辱换得的积蓄,来追求站起来1小时……而自己,明明是四肢健全的人哪。他对老人丢下一句:"老人家,您千万别离开这地方,3年后的今天,我一定来看望您。"就爬出废涵洞,走出几步,将捆绑手脚的绳子解下,连同那破拐往垃圾堆一扔,"去你妈的。"

邹太龙爬出涵洞,变成一个正常人,他永远走出了那次被朋友欺骗的阴影,他耳边一直响着那老人那充满渴望的话……他这才真正理解了作为一个正常健康人的自豪与幸福,他决心混出个人样子来给这个世界看。他白天出苦力,晚上去热闹处卖冷饮,他不放过一丁点时间,不放过哪怕是赚1分钱的机会……1年后,他遇到了一位小乡镇公司的老板,老板对他这种吃苦精神非常赏识,带他去公司协助管理业务;2年后他积攒了5万元钱的资金,那老板又扶持他单独办了家制作内衣的小工厂,3年后,他把厂子定名为太龙公司……他已经拥有了10万元的资产……

经济上小有翻身的邹太龙没有忘记那位点拨他迷津的老人，也没忘掉那个日子，7月3日。这天，他打车来到那个小涵洞附近，巧了，由于地处偏僻，这地方没搞新建筑，那破涵洞仍然在，里面依然是破纸箱子烂被褥！这时，他看见了涵洞的新主人，虽然也是位年老且残废的乞丐，却不是当年点醒梦中人的那个老乡！

"你……是3年前定下的到这儿的吧？"那老人慢吞吞地问。

邹太龙低头看了一眼自己的西装革履，点点头，又摇摇头。

"知道了。"那老人说，"我是接替老大哥等你的。他一眼就看出来你的残废是装的。他说过，你必定能出人头地，他眼力不差呀。"

"他？"

"走了。他没等到你……"老人眼睛湿润了，"他临死前嘱咐我说，有一个年轻老乡在今天必定要西装革履地来探望他，如果你也坚持不了，请再委托下一个，直到等来他，咱们乞丐，也不能言而无信哪。"

邹太龙摘下墨镜，默默地冲家乡方向跪了下来，他眼睛模糊了，在一片泪光中，他看见那位残疾的老乡，果然扔掉破轮胎，高高地站了起来……

一个小时后，吴巧梅送来了 3 张晚上的机票，一同送来的还有她的辞职报告。

偷拍的秘密 陈龙江

一、黄总的心病

"正丰"集团是一家实力超群的实业公司，下属很多分公司。总经理黄雄飞 40 多岁，年富力强，知识渊博，在企业管理上有自己的独特之处，在他任职总经理的短短几年内，就把整个集团公司打理得井井有条，利润更是翻了几翻。

最近，"正丰"集团打出了一则招聘启事，要招聘一名总经理助理，条件是大学本科毕业，年龄不超过 25 周岁的未婚女性。招聘启事一打出，立即引来了很多持有名牌大学文凭的妙龄女子前来应聘。根据招聘规则，公司先组织笔试，淘汰了一大半，然后进行第二轮笔试，最后只剩下 3 名候选人，由总经理黄雄飞亲自进行面试。面试时，3 名各方面都很优秀的女大学毕业生，表现得非常得体，这令黄雄飞很是为难，觉得淘汰谁都是一种损失。最后，当黄雄飞翻看三人的简历时，一个熟悉的地名映入眼帘，一下子击中了他的心。一个名叫吴巧梅的姑娘竟然和黄雄飞是老乡，都是来自江城县的，并且都毕业于江城县一高，只是黄雄飞早毕业很多年罢了。于是黄雄飞毫不犹豫就将另外两人给划掉了。

其实，黄雄飞之所以录取吴巧梅，一方面是出于同乡心理外，另一方面还包含着黄雄飞隐隐的心病。原来,这黄雄飞以前叫黄三牙,自小出生在江城县一个偏远的小山村里,那里交通不便,经济贫困,但黄雄飞的父母很有远见,硬是从牙缝里省吃俭用,把他培养成了全村第一个大学生。到了大学后,黄雄飞才发现自己和外界的差距是多么地大,他就暗下决心要出人头地,彻底摆脱出身农村的这一烙印。还在大学时,他就嫌自己的名字黄三牙太土气,与大学生的身份不符,于是就改成了黄雄飞。毕业后,他靠着个人的努力进入了"正丰"实业集团公司,后来又娶了个城市出身的媳妇,生了个儿子。毕业 20 多年来,黄雄飞还是在刚结婚时带着媳妇蜻蜓点水般地回家蹓了一趟。后来,虽然他时时想念在老家的爹娘,但由于工作的关系,却一直没能亲自回家。现在当了总经理,更是每天忙得脚不沾地,所以,他录用老乡吴巧梅,也是想从她身上探听一下老家的信息,好从心理上也能得到一些宽慰。

二、黄总的感觉

次日,吴巧梅身着职业装,亭亭玉立地出现在黄雄飞的办公室,帮助他打理一些日常琐事。吴巧梅办事机敏,行动利索,如一只成熟丰满的燕子,围着黄雄飞上下翻飞,把他交代的事情完成得滴水不漏,让黄雄飞暗称自己真是选对了一个得力助手。

这天好不容易得了一会闲,黄雄飞道:"小吴啊!忙了半上午,歇一会儿吧!"吴巧梅沏了杯茶给黄雄飞端上来,坐在沙发上。黄雄飞问:"小吴,你老家是江城县的?""是的,黄总!"吴巧梅答道。"你们县的经济发展怎么样?群众生活富裕吗?"听到问这话,吴巧梅的脸上显出了凝重之色:"在我小时候,家里的生活的确很艰难,为了供我上大学,家里能卖的全卖了。不过,这几年家乡也发生了很大的变化,去年我回老家时,县城的街道宽广整洁,公路都修到了各个乡镇呢!"黄雄飞听了,嘴里"哦"了一声,吴巧梅又道:"等我们家乡变漂亮了,欢迎黄总去我们县城旅游啊!"黄雄飞不自然地笑了笑,"好好!"

这时有人打电话过来,黄雄飞低头接电话时,突然感觉有点异样,扭头一看，只见吴巧梅正手忙脚乱地把一部手机往兜里装，脸上霎时变得绯红，仿佛被人发现了什么秘密似的。黄雄飞打完电话，正色问道："小吴，刚才你在用手机给我拍照？"吴巧梅不好意思地说："黄总，刚才您打电话的样子好帅啊！我就忍不住给您拍了张照片，想保存下来。"黄雄飞一听笑了："我有什么好拍的，一个半老头子！"吴巧梅俏皮地说："黄总可不显老，像黄总这样成熟事业又有成的男人，可是我这样的女孩子做梦都想追求的偶像哟！"吴巧梅说的没错，黄雄飞的身边经常有一些年轻的女孩，做着不切实际的梦想。黄雄飞看吴巧梅像小孩一样调皮的模样，以领导的口吻说："只准拍这一次，以后再不许拍了。"吴巧梅诺诺地答应了。

这个周末，从台湾来了一个非常重要的客户。晚上，黄雄飞带领着吴巧梅和几个副总在"金天鹅"大酒店亲自作陪。这个台湾客户酒量很大，最喜欢喝的就是五粮液，黄雄飞和几个副总都喝大发了，舌头僵硬得话都说不全，可台湾客户的兴致却还很高，嚷着要黄总请他去唱卡拉OK。黄雄飞本不想去，但考虑到公司的事情不得不去。好在有吴巧梅搀扶着，否则连走路都走不稳当了。台湾客户到了卡拉OK厅却不唱歌，而是点了几瓶啤酒，继续和黄雄飞喝，吴巧梅想替喝都不让。终于黄雄飞喝得烂醉如泥，人事不省了。吴巧梅扶着黄雄飞，让司机开车把黄总送到家，可巧黄总的妻子和孩子都不在家。

三、黄总的愤怒

这是吴巧梅第一次来到黄雄飞家。吴巧梅刚将黄雄飞放倒在床上，黄雄飞就"哇哇"地吐起来，吐得满地板都是秽物，将司机薰得跑了出去。吴巧梅让司机先开车回去，说黄总家没个人不行。司机看着吴巧梅，暧昧地笑了笑，下楼开车走了。吴巧梅拿着抹布将地板上的脏物收拾干净，又把黄雄飞沾染了脏物的外衣脱掉，放进洗衣机洗了，这才坐在床头盯着这位正意气风发的黄雄飞。黄雄飞虽然喝得烂醉，但脑子还有一丝清醒，他嘟囔道："小吴啊！巧梅啊！今晚你辛苦了！"他伸开手,想拉吴巧梅的手,却没有拉到,勉强把眼睛睁开一条缝,却只见吴巧梅正拿着手机,对着他左左右右地偷拍呢!黄雄飞想坐起来制止,然而两眼发沉,四肢乏力,很快就睡死了过去。

那晚,吴巧梅没走,就睡在了客厅里,半夜起来好几次给黄雄飞倒水喝。早晨,当黄雄飞醒酒起床后,吴巧梅早已熬好了浓浓的小米粥,黄雄飞喝了两碗,味道鲜美,很像小时候母亲熬粥的手艺。关于偷拍的事,黄雄飞没提,也许如吴巧梅自己说的,一个女孩子暗暗地喜欢上一个男人,总是想多拍几张照片供自己欣赏的。难道吴巧梅真的爱上自己了!

然而,吴巧梅的举动越来越让黄雄飞觉得不安,他感到这个小女孩就像间谍一样,在时刻拿着手机偷拍自己。有好几次,当黄雄飞坐车去谈生意时,总能用眼角的余光看到吴巧梅趴在窗户上偷拍他的举动。有时黄雄飞静下心来仔细想想,如果说吴巧梅暗恋自己,那总是不停地偷拍是否有点变态呢;如果说她是商业间谍吧,也不像,因为她只偷拍有关他的个人活动,对公司的发展投资计划财务支出报表等却没有兴趣;难道她是某个副总派来的卧底,来摸底细的,当时在竞争总经理的职位时,有不少人患了红眼病,如果真是这样……黄雄飞不敢往下想,幸亏自己在私生活上比较检点,没有给别人留下过把柄。只是目前,黄雄飞还不想解雇吴巧梅,因为他非常欣赏吴巧梅的工作姿态,如果解雇了,很难再找到这么好的助手,只是以后多留心就是了。

"五一"黄金周时,公司利用休假的机会,自行组织中层干部到黄山旅游,每人都携妻带子,浩浩荡荡地雇了好几辆大巴。黄雄飞的妻子和孩子也都跟车前往旅行。吴巧梅作为联络员,联系宾馆、饭店车前车后不停地忙乎。这天爬到黄山顶上,大家都兴致勃勃地互相照相。一个科长拿着数码相机给黄总一家照全家福时,黄雄飞一眼瞟见吴巧梅挤在人群中,也在用手机偷拍他全家的合影。黄雄飞这下愤怒了,他狠狠地瞪了一下吴巧梅,吴巧梅连忙把手机的方向挪开,装着拍景物去了。

四、黄总的泪水

黄雄飞的闲情逸致在发现吴巧梅偷拍后霎时消失殆尽。中午回到宾馆后,他没再去游玩,等妻子和孩子随队走后,他打电话把吴巧梅叫了过来。"吴巧梅,你究竟是什么人?为什么总是偷拍我的活动,还偷拍我的家人,是谁派你来监视我的?如果不说清楚,马上我就解雇你!"黄雄飞把这几个月遭偷拍的怒火一股脑地朝吴巧梅发泄了出来。吴巧梅两眼噙着泪,幽幽地看着黄雄飞,一幅欲言又止的娇怜模样。黄雄飞的心猛地又软了下来,难道眼前这个女孩真如她自己所说的,深深地陷入了对自己的单相思之中,不能自拔。

这时,只听吴巧梅对黄雄飞轻轻地喊了句:"三牙叔!"这句话不啻于晴天一声霹雳,炸响在黄雄飞的头顶。因为 20 年了没有人叫过他原来的名字,也没人知道,就连他的妻子和儿子都不知道。没想到,吴巧梅不但叫出了他原来的名字,而且喊他为叔。他精心掩盖了 20 年的伤疤被无情地揭露了出来。

黄雄飞强加镇定了一下:"你究竟是谁?你对我怎么这么了解?"吴巧梅突然说出了一口江城方言:"三牙叔,俺是您的表侄女啊!您母亲是俺的亲姨姥!俺爹小名叫三贵,俺是三贵的闺女梅妮子。"一提起三贵,黄雄飞想起来了,他和三贵俩人是光屁股长大的,20 年前他带着新婚媳妇回家时,三贵还带着梅妮子来看他,只是早年的梅妮子已长成了大姑娘。黄雄飞点点头:"那你为啥偷拍我?""不是俺要偷拍您,三牙叔,是俺姨姥托俺拍的。"吴巧梅慢慢地说,"去年,俺大学毕业回老家时看望姨姥,姨姥说您已经整整 20 年没回过家了,想您想得心痛。但也不敢打扰您,她知道您在做大事,她就把您的地址给了俺,让俺见着您和您家人时,偷偷地拍几张照片寄回去,俺来找您时,可巧正赶上您招聘助理,俺就应聘上了。俺偷拍您的照片,全都加洗后寄给了老人家!"

吴巧梅的一席话,说得黄雄飞泪流满面,也用很长时间没使过的家乡话说："梅妮子，俺误解你了，赶快给俺订3张机票，俺要立即带着妻子和孩子回家。谢谢你，梅妮子，今天俺才明白，挣的钱再多，也抵不上能和老人团聚的日子。"

一个小时后，吴巧梅送来了3张晚上的机票，一同送来的还有她的辞职报告。黄雄飞不解地看了看她，吴巧梅说："黄总，既然您已经知道咱俩的这层关系，我想我还是辞职为好，这样也利于我的发展。请黄总放心，我会为公司的旅游团安排好之后的行程。"

尽管所有听众——伊丽莎白、十位父母和三位护士——坐在仅离舞台3米远的地方，我们仍然难以清晰地看见每个孩子的面孔，因为泪水模糊了我们的眼睛。

最后的歌声

[英]A·艾德里安　译/文　军

在伦敦儿童医院这间小小的病室里，住着我的儿子艾德里安和其他6个孩子。艾德里安最小，只有4岁，最大的是12岁的弗雷迪，其次是卡罗琳、伊丽莎白、约瑟夫、赫米尔、米丽雅姆·莎丽。

这些小病人，除开10岁的伊丽莎白，他们都是白血病的牺牲品，他们活不了多久了。伊丽莎白天真可爱，有一双蓝色的大眼睛，一头闪闪发亮的金发，人们都很喜欢她。同时，又对她满怀真挚的同情：原来伊丽莎白的耳朵后面做了一次复杂的手术，再过大约一个月，听力就会完全消失，再也听不见声音了。

伊丽莎白热爱音乐，热爱唱歌，她的歌声甜美舒缓、婉转动听，显示出在音乐上的超常天赋，而这些将令她失去听力的前景更加悲惨。不过，在同伴们面前，她从不唉声叹气，只是偶尔地、当她以为没人看见她时，沉默的泪水才会渐渐地充满她的眼眶，缓缓流过她苍白的脸蛋。那段时间，每当我去看望儿子时，她总是示意我去儿童游戏室。经过一天的活动，空荡荡的游戏室显得格外安静。伊丽莎白坐在一张宽大的椅子上，紧紧拉着我的手，声音颤抖地恳求："给我唱首歌吧！"

我怎么忍心拒绝这样的请求呢？我们面对面坐着，她能够看见我嘴唇的开合，我尽可能准确地唱上两首歌。她着迷似的听着，脸上透着专注喜悦的神情。我唱完，她就在我的额头上亲吻一下，表示感谢。

小伙伴们也为伊丽莎白的境况深感不安，他们决定要做一些事情使她快乐。在12岁的弗雷迪倡议下，孩子们做出了一个决定，并带着这个决定去见他们认识的朋友柯尔比护士阿姨。

最初，柯尔比护士听了他们的打算吃了一惊："你们想为伊丽莎白的11岁生日举行一次音乐会？而且只有三周时间准备！你们是发疯了吗？"这时，她看见了孩子们渴望的神情，不由得被感动了，便想了想，补充道，"你们真是全疯啦！不过，让我来帮助你们吧！"

柯尔比护士一下班就乘出租车去了一所音乐学校，拜访她的老朋友玛丽·约瑟芬修女，她是音乐和唱诗班的教师。在柯尔比含泪的叙说中，玛丽·约瑟芬马上答应了她的请求：每天免费教孩子们唱歌。这一切当然是在伊丽莎白接受治疗的时候。

在玛丽·约瑟芬修女娴熟的指导下，孩子们唱歌进步神速。然而每当其他孩子全都安排在各自唱歌的位置上时，玛丽注意到动过手术、再也不能使用声带的约瑟夫却总是神色悲哀地望着她，这令她十分心酸。终于有一天，玛丽说："约瑟夫，你过来，坐在我的身边，我弹钢琴，你翻乐谱，好吗？"一阵惊愕的沉默之后，约瑟夫的两眼炯炯发光，随即

喜悦的泪水夺眶而出。他迅速在纸上写下一行字："修女阿姨，我不会识谱。"

玛丽低下头微笑地看着这个失望的小男孩儿，向他保证："约瑟夫，不要担心，你一定能识谱的。"

真是不可思议，仅仅3周时间，玛丽修女和柯尔比护士就把6个快要死去的孩子组成了一个优秀的合唱队，尽管他们中没有一个人具有出色的音乐才能，就连那个既不能唱歌也不能说话的小男孩儿也变成了一个信心十足的翻乐谱者。

同样出色的是，这个秘密保守得也十分成功。

在伊丽莎白生日的这天下午，当她被领进医院的小教堂里，坐在一个"宝座"（手摇车）上时，她的惊奇显而易见。激动使她苍白、漂亮的面庞涨得绯红，她身体前倾，一动不动，聚精会神地听着。

尽管所有听众——伊丽莎白、10位父母和3位护士——坐在仅离舞台3米远的地方，我们仍然难以清晰地看见每个孩子的面孔，因为泪水模糊了我们的眼睛。但是，我们仍能毫不费力地听见他们的歌唱。因为在演出开始前，玛丽告诉孩子们："你们知道，伊丽莎白的听力已是非常非常的微弱，因此，你们必须尽力大声地唱。"

音乐会获得了成功，伊丽莎白欣喜若狂，一阵浓浓的、娇媚的红晕飘荡在她苍白的脸上，眼里闪耀出奇异的光彩。她大声说，这是她最最快乐的生日！合唱队十分自豪地欢呼起来，乐得又蹦又跳的约瑟夫眉飞色舞、喜悦异常。而这时候，我们这些女人流的眼泪更多。

这次最令人难忘、最值得纪念的音乐会，没有打印节目表，然而，我有生以来从没有听过比这更动人心弦的音乐。即使到了今天，倘若我闭上眼睛仍能够听见那一个个震颤人心的音符。

如今，幼稚的歌喉已经静默多年，合唱队的成员正在地下安睡长眠。但我敢保证，那个已经结婚、有了一个金发碧眼女儿的伊丽莎白，在她记忆的耳朵里，仍然能够听见那幼稚的声音、欢乐的声音、生命的声音、给人力量的声音，因为那是她此生曾经听见过的最后最美的声音啊！

人 生 悟 语

在绝境中能让人充满希望,在黑暗中能让人忘记恐惧,在挫败的时候能让人走出痛苦的深渊,产生这些神奇效果的都是同一样东西——爱。

(王志娟)

露茜修女站起来,微笑着朝孩子们打着手语,语重心长地告诉他们:"其实,这个世界上有许多美妙的声音,只要我们有一颗对生活永不绝望的心就一定可以听见。"

睡莲花开的声音 子芑

杰夫瑞医生是位非常著名的耳科专家,多年来,他一直致力于让失聪者恢复听觉的耳蜗研究。在他的帮助下,许多生活在静寂里的失聪者重新获得了聆听世界的机会,其中有些失聪者的听力甚至从零恢复到了正常的程度。

有一年,6个十三四岁的少年从山区来到杰夫瑞医生的诊所,他们是得到慈善机构的捐助前来接受治疗的失聪孤儿。负责照顾孩子们的领队是个叫露茜的年轻修女,她生得瘦小单薄,但心情温和开朗。杰夫瑞医生分别为6个孩子进行了耳蜗手术,其中的三个听力恢复迅速;另外两个经过配合治疗,也逐渐有了进步。只剩下一个叫丹的男孩儿,杰夫瑞医生先后为他做了3次手术,尽了最大的努力,但丹始终不见有丝毫的起色。

冬天过去,春天也过去了,到夏天来临的时候,杰夫瑞医生只得带着深深的遗憾告诉露茜修女："非常抱歉，丹恐怕就属于那 30% 永远都无法恢复听力的失聪者。"

露茜修女也很难过，因为每个孩子都是怀着同样的希望而来，现在却有一个失望而归。

很快，那个叫丹的男孩儿也似乎意识到了自己不妙的境况。他开始郁郁寡欢，时常把自己关在病房里，并且有意回避另外 5 个已经跟自己"不一样了"的同伴。

小男孩儿的状况让杰夫瑞医生的内心备受煎熬，他能理解丹的痛苦，却又无能为力。而且，出于医生的职责，他还必须把残酷的事实告诉丹。

宣布治疗结果前夕，善良的露茜修女跟杰夫瑞医生商量："是不是可以换一个方式告诉他呢？也许在一个适当的场合说出来，孩子会容易接受一些。"杰夫瑞医生点点头，说道："什么场合告诉他比较好一些呢？"露茜修女想了想，提出了一个地方——梦茵湖。

梦茵湖是一个美丽的湖泊，地处阿尔卑斯山中，四周山林环抱，湖水宁静清澈，而且，每到夏天，湖中会开放一片一片美丽的睡莲。

在一个晴朗的清晨，杰夫瑞医生和露茜修女带着 6 个孩子前往梦茵湖。

夏天的清晨，站在湖边，能看见微红的晨曦从天边一点儿一点儿泛起来。湛蓝的湖水里逐渐呈现出岸边树林的倒影，偶尔有几只早起的鸟儿掠过水面，啾啾的叫声在空明的水天之间格外清脆。

露茜修女选了一片临岸的睡莲，那些圆圆的绿叶贴着湖水，上面还带着晶莹剔透的露珠。而一朵朵白色的花蕾俏皮地点缀其间。六个孩子依次排开蹲下，露茜修女让每个孩子将手轻轻抚在花蕾上，她自己也挑选了一个能抚摸花蕾的位置，然后向孩子们做了几个手势——指指心、指指耳朵、闭上眼睛。于是，六个孩子顺从地照露茜修女的吩咐，安静地合上眼睛，抚着睡莲花蕾。

不一会儿，太阳升起来了。一旁的杰夫瑞医生这才惊讶地发现，原来那些睡莲花竟是在阳光照耀的瞬间绽开的。在静谧的环境里，他甚至能听见花瓣开时的"叭"、"叭"声,那是一种很轻微的震动的声音。如果不用心去听,即使正常人也可能忽略掉。

孩子们抚摸着的花蕾一朵一朵地在阳光里绽放开来,虽然闭着眼睛,但杰夫瑞医生肯定他们都能清晰地感觉到花开的瞬间。果然,那些孩子们惊喜极了,他们先是睁开眼睛仔细端详那些盛开的花朵,然后抑制不住内心的激动争相打着手语欢快地交流,连丹也不例外。

这时,露茜修女站起来,微笑着朝孩子们打着手语,语重心长地告诉他们:"其实,这个世界上有许多美妙的声音,只要我们有一颗对生活永不绝望的心就一定可以听见。"比划完,她特别用眼睛盯着丹。

丹回应了露茜修女一个热烈的手势,激动地扑过去和她拥抱。接着,另外 5 个孩子也围拢过去,抱成一团。

目睹这一切的杰夫瑞医生静静地站在一边,许久都没有动。作为医生,他已经看惯了太多的伤心、无助乃至绝望,但现在,他却感慨得泪流满面。人们习惯于把他看做奇迹创造者,而实际上,这位平凡的露茜修女才是创造奇迹者,她创造出生理医学无法达到的奇迹。

从那天以后,杰夫瑞医生在自己的诊疗院里开辟出一个种着睡莲的池塘。每年夏天,他都会让一些内心失落茫然的患者去亲身体验一下睡莲花开;而对于每一个新来的医生或护士,他都会给他们讲关于露茜修女和 6 个孩子的故事。

人 生 悟 语

一个人什么都可以没有,但却不能没有爱。因为爱代表着希望,是生命的基础,是生命的脉搏,是生命的延续。

(王志娟)